릭

파우

오르트

사쿠라

유토

야채를 다 먹은 파우가 두 손을 모은 채 고개를 꾸벅 숙였다.
잘 먹었다고 말하고 싶은가 보다.
그러고는 기분이 좋은지 류트를 연주하기 시작했다.

"라란라라~♪"

야채가 맛있었다는 기쁨을 음악으로 표현하고 있는 건가?
아름다운 노랫소리다.

Deokure Tamer no Sonohigurashi
뒤처진
테이머의
Deokure tamer
하루살이
4

CONTENTS

커버 그림, 본문 일러스트 | Nardack

Deokure Tamer no
Sonohigurashi

파우는 태어난 지 얼마 되지 않았지만 벌써 우리에게 익숙해졌다.

지금은 내 오른쪽 어깨 위에 올라 함께 창을 들여다보고 있다.

"흐음. 다양하게 올라왔네."

"야~."

우리는 방금 전에 끝난 이벤트 동영상 일람을 쭉 훑어보고 있었다.

오르트와 종마들이 농사를 끝마치기를 기다리는 동안에 파우와 함께 동영상을 보기로 했다.

"마을 이벤트는 나중에 보기로 하고, 무술대회부터 보자."

"야?"

"파우는 막 태어나서 잘 모를 테지만 마을은 이벤트 기간 중에 지겹도록 봤거든. 뭐, 나중에 시간이 나거든 보여줄게."

"야야~."

지금은 무술대회부터 보기로 했다.

"우와, 굉장하네. 아아, 이건 악마인가?"

마을 이벤트 때와 마찬가지로 이쪽에도 악마의 습격과 음모가 벌어졌었나 보다.

관객이 피해를 입은 서버가 있는가 하면 악마를 완전히 쓰러뜨린 서버도 있는 듯하다.

LJO 플레이어가 당면한 적은 악마일지도 모르겠네.

"우와~, 이거 사람이 보여줄 수 있는 몸놀림이야?"

"야~!"

파우가 플레이어들의 전투를 보면서 흥분했는지 팔과 다리를 놀렸다. 제 딴에는 펀치와 킥을 마구 날리는 것 같은데, 귀여워라.

"휴우……. 사람이, 이렇게 움직일 수 있는 건가."

결승전 동영상을 보니 너무 빨라서 뭐가 뭔지 잘 모르겠네.

같은 시기에 게임을 시작했건만 이 차이는 대체 뭐지? 아니면 전투직을 택했다면 나도 이 정도는 할 수 있었을까?

이런 동영상을 보면 전선에서 공격조로 활동하는 전투직이 부러워지네. 화려한 기술과 마법, 눈으로 쫓을 수 없는 고속기동으로 거대한 몬스터를 팍팍 쓰러뜨리는 거지.

"음……, 설령 전투직이었다고 해도 난 무리일 것 같네."

"야~?"

"아니, 아무것도 아냐."

걱정하는 듯한 파우를 안심시키기 위해 머리를 가볍게 쓰다듬어 줬다.

"야야~ ♪"

"얍얍."

"야~!"

꺅꺅거리며 신이 난 파우가 아주 귀여웠다.

얼핏 보면 움직이는 피규어처럼 생겼는데 웃는 얼굴은 아주 생기발랄하다.

"자, 슬슬 애들이 일을 끝마쳤으려나."

확인하러 갔더니 조금만 더 기다리면 끝날 듯하다.

오늘 수확물을 확인해 보니 쿠마마의 양봉함에 벌써 벌꿀이 맺혀 있었다.

가게에서 파는 것보다 품질이 좋은 상급품이다.

꿀을 아주 좋아하는 오르트와 아이들도 기뻐하겠지.

"그러고 보니 파우는 뭘 먹니?"

"야?"

요정이니 꿀이나 과일을 좋아할 것 같은 느낌인데 먹으려나? 살짝 검증해 보자.

일단 지금 소지하고 있는 벌꿀 원액, 과일, 꿀경단을 파우 앞에 내보였다.

"이중에 좋아하는 음식이 있어?"

"야~……."

"없나."

내가 선보인 음식을 보고서 파우가 고개를 가로저었다.

단것을 좋아하지 않는 건가?

"그럼 이거랑 이건?"

"야~."

"이것도 아닌가."

야채 주스, 나무열매 쿠키도 좋아하지 않는 듯하다.

"이제 남은 건 이것밖에 없는데."

"야~!"

"엇, 이건 먹을 수 있어?"

파우가 설마, 하는 마음으로 꺼낸 생야채에 달려들었다.

"야야~♪"

자기 몸집만한 당근을 아작아작 씹어 먹고 있다. 여러 야채를 늘어뜨려 봤는데 파란 당근, 주황 호박을 좋아하는 듯하다. 식감이 좋은 야채를 선호하는 모양이네. 다만 생야채는 뭐든지 먹을 수 있는 듯했다.

파우를 위해서 야채 스틱이라도 만들어 줄까.

요정이 당근을 통째로 갉아먹는 모습은 꽤나 보고 있자니 미묘하니까.

다만 식비는 얼마 들지 않을 것 같다.

"야~."

야채를 다 먹은 파우가 두 손을 모은 채 고개를 꾸벅 숙였다. 잘 먹었다고 말하고 싶은가 보다. 그러고는 기분이 좋은지 류트를 연주하기 시작했다.

"라란라라~♪"

야채가 맛있었다는 기쁨을 음악으로 표현하고 있는 건가?

아름다운 노랫소리다.

다만 필드에서 자제하라고 말해두지 않으면 몬스터들을 마구 끌어들일 것 같다.

그 뒤에 연금도 조금 시도해 봤는데 아직 합성밖에 쓸 수 없는 듯하다. 적어도 건조 기술을 쓸 수 있을 정도로 레벨을 키우지 않으면 별 쓸모가 없을 것 같네.

"무무~!"

"쿳쿠마~!"

도구 정리를 끝마친 오르트와 아이들이 흥겹게 몸을 흔들며 이쪽으로 다가왔다.

"——♪"

"쿳큐~♪"

"얘들아, 아까 전까지 미친 듯이 춤을 췄잖아? 또 춰?"

"뭇무♪"

"쿠마~♪"

우리 애들은 내가 상상한 것 이상으로 춤을 좋아하는 듯하다. 파우의 연주에 맞춰 또 춤을 추기 시작했다.

"뭐, 괜찮겠지. 얘들아, 출 만큼 추고 나면 필드 가는 거다?"

그다음에는 파우의 전투 능력을 확인해야만 한다.

그리고 한 시간 뒤. 그래, 한 시간 뒤다.

앞으로는 모두가 춤을 추다가 지치기를 기다리는 건 포기하도록 하자. 도무지 끝낼 기색이 보이지 않더라고. 몬스터들의 체력은 끝이 없었습니다. 아니, 단순히 춤은 작업이나 일이 아니므로 스태미나를 소비하지 않을 뿐인지도 모르겠다. 어쨌든 앞으로는 적당한 때에 끊어야 할 것 같다. 자칫 평생 춤을 출지도 모른다고.

"우선은 사전 연습부터."

우리는 동쪽 평원에 와 있었다.

"얘들아 가자! 파우는 일단 견학부터 하는 거다?"

"야~!"

일단은 우리의 전투를 견학시키도록 하자. 우리의 파티 스타일을 이해시키기 위해서다.

이벤트에서 레벨이 꽤 올라간 덕분에 전투는 순조롭게 진행되었다. 이제 제1에어리어의 적은 우리의 상대가 되지 않는구나.

우와, 우리도 성장했네. 뭐, 정확히 말하자면 사쿠라와 쿠마마의 공격력이 올라간 덕분일 뿐이지만 말이야. 현재 전력이 어느 정도인지 대강 파악했다. 이다음은 드디어 파우가 나설 차례다.

"파우는 노래로 우릴 지원해 줘."

"야~!"

상대는 이 평원에서 가장 강한 락앤트다. 너무 빨리 결판을 내 버리면 노래 효과를 확인할 수가 없으니까.

전투가 시작되었다.

"라~라라~ ♪"

"오오, 왔구나!"

파우가 노래를 부르기 시작하자 푸른빛이 우리의 몸을 휩쌌다.

"좋았어, 역시 파우의 노래와 연주는 음유시인과 동일한 효과가 있는 것 같네."

더욱이 효과가 상당히 높다. 적을 쓰러뜨리는 속도가 명백히 더 빨라졌다.

지금 부르는 노래는 공격력을 상승시키는 효과가 있는 듯하다.

"조금만 더 검증해 보자. 파우, 계속해서 부탁해."

"야~!"

다음 전투 때는 파우의 연주로 적의 움직임이 약간 둔해졌다.

음유시인의 노래에는 아군을 지원하는 버프와 적에게 여러 효과를 가하는 디버프, 두 종류가 있다. 그런데 파우는 둘 다 사용

할 수 있는 듯하다.

검증해본 결과, 파우는 아군의 공격력과 방어력을 상승시키는 두 가지 버프와 적의 공격 속도와 공격 명중률을 떨어뜨리는 두 가지 디버프를 사용할 수 있다.

공격 명중률 저하 디버프는 검증하는 데 시간이 꽤 걸리긴 했지만 말이야. 언뜻 보면 무슨 일이 벌어졌는지 알 수가 없다. 적의 공격이 빗나가는 확률이 조금 올라간 것 같다는 느낌을 받지 않았다면 아직도 무슨 효과인지 알아차리지 못했을지도 모르겠다.

"자, 화마 소환도 시험해보고 싶은데, 파우 괜찮겠어?"

"야~ ♪"

파우가 오른 주먹을 하늘 높이 쳐들고서 할 수 있다고 어필했다. 그러고는 순간 집중하여 눈앞에 불덩어리 하나를 만들어냈다.

"이 녀석을 조종하면서 노래할 수 있어?"

"라~라라~ ♪"

"오오, 가능하구나."

그대로 가볍게 전투를 치러 봤는데 문제는 없는 듯하다.

화마소환은 MP를 거의 소비하지 않는 듯하지만 그만큼 공격력이 대단치는 않다. 불덩어리가 몸통박치기를 가했더니 와일드 도그의 HP를 한 30퍼센트쯤 깎았나? 그래도 원거리 공격이 가능해졌으니 여러모로 요긴하게 활용할 수 있을 듯하다.

"파우, 앞으로 잘 부탁해."

"야~ ♪"

파우의 힘을 확인하고 난 이튿날.

나는 광장에 와 있었다.

"어제는 파우의 힘을 여러모로 확인하다가 하루가 끝났으니."

오늘은 여러 할 일들을 해치울 작정이다.

우선 아릿사 씨네 노점에 가서 정보를 사고팔려고 한다.

그다음에는 에어리어를 공략할 생각이다. 드디어 제3에어리어로 넘어가려고 한다. 목적은 밭이다. 시작의 도시에서는 더 이상 밭을 확장할 수가 없으니까.

전력도 갖춰졌으니 지금에야말로 다음 에어리어로 나아갈 절호의 기회라고 할 수 있겠지.

"밭을 부탁할게."

"무무!"

나는 밭을 오르트와 다른 종마들에게 맡기고서 파우만 데리고 광장으로 향했다.

파우가 내 어깨 위에서 손가락으로 류트 줄을 디리리링, 하고 고르더니 산책 BGM을 연주하기 시작했다. 파우와 함께 하니 익숙한 길도 즐거워지네.

이따금씩 깡충깡충 뛰기도 하면서 나는 아릿사 씨의 노점에 도착했다.

"어머, 오랜만이야."

"예, 오랜만입니다."

"뭔가 좋은 일이라도 있나 봐?"

아릿사 씨가 그렇게 말할 정도로 지금 나는 들떠 있는 듯하다.

"이 아이 덕분이라고 해야 할까요?"

나는 손가락으로 파우의 머리를 가볍게 쓰다듬으며 아릿사 씨에게 소개했다.

"픽시인 파우입니다."

"새로운 종마네. 이 아이도 귀엽잖아."

"아니, 귀여운 종마만 모으려고 작정한 건 아니긴 하지만요."

이벤트 중에 아메리아도 비슷한 소리를 했었다. 혹시 나를 귀여운 종마만 수집하는 수집광으로 여기는 거 아냐? 정말로 우연인데 말이야.

"그 아이의 정보를 팔아 줄 거니?"

"물론이죠."

"역시 유토 군. 아, 맞다. 속성 결정, 아직도 갖고 있니? 지금 팔면 값을 비싸게 쳐줄 수 있는데?"

"비싸게라니……. 전에도 하나에 30000G라고 하지 않았나요?"

"지금 팔면 하나에 50000G인데?"

"예? 50000G? 가치가 올라간 건가요?"

"그런 셈이지."

"이유가 뭐죠?"

"실은 이벤트 포인트 때문에 어제부터 속성 결정이 조금씩 나돌기 시작했거든."

이벤트 포인트로 교환할 수 있는 품목 리스트에 속성 결정도 분명 포함되어 있었다. 값비싸게 팔 수 있다는 사실이 널리 알려져 있으니 거래하려는 플레이어도 많겠지.

그런데 왜 가격이 올라갔다는 거지?

"수량이 늘어났다면 오히려 가격이 내려가야……."

초레어 아이템이 일개 레어 아이템으로 강등된 거잖아?

그러나 단순한 이야기가 아닌 듯하다.

"그게 말이야~. 수량이 어느 정도 늘어나서 탑 대장장이가 속성 결정으로 여러 가지를 시도해 볼 수가 있게 됐거든. 예전에는 소수 플레이어들이 퀘스트 보수 등으로만 획득할 수 있었고, 그마저도 시중에 내놓지 않았으니까."

나도 그렇다. 혹여나 필요해질 때가 올지도 모르니 어지간히도 돈이 궁하지 않는 이상 쟁여두는 편이 낫겠지.

"근데 무구에 사용하면 엄청 유용한 효과가 부여된다는 사실을 알아냈어. 그래서 오히려 가격이 폭등하기 시작했지. 특히 공략조가 꿈속에서도 그릴 정도로 간절히 원하고 있더래."

"그런가요?"

"그래. 특히 제4, 5에어리어에는 속성 공격이 약점인 몬스터가 많거든. 강력한 속성 무기 한 자루만 있어도 공략 난도가 확 달라진다는 뜻이지."

그래서 속성 결정 쟁탈전이 벌어져 가격이 폭등했다고 한다. 애당초 속성 결정을 원하는 공략조들은 돈을 갖고 있다. 그래서 가격이 이상하리만치 빠르게 치솟은 듯하다.

그러나 나에게 속성 결정을 판다는 선택지는 없다.

"지금은 돈은 그리 궁하지도 않고, 아마 부화기를 제작할 때 사용할 거라서."

"테이머이니 그렇겠네~. 아쉽다. 그럼 화제를 돌려 정보를 매매하도록 해볼까."

"미안합니다."

"내가 억지를 부린 거니 사과할 거 없어. 그나저나 그 애는 어디서 테임한 거니?"

"아뇨, 이 애는……."

내가 입을 막 열려고 했을 때였다.

아릿사 씨가 내 말을 막았다.

"잠깐만! 목소리 좀 낮춰!"

그녀가 손가락으로 나를 불렀다. 비밀 이야기를 하고 싶다는 건가?

"예? 이 정도로요?"

"그래."

"그게 말이죠. 이 아이는 알에서 태어났어요."

나는 오르트와 사쿠라가 배혼(配魂)하여 알을 낳았다는 사실. 그 알에서 파우가 태어났다는 사실. 그리고 무슨 영문인지 쿠마마 때보다도 알이 일찍 부화했다는 사실을 아릿사 씨에게 나직이 말했다.

그리고 픽시에 관한 정보가 있다면 사고 싶다고 했는데…….

"미안해. 나도 처음 봤어. 정보고 뭐고 아무것도 없고."

"그런가요……."

아쉽지만 어쩔 수 없다. 마음을 다잡고서 다른 정보를 사도록 하자.

"몇 가지 사고 싶은 정보가 있어서."

"어떤 정보를 원하니?"

"하나는 양조(釀造)에 관해서. 스킬을 사용하는 요령이라든가 양조용 기구를 알고 싶습니다. 그리고 낚시터 정보도 필요하고, 어금니의 숲에 관한 정보도 원합니다."

"흠흠……."

아릿사 씨가 각각의 정보에 어떤 내용이 포함되었는지 어느 정도 설명해 줬다.

양조에 관해서는 현재 판명되어 있는 양조 스킬로 만들 수 있는 식품 리스트와 특별한 양조통을 입수하기 위한 특수 퀘스트 공략법 정보가 있다고 했다.

낚시터에 관해서는 제4에어리어까지의 낚시터 위치를 알려줄 수가 있다고 했다. 낚을 수 있는 물고기에 관한 자세한 정보도 있다고 하던데 그쪽은 사양하기로 했다. 처음부터 알면 시시해지니까.

제2에어리어에 관해서는 되도록 정보를 자세히 알려 달라고 부탁했다. 상세한 지도뿐만 아니라 출현하는 몬스터의 약점과 드랍되는 아이템의 확률까지 여러 데이터가 세밀하게 갖춰져 있다고 했다.

역시 소문 듣는 고양이. 내가 원하는 정보를 모두 갖고 있다.

다만 마지막 하나. 어금니의 숲에 관한 정보를 달라고 했더니 무슨 영문인지 다른 지도 정보를 권했다.

동쪽 평원 너머에 있는 날갯짓 소리의 숲에 관한 정보였다.

"자세히는 말해줄 수가 없지만 양조 스킬을 향상시키고 싶다면 무조건 동쪽 도시로 가는 편이 나을 텐데?"

"양조 스킬을 향상시키고 싶다면……?"

"그건 정보를 따로 사지 않으면 알려줄 수가 없어. 근데 공략을 진행시키고 싶을 뿐 명확한 목적지가 있는 건 아니잖아?"

"예."

"그럼 역시나 동쪽 도시를 권하고 싶네."

아릿사 씨가 그렇게까지 말하니 동쪽 도시로 가야할 듯하다. 그렇다면 아직 공략하지 못한 동쪽 평원의 보스에 관한 정보도 필요한데.

"으~음. 그럼 동쪽으로 갈게요."

"응응, 그게 나을 거야."

"정보료는 다 합쳐서 얼마인가요? 상당히 비싸겠죠?"

"양조, 낚시, 필드 데이터, 보스 데이터까지 모두 합쳐서 20000G 정도?"

"생각보다 싸긴 하지만……."

아니, 필요한 정보이니 어쩔 수 없지.

그렇게 생각하고 있으니 아릿사 씨가 말을 걸어왔다. 노점 주변에 있는 플레이어들의 숫자를 헤아리고 있다.

"그 픽시에 관한 정보를 알려주면 값을 치른 셈으로 칠게."

"예? 치른 셈으로 친다니? 파우에 관한 정보가 20000G의 가치가 있다는 건가요?"

그저 종족 데이터일 뿐인데? 서식 지역도 모르고, 자세한 능력도 아직 알지 못한다. 더욱이 내가 입수한 방법은 테이머 이외에는 시도할 수가 없고, 노움과 나무 정령은 엄청나게 레어한 종족이다.

그런 정보가 20000G나 한다고?

내가 고개를 갸웃거리자 아릿사 씨가 생긋 웃었다.

"그만한 가치가 있지. 1000G로 값을 매겨 스무 명한테 팔면 금세 본전을 찾을 수 있으니까."

1000G에 판다? 비싸지 않나?

뭐, 아릿사 씨가 팔 수 있다고 했으니 팔 수 있겠지.

"그럼 데이터를 감사히 받도록 할게요."

"거래 성립이네. 아, 그래. 덤으로 한 가지 더. 자기 몬스터가 낳은 알이 구입한 알보다 더 빨리 부활한대."

"과연, 그래서 그런 거였나? 감사합니다."

"매번 감사합니다~."

크으, 파우에 관한 정보로 이렇게 여러 정보를 알게 됐으니 횡재했네.

"파우 덕분에 여러 정보들을 입수했어!"

"야~!"

나는 머리 위로 옮겨간 파우를 칭찬하면서 무심코 깡충깡충 뛰고 말았다.

"야, 야~?"

"에구, 미안, 미안."

"야~."

그만 파우를 떨어뜨릴 뻔했다. 그러나 목소리에 노기가 실려 있지는 않는 듯하다. 다행이다.

우리 뒤에서 아릿사 씨의 목소리가 들려왔다.

"자~, 오래 기다리셨죠~! 다음 손님, 어서 오세요. 최신 정보를 팔아요~."

뒤를 돌아보니 노점 주변에 사람들이 꽤 모여 있다. 소문 듣는 고양이를 이용하는 플레이어가 생각보다 많네. 쓸데없는 잡담으로 시간을 허비하게 한 것 같아서 미안하네.

"자, 다음은……. 응? 메일?"

보낸 이는 대장장이 루인이다. 예전에 의뢰했던 벌채 도끼가 완성되었다고 한다.

다음 목적지가 정해졌다.

"다음에 갈 가게에는 엄청 사납게 생긴 사람이 있지만, 나쁜 사람은 아니니 너무 겁먹지는 마."

"야~!"

나는 파우와 함께 루인의 무구점으로 향했다.

"안녕하세요~."

"오우, 오랜만이로군."

"도끼가 완성됐다고 해서."

"바로 이거다."

명칭 : 아침 이슬 맺힌 벌채 도끼.

레어도 : 3
품질 : ★7
내구도 : 250
효과 : 벌채용
중량 : 1

"이거 좋네요! 멋있기도 하고!"

"야야~!"

얼핏 평범한 손도끼처럼 생겼지만, 빛을 쬐면 도끼날이 옅은 물색으로 빛난다.

"네가 넘겨준 수광석과 녹색 복숭아 나무, 락앤트 소재를 사용하여 중량을 낮추면서도 내구도를 끌어올렸지."

"응응."

"특수한 효과는 없지만 오래 사용할 수 있을 거다."

"감사합니다. 마음에 쏙 들어요. 그나저나 값은 얼마나?"

"이 정도면 3000G."

"너무 저렴하지 않나요?"

"아니, 소재를 제공했으니 그 정도면 충분해."

앞으로 날갯짓 소리의 숲에 갈 예정이니 분명 여러 목재를 획득할 수 있겠지. 기대가 되는걸.

루인에게서 도끼를 받고서 밭으로 돌아온 나는 조합 작업에 착수했다.

맵 데이터가 있긴 하지만 그것만으로는 맵을 공략할 수가 없으니까. 준비를 단단히 해둬야 한다.

새삼스럽긴 하지만 에어리어에 관해 잠시 복습하도록 하자.

이 게임은 시작의 도시가 제1에어리어이고 그곳에서 멀어질수록 숫자가 늘어간다.

시작의 도시와 인접한 북쪽 평원, 남쪽 숲, 동쪽 평원, 서쪽 숲까지가 제1에어리어에 해당한다.

그리고 북쪽 평원 너머에 있는 '어금니의 숲', 남쪽 숲 너머에 있는 '뿔의 수해', 동쪽 평원 너머에 있는 '날갯짓 소리의 숲', 서쪽 숲 너머에 있는 '발톱의 수해' 필드는 제2에어리어에 해당한다.

또한 제2에어리어 너머의 북쪽 도시, 남쪽 도시, 동쪽 도시, 서쪽 도시가 있는 지역을 제3에어리어라고 한다.

그 이후로 짝수 에어리어에는 필드가 있고, 홀수 에어리어에는 도시가 있다고 한다. 이건 어디까지나 게시판에서 얻은 정보이긴 하지만. 제3에어리어부터는 두 종류의 필드에 갈 수 있다고 하는데, 나에게는 아직 먼 이야기겠지.

예전에 나는 북쪽 평원의 필드 보스인 세비지 도그를 쓰러뜨린 적이 있다. 그러므로 보스전을 치르지 않고도 어금니의 숲에 들어갈 수 있다. 그리고 어금니의 숲을 돌파하면 제3에어리어인 북쪽 도시에 도착할 수 있을 텐데……

무슨 영문인지 아릿사 씨가 날갯짓 소리의 숲과 동쪽 도시를 추천해 줬으니.

사들인 정보를 확인해본다.

"그렇구나. 그래서 아릿사 씨가 동쪽 도시를 권했던 건가."

여러 정보들 중에 동쪽 도시에 실력이 뛰어난 양조가가 있다는 정보가 있었다. 그 인물에게서 퀘스트를 받아 완수하면 스킬과 특수 양조통을 얻을 수 있다고 적혀 있다.

긴 여정이겠네.

우선은 동쪽 평원의 보스부터 격파해야 한다. 그 뒤에는 날갯짓 소리의 숲을 공략.

그러나 현재 우리의 전력이라면 꼭 불가능하지만은 않겠지.

"파우가 가세하여 필드 파티가 갖춰졌고, 이벤트를 겪으면서 레벨도 올라갔어."

내 물마술과 사쿠라의 나무마술, 그리고 파우의 화마소환으로 고스트를 공격할 수 있다. 비상시에 쓸 회복 아이템만 충분하다면 제2에어리어도 격파할 수 있을 것이다.

"좋아, 이걸로 포션류 조합도 다 했어. 이제 남은 일은…… 출발하기 전에 식사를 끝내 두자."

제작한 약을 인벤토리에 넣은 뒤 이번에는 조리용 도구를 꺼냈다. 오르트와 쿠마마가 먹을 주스, 릭이 먹을 쿠키를 만들 작정인데 이번에는 조금 변형해 봤다.

오르트에게 줄 주스는 벌꿀 배 주스, 쿠마마에게 줄 주스는 벌꿀 감 주스. 릭에게 줄 쿠키는 호두와 도토리와 소이콩을 섞은 벌꿀 넛 쿠키다. 아아, 파우를 위해 야채 스틱도 만들어야지.

꽤 호화롭긴 하지만 내가 열심히 플레이할 수 있는 건 전부 몬스터들 덕분이다. 이럴 때는 아껴서는 안 된다.

"이걸 다 먹고서 드디어 출발할 거야~."

"무무!"

"큐큐!"

"쿠맛!"

"야~!"

좋아, 좋아. 다들 맛있게 요리를 먹어 치우고 있구나.

두 시간 뒤.

우리는 동쪽 평원을 유유히 돌파하여 이미 보스 코앞에까지 와 있었다. 애당초 제1에어리어의 몬스터들은 고전하지 않고도 쓰러뜨릴 수 있으니까.

옛 RPG에 빗대자면 A버튼을 연타하기만 해도 데미지를 전혀 입지 않고 쓰러뜨릴 수 있을 정도로 레벨 차이가 현격하다.

"보스 정보도 확실히 수집했으니 괜찮겠지."

소문 듣는 고양이의 데이터에 따르면 동쪽 평원의 필드 보스는 레슬러 래빗이라는 토끼다. 그 이름대로 프로레슬러처럼 큰 덩치를 자랑하는 토끼다.

그런데 래빗……?

막상 상대해 보니 그 이름에 의문이 들었다.

"키샤샤우!"

"토끼라기보다는…… 곰 같은데."

두 발로 선 채로 앞발을 들어 우리를 위협하는 그 모습은 마치 백곰 같았다. 귀가 길지 않았더라면 정말로 곰과 구별이 되지 않았을지도 모른다.

"키샤~우!"

상대는 의욕이 하늘을 찌른다.

"애들아! 부탁해!"

"무!"

오르트가 호령(?)하자 우리 애들이 일제히 산개하고는 작전대로 공격을 가했다.

레슬러 래빗은 날렵하고 완력도 강하다. 그러나 특수한 효과를 지닌 공격은 두 가지밖에 없다고 한다. 방어력도 낮은 듯하니 패턴만 파악한다면 노데미지 돌파도 어렵지 않을 듯하다.

한 가지 조심해야 할 것이 있는데, 그것은 MP가 절반 이하로 떨어진 뒤부터 사용하기 시작하는 스텀핑이다.

높이 뛰어올라 적을 짓밟는 공격이다. 이 공격이 짜증스러운 이유는 아슬아슬하게 피하더라도 땅이 뒤흔들려 움직임을 방해하기 때문이다. 뒤쪽으로 폴짝 뛰어서 공격과 진동을 유발하는 스턴을 한꺼번에 피하는 것이 최선이라고 한다.

오르트와 사쿠라는 물론 몸이 무거워 보이는 쿠마마도 문제없이 움직이고 있다. 릭은 회피에 특화되어 있으니 걱정할 필요 없고, 아직 레벨이 낮은 파우는 나보다 더 후방에서 계속 지원만 하고 있으니 안전하다.

그보다 우리 파티에서 가장 위험한 건 바로 나인데 말이야.

그래도 스텀핑을 한 방 얻어먹기는 했지만 레슬러 래빗의 HP를 90퍼센트 깎는 데 성공했다.

크으~, 역시 보스. 스텀핑으로 HP가 반이나 날아갔어.

"하지만 조금만 더……, 말도 안 돼!"

레슬러 래빗은 보스 중에서도 최약체이긴 하지만, 스텀핑 말고도 조심해야 하는 공격이 하나 더 있다.

궁지에 몰렸을 때 사용하는 토끼 천국이라 불리는 공격이다.

이 기술은 모든 레슬러 래빗이 사용하는 것이 아니라, 30번에 1번꼴로 사용 가능한 개체가 출현한다고 한다. 겉모습으로는 구별할 수가 없으니 전투를 벌여 보기 전까지는 알 수가 없다고 적혀 있긴 했는데…….

설마 그 개체와 맞닥뜨릴 줄이야!

"애들아! 방어해!"

토끼 천국. 그 이름대로 무수히 많은 토끼들을 소환하여 파티 전체에 일제 공격을 가하는 기술이다. 어차피 래빗이라서 데미지가 별 대단치 않고 공격한 뒤에 소멸하긴 하지만, 어쨌든 숫자가 많아서 막아내기가 어려운 기술이었다.

""""!"""""

사방에서 솟아난 40마리에 가까운 토끼들이 주변을 종횡무진 뛰어다니며 발차기를 날려댄다.

"크!"

""""깡총! 깡총! 깡총!"""""

"커헉!"

몇 방쯤 제대로 먹히긴 했지만 견뎌냈다구. 그러나 스텀핑을 당한 상태에서 이번 공격까지 받은 바람에 HP가 30퍼센트 수준까지 깎이고 말았다.

"쿠마~."

"큐~……."

아! 우리 애들은 어떻지?

"애들아, 괜찮니?"

"──."

"무."

쿠마마는 살짝 휘청거리고 있지만, 오르트와 사쿠라는 쌩쌩했다. 저 둘은 방어력이 높으니까. 릭도 의외로 괜찮은 듯하다. 래빗들이 폭풍처럼 퍼붓는 공격을 계속 회피한 모양이다.

그러나 문제가 하나 있었다. 파우가 없다.

그건 즉…….

"파우가 죽어서 출발지에서 부활해 버렸어!"

레벨이 아직 4밖에 안 되니까~. 날갯짓 소리의 숲에 가서 레벨링을 하려고 생각했건만 설마 30분의 1 확률로 출현하는 특수 개체와 맞닥뜨릴 줄 누가 예상했겠어!

"저 토끼가!"

"쿠마마~!"

"큐~!"

"──!"

화가 난 우리는 집중 공격으로 레슬러 래빗의 나머지 HP를 다 깎았다.

"키샤……샤우……."

레슬러 래빗이 가련한 비명을 남기고서 빛의 입자가 되어 사라졌다.

"일단 시작의 도시로 돌아가야지……."

파우를 데리러 가야만 한다.

"이래서야 날갯짓 소리의 숲은 내일부터 공략해야겠네~."

파우의 레벨을 올리는 것도 목적 중 하나다. 당사자인 파우가 없다면 아무 의미가 없다.

그렇게 생각하고서 발걸음을 되돌린 직후였다.

딩동.

[유토 씨의 직업 레벨이 20이 되었습니다. 상위 직업으로 전직할 수 있습니다.]

"오오! 드디어 나도 레벨 20이 됐구나!"

설레는 마음을 억누르면서 창을 열었다.

전직을 앞두고 있으니 어쩔 수 없다. 직업이 있는 RPG의 참맛 중 하나라고 할 수 있다. 또한 전직은 어떤 의미에서 초보자 플레이어에서 벗어났다는 의미이기도 하다.

뭐, 첫날부터 플레이를 시작하여 아직껏 전직하지 못한 플레이어는 소수일 것 같긴 하지만.

"이로써 나도 LJO 플레이어로서 명함이나마 내밀 수 있게 되었구나!"

창에 뜬 전직 항목을 터치하자 전직할 수 있는 직업들이 표시되었다.

창에는 현재 직업인 테이머의 2차 직업과 함께 다른 1차 직업들이 쭉 나열되어 있었다.

나는 다른 작업으로 변경할 생각이 없으므로 테이머의 2차 직업만 확인하면 된다.

"어라? 몇몇 모르는 직업들이 있네."

목록에 표시된 테이머 계열 직업들은 미들 테이머, 하베스트 테이머, 엘레멘탈 테이머, 유니크 테이머, 커맨더 테이머까지 다섯 가지다.

미들 테이머, 하베스트 테이머, 유니크 테이머는 게시판에도 관련 정보가 실려 있다.

미들 테이머는 정통 후계직이라고 할 수 있는 직업으로 전체적으로 능력치와 스킬이 고루고루 강화된다고 한다. 선택하는 플레이어가 가장 많겠지.

유니크 테이머는 그 이름대로 유니크 개체 몬스터를 세 마리 이상 테임했을 때 전직할 수 있는 직업이다. 유니크 몬스터와의 조우 확률이 상승할 뿐만 아니라 테임한 유니크 개체의 능력에 꽤 큰 보너스가 더해진다고 한다. 다만 통상 개체에 더해지는 보너스는 미들 테이머와는 비교할 수 없을 정도로 크게 저하되고, 테임 확률도 떨어진다고 한다. 개인적으로는 꽤 써먹기 어려울 듯하다.

하베스트 테이머는 조금 특수한데 채취, 채집 스킬을 보유한 몬스터가 세 마리 이상일 때 선택할 수 있는 듯하다. 채취, 채집 스킬을 보유한 몬스터의 능력치에 보너스가 더해지고, 채취, 채집에도 보너스가 부여된다고 한다. 다만 전투에는 그다지 적합할 것 같지 않네.

커맨더 테이머도 알고 있다. 이벤트 포인트로 교환한 테이머 비전서를 사용하면 해방되는 특수 직업이다. 본체 성장률은 별로인 대신에 데리고 다닐 수 있는 몬스터의 숫자가 하나 더 늘어난다. 어차피 나는 전투가 서투르니 차라리 몬스터 숫자를 늘리는 편이 훨씬 낫다.

엘레멘탈 테이머는 처음 보는 것 같다. 목록에서 능력을 확인해 보니 정령 계열 몬스터에 보너스가 더해진다고 한다. 유니크 테이머의 정령판이라고 할 수 있다.

"정령 계열 몬스터를 세 마리 이상 테임해야만 택할 수 있는 직업이야. 아마도 오르트, 사쿠라, 파우 때문이겠지."

커맨더 테이머가 없었다면 이 직업도 괜찮을지도 모르겠다. 그러나 이번에는 커맨더 테이머를 택하도록 하자. 비전서와 교환하는데 3000포인트나 써버렸으니까.

"좋아. 커맨더 테이머를 선택."

비전서를 사용하겠느냐는 물음에 '예'라고 대답한다. 그러자 인벤토리에 들어 있던 테이머 비전서가 저절로 내 앞에 출현했다.

허공에 뜬 비전서의 책장이 바람에 휘날리듯 휘리릭 넘겨진다. 그리고 마지막 책장이 넘겨지자 내 몸에 흐릿하게 빛났다.

그러나 그 이상은 아무 일도 벌어지지 않았다.

"……이게 끝?"

몸이 살짝 빛나기만 했는데?

내가 바짝 긴장하고 있으니 비전서가 녹듯이 허공에서 슥 사라져 간다. 정말로 끝이 난 모양이다.

이 게임답지 않은 시시한 연출이다. 아니, 비전서를 얻었을 때는 다소 화려했었던가?

그래도 확인해 보니 커맨더 테이머로 확실히 전직되어 있었다.

조금 김이 새긴 하지만 연출은 이로써 끝인 모양이다.

일단 변화된 부분을 확인해 보자.

"능력치가 살짝 올랐나?"

능력치를 보니 지력과 정신력이 3 올랐고, 나머지는 1이 올랐네. 그리고 지휘 : LV1, 편성 종마+1이라는 스킬이 늘어났다. 역시 커맨더. 그야말로 지휘자구나.

보스전을 치른 덕분에 사역 스킬 레벨이 1 올라가서 테임할 수 있는 몬스터 숫자도 늘어났다. 앞으로 어떤 몬스터들을 테임하게 될는지 참 기대가 크네.

딩동.

"어? 또?"

[종마 릭의 레벨이 20이 되었습니다. 진화가 가능합니다. 스테이터스 창을 통해 진화를 진행해주십시오.]

"지, 진짜냐! 한꺼번에 왔네!"

그러고 보니 다람쥐는 레벨 20이 되면 진화할 수 있다. 몬스터는 종류에 따라 진화할 수 있는 레벨이 다르다. 다람쥐나 래빗 같은, 이른바 피라미 몬스터들은 대개 20이 되면 진화할 수 있다.

오르트와 사쿠라는 레벨이 19, 쿠마마는 17이긴 한데 정보가 적어서 진화할 수 있을는지 모르겠다. 베타 때 노움이 레벨 25 때 진화했다고 하던데 말이야. 정식판은 어떨는지.

"릭! 이쪽으로 와."

"큐큐!"

"지금부터 릭을 진화시킬 거야. 잠시 가만히 있도록."

"키큐!"

나는 척, 하고 경례하는 릭의 스테이터스 창을 열었다.

가장 위에 진화 목록이 떠 있다.

"흐~음? 순백 다람쥐, 칠흑 다람쥐는 듣던 대로인데……. 이 나뭇결 다람쥐는 들어본 적이 없는걸."

원래는 물속성을 얻을 수 있는 순백 다람쥐로 진화시킬 작정이었는데…… 어쩌지. 혹시 레벨이 오르면 다양한 수목 계열 스킬을 익힐 수 있을지도 모른다. 희귀한 진화인 것만은 확실하다.

수목 계열 스킬은 밭일에 써먹을 수 있을 가능성도 있겠네.

"뭔가 특수한 조건이 충족되어 출현했을 테니 나뭇결 다람쥐를 택하도록 할까. 릭도 괜찮지?"

"큐큐!"

릭이 손가락까지 뻗으면서 호탕하게 만세 자세를 취했다. 나뭇결 다람쥐로 진화해도 좋다는 뜻이겠지.

"좋아. 그럼 나뭇결 다람쥐로 진화!"

"큐~!"

내가 결정한 순간 릭이 찬란하게 빛나기 시작했다.

이 게임, 뭘 할 때마다 빛이 나네! 아까는 잠깐 흐릿하게 빛나다가 멎더니만. 이쪽이 더 이벤트처럼 느껴진다.

몇 초 뒤.

빛이 잦아든 자리에 모습이 크게 변한 릭이 서 있었다.

"……진짜로 바뀌었네."

"큐?"

"몸집이 한층 더 커졌고, 무늬도 달라졌어."

전에는 등이 회색이었는데, 지금은 배는 하얀색이고 나머지 부분은 갈색이 섞인, 이른바 줄무늬다람쥐 같다. 다만 평범한 줄무늬다람쥐와는 달리 등에 난 무늬가 나뭇결처럼 생겼다. 그래서 나뭇결 다람쥐라고 부르는가 보다.

나는 릭의 목에 둘러져 있는 크림슨 반다나를 느슨하게 풀어주면서 능력치를 확인해 봤다.

"가, 강해! 역시 진화!"

피라미라 불리는 종족이지만 놀랄 만큼 강화되어 있다.

HP와 MP가 10씩 늘었다. 민첩은 4, 나머지 능력치는 각각 2씩 올랐다.

이름 : 릭

종족 : 나뭇결 다람쥐, 기초Lv20

계약자 : 유토

HP : 61/61

MP : 45/45

완력 10

체력 11

민첩 26

솜씨 14

지력 11

정신 12

스킬 : 경계 · 상급, 채집 · 상급, 가지 쳐내기, 도약, 등반,
　　　달음박질, 볼주머니, 앞니 공격, 숨기, 열매탄

장비 : 크림슨 반다나

스킬도 바뀌었다.

경계와 채집이 상급으로 강화되었고 숨기, 열매탄이라는 스킬
을 새로이 얻었다. 열매탄이라. 예전에 게시판에서 언뜻 본 적이
있다. 재미난 스킬이어서 기억해뒀었지.

지극히 간단한 스킬이다. 나무 열매를 투척하여 공격하는 기술
이다. 재미난 점은 열매 종류에 따라 위력이나 효과가 달라진다
는 부분이겠지. 파란 도토리는 데미지(弱). 호두는 데미지(微)와
도발 효과가 있다고 한다.

그러나 내가 아는 건 그 정도뿐이라……. 다양하게 시도해 봐
야겠다. 위력이나 효과에 따라 특정 나무 열매를 증산할 만한 가
치가 생길지도 모른다.

현재 탄으로 쓸 만한 것들을 뽑자면 파란 도토리, 호두, 빛의
호두 정도가 있다. 아무리 그래도 빛의 호두는 쓰고 싶지 않다.

"달리 또 없나? 나무 열매……, 나무 열매라. 과일은 나무 열매
라고 할 수 없나? 릭, 이거 열매탄으로 쓸 수 있겠어?"

"큐!"

릭이 고개를 힘차게 끄덕였다. 과일도 열매탄으로 사용할 수 있는 듯하다.

"그럼 녹색 복숭아, 하얀 배, 보라 감도 가능하려나? 아깝긴 하지만 위력이 세다면 던져볼 만도 한가……."

그러나 검증하기 위해 과일을 쓰는 건 아깝다.

나중에 게시판을 보도록 하자. 관련 내용이 없다면 그때 실험하면 된다.

"일단 파란 도토리와 호두를 3개씩 넘겨줄게."

"큐!"

릭이 내가 넘긴 열매들을 볼주머니 스킬로 집어넣었다. 입 안에 물건을 집어넣는 스킬임은 알고 있지만 아무리 봐도 먹는 것처럼 보이네. 실수로 먹거나 하면 안 된다?

딩동.

"오오오오! 이번에는 또 뭐야?"

또다시 안내음이 들려와 바짝 긴장했다. 그러나 이번에는 우리와 관련된 내용이 아니었다.

[정령문 하나가 해방되었습니다. 처음으로 도착한 플레이어에게 칭호 '정령문의 해방자'를 수여합니다.]

월드 아나운스였다.

아마도 어느 플레이어가 정령문이라는 걸 해방한 듯하다.

들어본 적이 없는 장소인데 분명 전선(前線)에 있는 던전 같은 곳이겠지. 아직 제3에어리어에도 이르지 못한 나에게는 전혀 관계가 없는 이야기다.

"정령문이라……. 모험심을 꽤 자극하는 이름이야."

분명 정령계 같은 곳으로 이어지는 수수께끼의 문이겠지.

언젠가 가보고 싶다.

아마도 나는 한참 지나야만 갈 수 있을 테지만.

"일단 시작의 도시로 돌아가자."

레슬러 래빗과의 격투를 제압하고 찾아온 이튿날.

우리는 제2에어리어의 필드 중 하나인 날갯짓 소리의 숲에 발을 내디뎠다.

"걱정을 꽤 하긴 했는데 날갯짓 소리의 숲에서도 무난하게 싸우고 있네."

"쿳쿠마~!"

"좋았~어! 쿠마마, 잘 하고 있어!"

"──!"

"사쿠라도 전위를 맡아줘서 고마워."

느낌이 아주 좋다. 내 마술이나 쿠마마의 발톱 공격으로도 약한 적을 일격에 해치우고 있다. HP가 가장 높은 리틀 베어조차도 60퍼센트쯤 깎였다.

사쿠라와 오르트의 방어력도 철벽이고, 릭과 파우의 지원도 나쁘지 않다. 상대하는 적의 레벨이 올라가면 파우가 다른 애들과 적절하게 연대할 수 있을지 걱정이었는데 전혀 문제가 없었다.

오르트와 사쿠라의 자식이라서 그럴까? 두 종마와 파우의 연대는 릭이나 쿠마마와의 연대와 비교해 전혀 손색이 없었다.

또한 진화한 릭이 제법 든든하다.

민첩이 상승하여 회피율이 올라갔고, 열매탄도 적을 끌어들이는 데 유용하게 쓰이고 있다. 도발 효과가 있는 호두가 아닌 파란 도토리를 쏘더라도 적을 충분히 유인할 수가 있었다.

움직임과 스킬로 적의 시선을 끌고서 그 회피력으로 적을 농락한다. 릭에게 정신이 팔려 깊숙이 들어온 적은 쿠마마가 날린 일격의 먹잇감이 되었다.

아직 불완전하긴 하지만 릭이 회피형 탱커 같은 역할을 맡을 수 있게 되었다. 덕분에 다른 멤버들의 피격율이 줄어들었다. 정말로 든든하다.

또한 로그아웃한 동안에 게시판에서 조사해 봤는데 역시나 과일도 열매탄 스킬로 발사할 수가 있다고 한다. 녹색 복숭아는 아군을 미량 회복시켜주고, 하얀 배는 데미지(小)를 입히고 낮은 확률로 마비시킨다. 바로 보라 감은 데미지(小)와 낮은 확률로 중독을 건다.

녹색 복숭아만 사용하면 되려나? 배와 감은 상태 이상 확률이 꽤 낮은 듯하니 말이야. 뭐, 파란 도토리도 제법 데미지가 나오니 한동안은 그쪽을 주력으로 쓰면 되겠지.

진화했을 뿐인데 릭이 단숨에 에이스가 되어 버렸다.

현재 우리의 전력이라면 같은 숫자의 몬스터들은 전혀 문제없이 대적할 수 있을 듯하네.

"그나저나 파우의 레벨이 쑥쑥 오르고 있구나~."

"야~!"

"레벨이 벌써 5야."

레벨 1부터 시작했기 때문에 파우의 레벨이 쑥쑥 올라가고 있다.

"레벨 5인데 뭐 새로운 기술 같은 걸 익혔니?"

"야~!"

내가 묻자 파우가 천천히 노래를 부르기 시작했다.

"란란라라~란 ♪"

어라? 지금껏 들었던 노래와 다른 것 같은데? 아마도 새로운 노래를 익힌 모양이다. 종전의 노래보다 살짝 용맹함이 느껴진다.

"무슨 효과가 있어?"

"야~!"

파우가 씩씩한 표정으로 두 팔을 하늘로 쭉 뻗더니 그대로 앞으로 휘둘렀다.

이런 제스처를 보니 오르트의 자식 같다는 느낌이 드네~. 뭐, 말을 할 수 없는 몬스터들은 제스처로 의사를 전할 수밖에 없겠지만.

표정과 힘찬 동작으로 보아 아마도 공격을 표현하고 있는 거겠지. 치고 박는 듯한 제스처가 아닌 것으로 보아 마술과 관련이 있는 듯했다.

"흐음…… 혹시 공격 마술?"

"야~ ♪"

단번에 정답을 맞힌 듯하다. 나도 성장했네!

그렇구나. 파우의 새로운 노래에는 마법 공격력 증가 효과가 부여되어 있구나. 엄청 요긴하겠는데?

"파우는 굉장해~."

"야♪"

무심코 어깨 위에 타고 있는 파우의 머리를 쓰다듬었다. 그러자 다른 아이들이 돌진하는 기세로 몰려들었다.

"무무!"

"키큐~!"

"쿳쿠마!"

"——♪"

그리고 내 앞에 일렬로 늘어섰다. 선두에 선 오르트는 마치 인사를 하듯 나에게 머리를 내밀고 있다. 자기들도 쓰다듬어 달라는 뜻이겠지.

"자자, 알고 있어."

"무~."

나는 순서대로 몬스터들을 귀여워해 줬다.

이따금씩 그렇게 딴 짓을 하면서 날갯짓 소리의 숲을 나아가기를 10분.

지난번에는 그토록 고생하면서 겨우 도착했던 세이프티 존에 쉽게 안착했다.

"동쪽 평원에서부터 줄곧 강행군을 했으니 잠시 쉬도록 하자."

"무~!"

실은 어제 집계 데이터를 전송받았었다는 사실을 방금 전에 비로소 알아차렸다. 전투하던 도중에 데이터를 받았는지 전혀 눈치채지 못했다. 기왕 이렇게 됐으니 이곳에서 쉬면서 살펴보자.

"흐~음, 역시 내 칭호 보유수가 단연코 탑이네."

1위는 6개를 보유한 나. 2위는 3개를 보유하고 있다. 2배잖아? 예전에 내가 칭호를 4개 가지고 있다는 사실이 알려진 적이 있으니 6개 보유자가 나라는 것 역시 완전히 들통났겠네. 하는 수 없다. 누가 뭐라고 한다면 웃으면서 얼버무리자. 고객 클레임에 대응하면서 단련해 온 내 겉치레 웃음 스킬을 보여주마!

"……게임 속에서까지 현실을 떠올리지는 말자."

모처럼 즐거웠는데 기분을 잡치고 말았다.

"그리고 스킬 취득수도 신경이 쓰이네."

왠지 테임, 요리 스킬 보유자가 엄청 늘어났다.

특히 테임 보유자가 늘어나서 기쁘다. 테이머가 아닌데도 테임 스킬 보유자가 늘어났다는 것은 테임 스킬과 테이머가 재평가 받았다는 뜻이니까.

"이러다가 테이머의 시대가 오는 거 아냐?"

뭐, 아미밍 씨 같은 유명 플레이어도 있고, 언젠가는 이런 날이 오리라 믿고 있긴 했지만!

테임을 가장 많이 한 플레이어를 보니 무려 14마리다. 나의 거의 3배다. 굉장하네. 이런 사람들이 전선에서 활약했으니 테이머의 가치가 올라간 거겠지.

"오, 식물 지식 취득자의 숫자가 2백 명을 넘었잖아. 널리 퍼졌구나~. 좋아, 좋아."

숫자가 이렇게 늘었으니 허브티 찻잎도 여러 곳에서 유통되겠지. 이제는 소동도 가라앉을 것이다. 드디어 해방될 듯하다.

또한 집계 데이터와 함께 운영진의 메시지도 동봉되어 있었다.

[이벤트 종료에 따라 일부 시스템이 해방되었습니다.]

일부 시스템? 예전에도 비슷한 안내가 있었지? 그때는 필드에 새로운 몬스터가 추가되었었지. 이번에는 무슨 일이 벌어지려나?

뭐, 언젠가 알게 될 테니 지금 생각해봤자 소용없나? 슬슬 출발하도록 하자.

"얘들아~, 그만 가자~."

그렇게 외쳤지만 아무도 돌아오지 않았다. 다들 동그랗게 모여 무언가를 하고 있네.

다가가서 보니 토산 무너뜨리기 놀이를 하고 있는 듯하다. 내 목소리가 들리지 않을 만큼 집중하고 있다니. 놀 때도 전력을 다하는구나.

아니, 파우의 음악에 내 목소리가 묻힌 것 같기도 한데 말이야. 점점 무너지는 토산 옆에서 모 상어 영화에서 흘러나왔던 그 배경음과 흡사한 중저음을 두~둥 두~둥 연주하며 긴장감을 북돋고 있다.

조금만 더 지나면 승부가 날 것 같으니 잠시 기다려 줄까.

"오, 마을이 보인다."

세이프티 존을 출발한 우리는 얼마 지나지 않아 제2에어리어에 있는 마을에 도착했다.

마을이라고 해 봤자 여관과 도구점과 대장간 등이 있을 뿐 민가도, 뭣도 없는 자그마한 동네이긴 하지만.

NPC도 점원밖에 없어서 활기가 느껴지지 않는다.

뭐, 쉴 수만 있다면 어떤 곳이든 감사하긴 하지만.

나는 도구점에서 쓸 만한 아이템이 있는지 찾아봤다. 허브 씨앗 같은 게 있을까 싶었는데 딱히 눈에 띄는 것은 없었다.

"노점도 없고, 정말로 세이프티 존에 여관만 세워져 있는 수준이네."

딱히 용건이 없어서 마을을 나가 출발하자고 생각하던 때였다.

"어라? 백은 씨 아닙니까!"

"안녕하세요!"

낯익은 플레이어가 말을 걸었다.

"츠요시와 타카유키?"

적갈색 단발 검사 츠요시와 중간에서 가르마를 탄 파란 머리 창잡이 타카유키였다.

예전에 정령의 제단으로 이어지는 지하도에서 도와줬던 2인조다. 내가 누군가를 도운 적이 워낙 드문지라 기억하고 있다.

"동쪽 도시로 가는 중입니까?"

"어, 맞아. 두 사람은?"

"우린 제2에어리어에서 소재를 모으고 있습니다. 날갯짓 소리의 숲에는 곤충 계열 몬스터가 많이 출몰하니까요."

"가벼운 방어구를 제작하기에 안성맞춤이죠."

얼핏 보니 두 사람 모두 회피형 경전사인 모양이다. 가벼운 방어구가 필수겠지.

"아직도 둘이서 플레이하고 있는 거야?"

"아뇨, 다른 동급생들이랑 함께 플레이하고 있어요. 저희 둘만으로는 아직 제2에어리어가 버겁거든요."

"실은 제4에어리어까지 진행하긴 했는데 레벨링을 도와 달라고 해서."

그렇게 두 사람과 대화를 나누고 있으니 그들의 동료로 추정되는 플레이어들이 다가왔다.

"츠요시, 타카유키, 지인이야?"

"어. 예전에 신세를 졌던 사람이야!"

"아니, 신세라고 할 정도는 아냐. 한 번 도와줬을 뿐이지."

"그때 도움을 받으면서 우리들도 여러모로 공부가 되었거든요."

으~음, 역시 현역 고등학생. 솔직하네. 너무 시원시원해서 이 아저씨가 추울 정도야.

"이 녀석들은 저희 파티 멤버입니다."

"아, 안녕하세요. 히나코예요."

"세루리안입니다."

"이완입니다."

츠요시의 동급생답게 다들 예의바르고 시원스럽다. 나를 향해 깍듯이 고개를 숙이고 있다. 분명 그들은 대학교까지 쭉 진학할 수 있는 명문 사립학교에 다니는 학생임이 틀림없다(편견).

"난 테이머인 유토야."

"예? 여, 역시……. 자, 잠깐만 기다려 주시겠어요?"

"어? 괜찮긴 한데."

내가 자기소개를 하자 나중에 온 세 사람이 츠요시와 타카유키를 에워싸고서 속닥거리기 시작했다.

"……어떻게……."

"……지인이라면……."

"……어디서……."

왜 그러는 걸까? 말소리가 조금밖에 들리지 않긴 하지만, 세 사람이 츠요시와 타카유키를 추궁하고 있는 듯하다.

그렇게 3분쯤 기다리니.

"오, 오래 기다리셨습니다~."

"갑자기 죄송합니다."

"아니, 뭐 상관없긴 한데 무슨 일 있었어?"

"아뇨, 아뇨, 개의치 말아주세요!"

"잠시 설교……가 아니라 확인을 했을 뿐이니까."

히나코와 세루리안 여성 콤비가 무언가 얼버무리듯 오호호호, 하고 웃었다. 그뒤에서는 침울해하고 있는 츠요시와 타카유키의 어깨를 이완이 툭툭 두드리며 위로하고 있었다.

"정말로 괜찮아?"

"아, 예! 괜찮고말고요!"

"신경 쓰지 마세요!"

뭐 넘어갈까. 분명 동급생들끼리만 아는 속사정이 있겠지. 나도 고등학생 때 친구들과 바보 같은 짓을 벌였었지.

"근데 그…… 백은 씨 맞죠?"

"그 몬스터 동영상에서도 봤는데."

아마도 나를 아는 듯하다.

"뭐, 그렇게 불리기도 하지."

"꺄아~! 역시!"

"여기서 만나게 될 줄이야!"

꺅꺅거리고 있는 소녀들의 시선이 우리 애들에게 쏠려 있다. 히나코는 릭, 세루리안은 사쿠라의 팬인 모양이네. 그나저나 동영상?

"동영상이라니 뭐야?혹시 우리를 몰래 찍은 동영상이라도 나돌고 있는 줄 알았는데 착각이었다. 공식 동영상에 나와 우리 애들이 찍혀 있단다.

그러고 보니 무술대회 동영상만 봤을 뿐 우리가 참가했던 이벤트 동영상은 아직 보지 않았다. 왜냐면 무술대회 동영상이 플레이어들이 올린 것까지 포함하여 100편 이상 업로드되어 있어서 아직 다 보지 못했기 때문이다. 나중에 마을 동영상도 보도록 하자.

그렇게 생각하고서 공식 홈페이지를 확인하고 있으니 이완이 말을 걸어왔다. 마술사처럼 입고 있네. 그러나 그의 직업은 마술사가 아니었다.

"저기, 저도 테이머입니다."

"어? 그래?"

우와 동료였다.

"근데 몬스터는 어쨌어?"

"예, 오늘은 다함께 파티를 맺어서 이 녀석만 데려왔는데요. 스네이크, 인사해야지."

"슈~."

이완의 로브 안에서 대가리가 큰 뱀이 얼굴을 쑥 내밀었다. 몸길이가 2미터쯤 되려나?

이완의 몬스터라는 걸 알면서도 만지려면 조금 용기가 필요할 만큼 몸집이 크다. 그 큰 뱀이 내 어깨 위에 있는 파우와 릭에게 얼굴을 가까이 대더니 혀를 날름거리고 있다.

서로 인사를 나누고 있다는 걸 알면서도, 설령 파우가 웃고 있다고 해도 불안해지는 광경이다.

이 주변에는 스네이크라는 뱀 몬스터가 출몰한다.

"스네이크가 진화한 건가?"

"예. 레벨 20이 되어 스네이크에서 진화한 바이퍼입니다."

"으~음, 이런 것도 멋있네."

분명 위압감이 느껴지긴 하지만, 이 몬스터가 아군이 된다고 생각해 보니 오히려 괜찮은지도.

"강해요. 공격력도 높고, 은밀성도 좋거든요. 물속으로도 갈 수 있고요."

"오호. 그거 든든하겠네."

우리는 서로 몬스터에 관한 여러 정보들을 교환했다. 크으~, 역시 테이머와 대화를 나누니 공부가 되네.

일단 이완과 헤어지기 전에 프렌드 코드를 교환해 뒀다. 테이머 동료는 중요하다.

메일함을 보니 아릿사 씨가 보낸 메일이 와 있었다.

단골에게만 보내는 알림 메일인 듯하다. 어제 그 '정령문'에 관한 대단히 유용한 정보를 입수했으니 흥미가 있는 사람은 속히

와달라고 적혀 있었다.

나 같은 플레이어를 단골로 여겨줘서 기쁘긴 하지만 지금 당장은 무리다.

정령문에 조금 흥미가 있으니 시작의 도시로 돌아가거든 얼굴을 비추도록 하자.

"일단은 제2에어리어부터 공략해야지."

이완 일행도 다시 사냥을 하러 간 것 같으니 우리도 출발할까.

"이~봐, 애들아……, 또냐."

일단 토산이 무너져 막대기가 쓰러질 때까지 기다려 주기로 하자.

그렇게 마을을 출발한 지 한 시간째.

실은 나는 맵 데이터를 보면서 어떤 곳으로 가고 있는 중이었다.

"이제 곧 그곳에 도착하겠네."

제2에어리어는 거의 모든 데이터가 밝혀졌다고 하지만 딱 하나 수수께끼가 남아 있었다.

제2에어리어의 동서남북에 있는 부자연스러운 오브젝트 말이다.

예를 들어 발톱의 수해에는 바람이 지날 때마다 소리가 나는, 구멍이 뚫린 커다란 바위가 있고, 뿔의 수해에는 무슨 짓을 해도 불이 꺼지지 않는 나무만한 거대한 횃불이 있다. 어금니의 숲에는 높이 3미터짜리 석판이 원을 그리듯 서 있는 작은 스톤헨지 같은 장소가 있다고 한다.

그리고 우리가 있는 날갯짓 소리의 숲에는 주변에 형형색색의 꽃이 흐드러지게 피어 있는 아름답고도 깊은 샘이 있다.

처음에는 무언가가 숨겨져 있으리라 짐작한 수많은 플레이어들이 이곳을 방문하여 수수께끼 풀이에 도전했다고 한다. 그들은 무언가를 바쳐야할 것 같다며 온갖 아이템을 들고 오기도 했고, 그곳을 향해 마술을 써보기도 했다.

그러나 그 수수께끼를 푼 사람은 하나도 없었다.

그리고 그후에는 그저 판타지 느낌을 연출하기 위한 풍경의 일부인 것 같다는 가설이 정설로 굳어져버렸다고 한다.

아릿사 씨는 역시나 수수께끼가 있다고 생각하는 듯하지만, 끝내 그 해답에 도달하지 못했다고 한다.

이유는 모르겠지만 아릿사 씨가 그곳에 가보라고 강하게 권했다. 봐둬서 손해 볼 일은 없으니 꼭 가보라고 맹렬하게 등을 떠밀었다. 뭐, 아릿사 씨가 그렇게까지 말했을 정도니 어지간히도 눈에 담아둘 만한 가치가 있는 장소겠지. 동쪽 도시로 가는 최단 경로에서 꽤 벗어나야만 하지만, 현재 우리의 전력이라면 다소 무리를 하더라도 문제가 없고, 진귀한 광경도 봐두고 싶다.

나는 그렇게 생각하고서 수수께끼의 샘으로 가기로 했다.

그렇게 날갯짓 소리의 숲을 나아가고 있으니 조금 트인 곳이 나왔다.

"있다. 저거 같은데."

정보에 나온 대로다. 직경 10미터쯤 되는 원형 광장이 있다. 그 중심에 꽃들에 둘러싸인 아름다운 샘이 존재하고 있었다.

"흐음……. 듣던 대로 단순히 풍경의 일부라고 보기는 어려울 것 같네. 신비로운 느낌도 들고, 뭔가 수수께끼가 숨겨져 있을 같아. 모두들 살펴봐 줘."

내가 그렇게 말하자 우리 애들이 일제히 샘으로 달려갔다.

"무무?"

"큐~?"

"야~?"

오르트와 릭, 파우는 샘을 들여다보더니 물을 첨벙첨벙 튀기고 있다.

"쿠마?"

"──?"

쿠마마와 사쿠라는 샘 주변을 돌아다니며 무언가 없는지 살피고 있다.

나도 우선은 주변부터 탐색하도록 하자.

"으~음······."

일단 한 바퀴를 돌아봤지만 역시나 아무것도 없었다.

뭐, 잡초인 수선화와 구근을 발견하여 조금은 성과가 있기는 했지만. 그러나 정작 샘과 관련된 수수께끼는 아무것도 알아내지 못했다.

"낚시라도 해볼까?"

그렇게 생각하고서 샘 주위에 서 봤더니······.

"어어? 이게 뭐야?"

느닷없이 샘이 빛나기 시작했다. 처음에는 태양빛이 반사된 줄 알았는데 샘 자체가 뿌연 빛을 발하고 있다.

이런 이야기는 구입한 정보에는 실려 있지 않았는데!

갑작스러운 현상에 놀라고 있으니 안내음이 들려왔다.

[수령(水靈)의 제단에 물의 결정을 바치겠습니까?]

수령의 제단이란 여길 가리키는 건가? 물의 결정을 바친다? 으음, 무슨 뜻이야?

"……바친다는 건 물의 결정이 없어져 버린다는 뜻이겠지."

물의 결정이라. 다른 아이템이었다면 망설이지 않았을 테지만, 물의 결정은 너무 귀하다.

부화기에도 사용할 수가 있고, 팔면 50000G를 벌 수 있다니까? 정체불명의 제단에 바치라고 한들…….

그러나 나를 고민케 하는 이유가 하나 있었다.

"수령의 제단이라고 했지? 오르트의 장비 이름에 토령이라는 글자가 붙어 있긴 한데……."

혹시 뭔가 관계가 있는 게 아닐까? 노움이 토령이라면 수령? 운디네 같은 몬스터가 출현하려나?

팔면 50000G.

그러나 분명히 뭔가 특수한 이벤트가 벌어질 것이다.

"으~음……. 이번 기회를 놓치면 나중에 어떻게 될지 알 수가 없으니……."

시작의 도시에서 찾아냈던 정령의 제단이 떠올랐다.

나무의 정령과 만나려면 나무의 날에 제단으로 가야만 한다. 그렇다면 수령의 제단은 물의 날? 공교롭게도 오늘은 게임 내 시각으로 1월 18일 물의 날이다.

물의 날에 물의 결정을 들고서 이 제단에 가는 것이 조건이라면 오늘을 놓친다면 앞으로 일주일이나 더 기다려야만 한다.

다만 이건 어디까지나 내 추측이다. 어쩌면 기적적으로 전혀 다른 조건을 충족했을 가능성도 높다.

'YES / NO' 선택지가 아직도 떠 있다.

아직껏 그 누구도 밝혀내지 못한 샘의 수수께끼. 이건 로망이긴 하지~.

"으~음. 해볼까."

물의 결정은 초레어 아이템이긴 하다. 그러나 아깝다는 마음 이상으로 이 제단을 향한 호기심이 더 강하다.

다음에 왔을 때 똑같은 이벤트가 벌어질지 알 수가 없으니까.

"좋아, 바칩니다!"

[그럼 물의 결정을 샘에 넣어주십시오.]

지시대로 물의 결정을 꺼내 샘에 던졌다. 그러자 샘에서 더욱 강한 빛이 뿜어지더니 하늘을 향해 세차게 솟구쳤다.

"엄청난 연출이네~!"

이 게임의 운영진은 빛을 내는 것을 참 좋아하긴 하지만, 이보다 더 화려한 연출을 본 적이 없다고!

이, 이건 물의 정령님이 강림하려는 건가?

그러나 내 앞에 나타난 것은 정령님이 아니라 거대한 문이었다.

고대유적 입구에 설치되어 있을 것 같은, 신비로운 분위기가 물씬 풍기는 돌문이다.

문 표면에는 파도와 흡사한 복잡한 문양이 새겨져 있어서 신비로운 느낌을 더욱 고조시켰다. 높이는 5미터쯤 되겠지.

그런 문이 느닷없이 내 앞에 출현했다.

"어음……."

닫혀 있는 문을 보고서 어쩌면 좋을지 고민하고 있으니 이내 그 문이 고고고고, 하고 열리기 시작했다.

다행이다. 자력으로는 절대로 열지 못할 테니까.

그 직후 월드 아나운스가 울려퍼졌다.

[정령문 하나가 해방되었습니다.]

〈수령문을 해방한 유토 씨에게 보너스로 스킬 스크롤을 무작위로 증정합니다.〉

이게 소문난 그 정령문이었구나!

어제 정령문과 관련한 월드 아나운스가 흘러나왔었다.

아마도 내가 두 번째겠지. 어제는 불의 날. 요일과 결정이 연동된다는 가설이 사실이라면 그날 화령문이 열렸을 것이다.

그렇다면 토령문은 흙의 날. 풍령문은…… 무슨 날? 바람의 날 같은 건 없는데. 달, 나무, 쇠, 해의 날 중 하나일 텐데……. 나도 몰라.

"그리고 스킬 스크롤을 준다고 했지."

인벤토리를 확인해 보니 선물 박스가 들어 있다.

이걸 열면 무작위로 스킬 스크롤이 나오는 모양이다.

"좋아, 당장 열어 보자!"

어떤 스킬일지는 모르겠지만 공짜로 얻을 수 있어 기쁘다. 좋은 스킬이 나온다면 더욱 신날 텐데!

"뭐가 나오려나, 뭐가 나오려나. 테레테테텟테~테레레레~ ♪"

선물 박스를 여니 '수중 탐사' 스킬 스크롤이 나왔다.

"으~음, 모르는 스킬인데."

이 게임은 스킬 숫자가 방대하다. 그래서 흥미 없는 스킬까지다 익힐 수는 없다.

"일단 사용할까."

양피지 스크롤을 펼치고서 속으로 사용하겠다고 읊었다. 그러자 스크롤이 가볍게 빛나면서 소멸하고, 무사히 스킬을 취득했다.

곧바로 스킬 능력을 확인해 봤다.

"오호라, 재밌는 스킬이네."

마력을 에코처럼 퍼뜨려 수중을 탐사하는 스킬이다. 정보가 3D로 처리되어 내 스테이터스 창에 표시된다.

레벨이 오르면 정밀도가 올라가고 범위도 넓어진다고 한다. 재밌기는 하지만 개인적으로는 써먹을 데가 없을지도 모르겠다. 아마도 수중에서 활동할 수 있는 종족에게 필수인 스킬이겠지.

"일단 문에 들어가 볼까……. 좀 무섭네."

열린 문 너머가 보이지 않았다.

어두워서 보이지 않는 것이 아니라 마치 물속에 있는 것처럼 파란 빛이 울렁이고 있다.

그러나 이곳에 들어가지 않는다는 선택지는 당연히 없다.

"좋아, 모두들 가자!"

"무무!"

"키큐!"

"쿠마~!"

"──♪"

"야~!"

오르트와 쿠마마와 릭은 오른손을 들어올리며 의욕을 보였다. 사쿠라는 평소처럼 웃고 있네. 파우는 분위기를 북돋기 위해 음악을 연주하기 시작했다. 캐리비안의 ○적의 테마송처럼 모험감이 물씬 느껴지는 곡이다.

우선은 손가락으로 파란 빛을 가볍게 찔러봤다. 그러자 문과 이쪽 세계와의 경계에 정말로 수면(水面)이 있는 것처럼 파문이 일었다.

아니, 수령문이니 진짜로 물……? 문에 들어가자마자 물에 빠지기라도 하면 싫은데…….

그대로 팔을 쑥 넣어봤더니 정말로 물속에 담근 것 같은 촉감이 느껴졌다.

"오오우, 왠지 섬뜩하다……."

그런데 팔을 빼보니 하나도 젖지 않았다.

"에잇, 남자는 배짱!"

나는 결심하고서 문 속에서 울렁이는 파란 빛으로 뛰어들었다.

온몸이 액체에 휩싸이는 감각이 느껴지더니 이내 맞은편으로 빠져나왔다.

"건물, 안인가……?"

그곳은 커다란 광장 같은 곳이었다. 석조 신전처럼 보인다. 어둑한 실내의 사방에는 신기한 구슬이 떠 있는데, 푸르께한 빛을 발하여 실내를 신비롭게 비추고 있었다.

"무무~!" "──♪" "큐~!" "쿠마~!" "야야~!"

아마도 차례대로가 아니라 일제히 문 안으로 뛰어든 모양이네.

오르트와 아이들이 우르르 쏟아져 한데 포개졌다.

"괜찮아?"

"무."

가장 아래에 깔린 오르트가 활짝 웃으며 손을 들었다. 별 문제 없는 듯하다.

"그나저나 여긴……."

"잘 오셨습니다. 해방자여."

"어어? 누구?"

"난 운디네의 수장. 그대를 환영합니다."

방 안으로 순간이동한 것처럼 느닷없이 나타난 그 존재는 곱슬한 물색 머리를 포니테일로 묶은 아름다운 여성이었다.

무희처럼 얇고 하늘하늘한 옷을 입고 있는데 왠지 수림대수의 정령님과 닮은 듯하다. 그쪽이 녹색이라면 이쪽은 물색이다.

"여긴 어딘가요?"

"이곳은 운디네의 숨겨진 거처. 선택받은 자만이 방문할 수 있는 성지입니다."

"과연, 그래서 수령문인 건가?"

"이쪽으로 오시죠. 안내해드리겠습니다."

"아, 예."

운디네 씨가 발걸음을 돌려 걸어나가기 시작했다. 우리는 황급히 그 뒤를 쫓았다. 운디네 씨는 광장에서 이어지는 통로를 나아갔다.

좁은 통로를 빠져나가자 아름다운 광경이 펼쳐져 있었다.

방금 전까지 걸었던 어둑한 석조 던전이 아니다. 유럽 거리에서나 볼 수 있는 분수 광장 같다고 해야 할까?

천장도, 벽도, 바닥도 모두 하얀 대리석으로 되어 있는 신기한 거리다. 그래, 천장이 있다. 그곳은 광대한 돔 같은 건물 안에 있는 거리였다. 뭐, 도쿄돔보다도 훨씬 넓겠지.

벽과 통로, 천장, 계단과 공중통로에까지 폭포나 수로가 종횡으로 설치되어 물이 쉴 새 없이 흐르고 있다. 역시 물의 정령의 거처답다는 느낌이 든다.

그리고 그곳에는 운디네의 수장과 흡사한 아름다운 소녀들이 많이 있었다. 평범하게 대화를 나누는 자들도 많았지만, 개중에는 상점 같은 곳을 운영하는 자도 있었다.

"여긴 우리 물의 정령의 거리. 문을 통해 들어온 인간이니 자유로운 행동을 허가하겠습니다."

"아, 감사합니다."

이거 재미난 장소다. 곧장 여러 가지를 조사하고 싶다. 아니,

그전에 이야기부터 들어야겠지. 나는 운디네 수장에게 말을 걸어 봤다.

"저기, 몇 가지 질문이 있는데요."

"뭔가요? 대답할 수 있는 범위 내라면 알려드리도록 하죠."

"감사합니다. 으음, 이곳에 또 오려면 물의 날에 물의 결정을 바쳐야만 하나요?"

"아뇨, 날과 결정을 일치시켜야만 하는 건 최초 한 번뿐입니다. 한 번 들어왔던 자는 언제든지 문을 지날 수 있습니다."

방금 들은 건 중요한 정보다. 역시나 물의 날에 물의 결정을 바쳐야만 하는 듯하다.

"저와 함께라면 누구든 이곳에 올 수 있습니까?"

"아뇨, 자격자만 들어올 수 있습니다. 자력으로 문을 통과하지 못한 비자격자는 튕겨지겠지요."

타인을 데리고 올 수 없다고 한다. 다만 몬스터는 들어온 것으로 보아 플레이어에게만 자격이 필요한 거겠지.

"그리고 저 문은 뭐죠? 엄청 큰데."

우리가 들어온 입구와는 정반대. 그곳에는 먼발치에서도 또렷하게 보이는 거대한 문이 있었다.

아무리 생각해도 중요 시설이겠지.

"저곳은 수령의 시련입니다. 우리와는 다른, 미쳐버린 가련한 동포들이 봉인되어 있습니다."

"그건 운디네가 적으로서 출현한다는 뜻?"

"예. 귀하가 이해하기 쉽게 말하자면 던전이라고 할 수 있을까요?"

"미쳐버린 정령을 쓰러뜨리면 여러분들의 심기를 건드리지 않을까요?"

"아뇨. 미쳐버린 정령은 소멸시켜 주는 것이 자비입니다. 원래대로 되돌릴 수 있다면 좋겠지만…….."

적으로 출현한 운디네를 쓰러뜨리더라도 비난은 듣지 않을 듯하다.

달리 뭔가 물어볼 만한 게 또 있나? 궁금한 건 다 물어본 것 같은데…….

"아, 하나 더. 저기 물고기가 보이는데 여기서 낚시를 해도 됩니까?"

"상관없어요."

정령의 거처에서 서식하는 물고기. 뭔가 재미난 것이 있을지도 모르겠네. 이 역시 기대가 된다.

"그럼 난 입구로 돌아가겠습니다. 또 뭔가 궁금한 게 생기거든 물어봐 주세요."

"알겠습니다. 여러모로 설명해 줘서 감사합니다."

운디네 씨가 고개를 숙이고서 떠나간다.

"좋아, 바로 탐색이다!"

"무~!"

"키큐!"

"쿠마~!"

"아, 달리면 위험해!"

그렇게 발을 내딛은 수령의 도시는 어디를 둘러보더라도 모두 아름다웠다.

그 모든 것들이 하얀색과 물색이 섞인 마블 모양의 대리석으로 만들어져 있다. 사방에서 들리는 물소리가 마치 졸졸 흐르는 시냇물 같아서 귀가 상쾌하다.

단순히 도롯가에 수로가 깔려 있는 수준이 아니다. 길 가운데로 가느다란 수로가 무수히 뻗어 있고, 계단마다 작은 폭포수가 떨어진다. 광장에는 커다란 분수가 무지개를 빚어내고 있다.

그렇게 물로 채색된 거리를 물색 머리 소녀들이 거닐고 있다.

정말로 환상적이다.

"크으~, 이게 바로 판타지 세계지."

흥분되기 시작했다!

"우선 상점부터 가보자."

"──♪"

"야~!"

일단 가까운 상점을 들여다봤다.

"여긴 무구점인가?"

"어서 오세요. 운디네의 무구점이에요."

물속성이 부여된 무구들을 팔고 있다. 성능도 꽤 좋다. 그러나 아주 묵직한 장비들이 많았다. 내가 쓸 수 없는 물건들뿐이었다.

다만 재미난 장비가 2개 있어서 무심코 사버렸다.

명칭 : 낚시인의 신발

레어도 : 4

품질 : ★5

내구도 : 220

효과 : 방어력+11, 낚시 보너스 소

장비 조건 : 낚시 스킬

중량 : 1

낚시 스킬에 보너스가 붙는 장비다. 방어력도 올려주고, 가격도 내가 감당할 수 있는 수준인 8000G였다. 이로써 낚시를 보다 더 즐길 수 있겠지.

그리고 두 번째 아이템은 바로 수령의 피켈이다.

명칭 : 수령의 피켈

레어도 : 4

품질 : ★6

내구도 : 400

효과 : 채굴 전용, 수중 채굴에 보너스

중량 : 1

이 장비에서 가장 중요한 효과는 수중 채굴에 보너스가 붙는다는 것이다. 다시 말해 수중에 채굴 포인트가 있다는 뜻이다. 오르트는 오랫동안 입수할 수 없을 것 같으니 여차하면 내가 채굴해야겠네.

더욱이 슬슬 내가 직접 채굴해야겠다고 생각하던 차였다. 이런 스킬은 오랜 시간에 걸쳐 차근차근 올려 나가야 한다. 일찍 취득하는 편이 유리하다. 이미 채굴 스킬도 보유하고 있으니 앞으로는 채굴도 열심히 해나갈 작정이다.

그다음에 식재료점을 들여다봤더니 다양한 생선들이 진열되어 있다. 이거 기쁘다. 예전에 낚은 적이 있는 비기니 황어에다가 비기니 송어, 비기니 떡붕어도 있다. 그러나 내 이목을 가장 끈 생선은 비기니 뱀장어와 비기니 새우, 비기니 재첩이었다.

혹시 이 근방에서 잡을 수 있나? 나중에 시도해 보고서 잡는 데 실패한다면 여기서 사버리자. 뱀장어는 한 마리에 2000G나 하니 낚시로 꼭 잡고 싶다.

그다음은 도구점에 갔다. 상품들을 쭉 확인하니 낚시도구가 충실히 갖춰져 있다.

"우와~! 이거, 좋네~."

지금 쓰고 있는 낚시도구와 비교하여 성능이 월등히 낫다.

수령의 낚싯대, 수령의 어롱, 수령의 통발, 수령의 루어까지 모두 훌륭하다.

"……외관도 멋지고 말이야."

정체 모를 푸르께한 소재로 만들어진 낚시도구는 오타쿠의 마음을 간지럽히는 매력이 있었다.

"앞으로 낚시를 더 자주 할 예정이니……."

선행 투자라고 생각한다면 나쁘지는 않다. 아마도.

"……좋아, 사버릴까."

낚싯대, 어롱, 통발, 루어 2개. 다 합쳐서 24000G. 물고기를 마구 낚아내면 맛있는 음식도 먹을 수 있으니 금세 잘 샀다고 여기게 될 거야. 아암.

"무~."

그러니 오르트, 그런 눈으로 보지 마. 내가 너무 흥분했다는 걸 인정하고 있으니까.

"그럼 다음 가게를 가보도록 할까~."

"무~……."

등 뒤로 오르트의 한숨을 들으며 다음 가게로 향했다. 그곳은 잡화점이었다. 수광석으로 제작되어 냉각 효과가 있는 컵을 비롯해 재미있는 아이템이 많았다. 그중에 내 이목을 끄는 아이템이 진열되어 있었다.

"수초 씨앗? 이게 뭐지? 오르트, 밭에 심어 키울 수 있을까?"

"무~."

"어려워? 설비 부족? 스킬 부족?"

"무무."

아마도 둘 다인 모양이다. 아쉽지만 지금은 구입하더라도 소용이 없을 듯하다. 재배할 수 있는 환경이 갖춰지거든 사러 오도록 하자.

그 다음은 약방을 방문했다. 여타 상점처럼 포선류가 진열되어 있는 옆에 수중호흡약이라는 약도 놓여 있었다. 사탕처럼 생겼는데 입에 머금고 있으면 수중에서도 호흡을 할 수 있다고 한다.

재밌을 것 같긴 하지만 상당히 비싸다. 가장 짧은 30분짜리가

2000G나 한다. 그래도 만약의 경우도 있을 수 있으니 하나 정도
는 갖고 있어도 되려나? 어디서 물에 빠질지 알 수가 없으니. 물
마술인 아쿠아링과 조합하면 꽤 오랫동안 잠수할 수 있겠지.

좋아, 하나 구입해 두자! 다른 데서는 찾아볼 수 없는 약이니
까. 약방 옆에는 식당이 있었다.

"오호, 여기가 식당인가?"

더욱이 테이크 아웃도 가능한 듯하다. 메뉴판을 보니 생선 소
금구이와 조림 등 나도 만들 수 있을 것 같은 음식이 많다. 아쿠
아 파짜나 부야베스 같은 걸 차려 먹으면 근사할 것 같네. 돌아가
거든 시도해 보고 싶다.

"그나저나 군침이 도네……."

그저 메뉴판에 음식명이 적혀 있을 뿐만 아니라 실물까지 매대
에 진열되어 있었다.

시각과 청각이 마구 자극된다. 아아, 야단났다.

"……저기, 비기니 은어 소금구이 하나."

"감사합니다~!"

미안. 결국 참아낼 수가 없었어! 그래도 후회는 없다! 엄청 맛
있다!

"이건 간단히 만들 수 있을 것 같으니 꼭 따라해 보자."

자, 다음 가게가 마지막인가?

"……무슨 가게지?"

환하고 청결하지만 어딘지 사무적인 인상이 느껴지는 가게다.
카운터는 있는데 상품이 없다. 대신에 의자가 놓여 있다. 마치 관

청이나 부동산 중개업소 같다.

"저기요~, 여긴 뭘 파는 가게인가요?"

"어서 오세요! 여긴 홈 오브젝트를 취급하고 있습니다."

"홈 오브젝트? 이런 데서도 팔고 있네?"

홈 오브젝트란 자신의 집에 설치할 수 있는 다양한 아이템을 말한다. 선반이나 탁자처럼 생활에 필요한 가구부터 조각상이나 벽걸이 장식 같은 미술품도 있다.

보통은 집을 구입해야만 의미가 있지만 나에게는 일단 밭이 있다. 집이 아니라 밭 전용 오브젝트도 있을 것 같으니 일단 상품을 보도록 해볼까?

"오호호, 과연."

밭에 설치할 수 있는 오브젝트가 4개 있었다. 물을 자동으로 살포해주는 스프링클러. 밭 안에 어디든 설치할 수 있는 우물. 그리고 수경재배용 풀에다가 물이 늘 샘솟는 '정화의 샘'까지.

모두 기능이 흥미로워서 갖고 싶다. 그러나 스프링클러와 우물은 그만두자. 당장 급하지 않으니까.

수경재배용 풀이 있으면 수초를 키울 수 있을 줄 알았는데 그것만으로는 무리라고 한다.

"어? 안 돼? 풀이 있더라도 스킬이 부족한 건가?"

"무."

"그런가~."

오르트도 관련 스킬이 부족한 듯하다.

나는 취득 가능한 스킬 일람을 확인해 봤다. 그러나 그럴듯한 스킬이 없었다. 아마도 초기 스킬은 아니겠지. 농경 스킬을 올려야만 취득할 수 있지 않을까 싶다.

그리고 마지막에 언급한 정화의 샘 말인데 이게 꽤 굉장하다. 매일 50개씩 정화수를 채취할 수 있다. 조합할 때 쓸 수 있을 뿐만 아니라 정화수를 밭에 뿌리면 작물 품질도 끌어올릴 수 있을 듯하다.

"엄청 좋잖아?"

"무무."

"오르트도 그렇게 생각하니?"

"무."

오르트도 찬성인 모양이다. 밭 4면밖에 차지하지 않으니 꼭 사고 싶다. 다만 가격이 20000G나 한다.

아니, 그래도 나는 거의 매일 조합할 때 정화수를 쓴다. 밭에서 수확한 약초 등으로 포션이나 독약을 만들고 있다. 계산해 보니 한 20일이면 본전을 거둘 수 있을 듯하다.

"좋아, 사버리자."

"무!"

"감사합니다. 그럼 이걸 받아주세요."

"이건?"

점원이 양피지 한 장을 내밀었다. 샘 그림이 그려져 있다.

"오브젝트를 설치하고 싶은 곳에 이 양피지를 두고서 설치를 명령해 주세요. 그러면 그 지점에 샘이 소환되거든요."

이 종이가 상품일 줄이야. 편리하네. 지금 당장 설치되는 것이 아니라 나중에 원하는 곳에 설치할 수 있어서 참 기쁘다. 밭으로 돌아가거든 가장 알맞은 곳이 어디일지 생각해보자.

"다음은 낚시! 가자, 오르트!"

"무~!"

자, 어떤 물고기를 낚을 수 있으려나?

수로마다 물고기 실루엣이 비치는 것으로 보아 어쩌면 이 도시에서는 어디서든 물고기를 낚을 수 있을지도 모른다. 잠시 돌아다니다가 물고기 실루엣이 짙은 듯한 장소를 발견했다. 커다란 분수 광장을 에워싸듯 흐르는 수로 옆이었다.

"그럼 낚시 타임을 가져볼까?"

"――."

"야~!"

"아, 파우는 되도록 연주하지 말아 줄래?"

"야, 야야?"

"그렇게 충격받은 표정을 지어도……. 물고기가 달아나잖아."

"야~."

그런 이야기들을 주고받은 뒤 낚싯줄을 드리웠다. 청량한 물소리와 운디네들의 재잘거림. 적절하게 서늘한 공기가 상쾌해서 기분 좋다. 마치 계곡에 와 있는 듯하다.

수령의 도시에서 낚시를 하기를 세 시간째.

거리를 돌아다니며 다양한 포인트에서 낚시를 해본 결과 조황이 상당히 좋았다. 가게에서 파는 물고기들을 전부 입수했다.

막 입수한 수중 탐사가 엄청나게 요긴했다. 어군탐지기처럼 활용했다. 아직 정밀도가 낮아서 물고기 종류까지는 정확하게 판별해 낼 수 없었지만, 물고기 인근 핀포인트에 미끼를 드리울 수 있었다.

그래도 비기니 뱀장어는 낚아 올릴 때 꽤나 애를 먹긴 했다. 이벤트 때 입수한 록케의 떡밥을 꽤 소진하고 말았지만 마침내 두 마리를 얻었다.

"좋아. 슬슬 물러날까. 오르트, 통발을 끌어 올려줘."

"무!"

통발이란 낚시터 등에 설치해 두면 무언가가 그 안에 걸릴 수도 있는, 다소 요행을 바라야만 하는 아이템이다. 무언가가 잡힐지, 애당초 잡힐지 말지조차 알 수 없어서 운에 맡겨야만 하는 도구이지만, 우리에게는 행운을 갖고 있는 오르트가 있거든. 혹시나 해서 구입해 봤다.

"무~무뭇!"

"오, 뭔가 잡혔나?"

"무."

오르트가 내민 통발 안에 새우 두 마리와 조개 두 마리가 들어 있었다. 이름을 보니 비기니 새우와 비기니 재첩이었다.

그나저나 조개가 어떻게 통발 안으로 들어간 거지? 뭐, 게임이니 세세히 따질 필요는 없으려나.

"해냈어!"

"무!"

낚시도 즐겼고, 거리도 어느 정도 돌아다니며 구경했다.

"슬슬 던전으로 가볼까?"

역시 그곳이 가장 중요할 테지. 만약에 레벨대가 맞지 않는 고난도 던전이라면 속공으로 달아나자.

"애들아~, 슬슬 이동하자~."

물놀이를 하고 있던 오르트와 몬스터들을 불러 던전으로 향했다.

"큐~."

"야~."

내 어깨 위에 타고 있는 꼬맹이 콤비가 입을 쩍 벌린 채 던전으로 이어지는 문을 올려다보고 있다. 그 마음을 알 것 같다. 가까이서 보니 문이 상상 이상으로 거대했다. 높이가 한 20미터쯤 되려나?

그 석조 문은 상당히 묵직할 것 같다. 아름다운 거리를 구경하고서 이 앞에 서 있으니 위압감이 더 강하게 느껴졌다.

그 문 앞에 운디네 하나가 서 있다. 특수 개체인 수장이 아니라 거리에 있는 평범한 운디네와 동일한 차림을 하고 있다.

"안녕하세요. 시련에 도전하시겠습니까?"

"그럴 작정이긴 한데 하나 물어봐도 돼?"

"뭔가요?"

"들어가면 공략할 때까지 나올 수 없는 거야?"

"그건 안심하도록 하요. 내키는 때 돌아오실 수 있습니다."

지극히 평범한 던전인 듯하다. 그렇다면 일단 들어가 봐도 되려나? 전투는 어렵더라도 무언가 유용한 아이템을 채취할 수 있을지도 모른다.

"그럼 들어갈게."

"알겠습니다. 무운을."

운디네가 고개를 끄덕이고서 문에 손을 가볍게 댔다. 그러자 푸른빛이 우리의 시야를 휩싸더니 주변 풍경이 확 달라졌다.

"작은 방……? 애들아, 뭐가 나올지 모르니 조심해!"

"무무!"

"——!"

우리는 긴장하며 주위를 둘러봤다.

"……큐?"

"……쿠마?"

몇 초쯤 지났지만 아무 일도 벌어지지 않았다. 아마도 첫 번째 방에서는 몬스터나 함정과 갑작스레 조우하지 않도록 되어 있는 듯하다.

"……골탕을 먹은 셈이네."

"야."

살짝 안도하긴 했지만.

던전 내부는 아까 전에 있었던 광장과는 다른 재질로 되어 있다. 푸르스름하고 조금 거칠한 돌로 구성되어 있다.

처음에 맞닥뜨린 방은 넓이가 6평쯤 된다. 정면에 끝이 보이지 않는 통로가 뻗어나가고, 실내 좌우에 파여 있는 도랑에는 깨끗한 물이 채워져 있다. 도랑이라고는 했지만 폭이 나름 넓다. 조금 널찍한 욕조만 한 것 같다.

물속에 광원이 있는지 실내 전체에 하늘하늘 흔들리는 물그림자가 드리워져 있다. 이게 또 환상적이고 아름답다. 솔직히 던전 같지 않은 분위기다.

배후에 자그마한 문이 있다. 만져보니 던전에서 나가겠느냐는 선택지가 출현했다. 언제든지 탈출할 수 있다는 말이 사실인가 보다. 이로써 안심하고 탐색할 수 있겠네.

"물속의 빛은 어떤 느낌이지?"

"무무~."

"쿠마~."

이 아름다운 광경을 빚어낸 광원이 어떤 것인지 조금 궁금해져 오르트와 쿠마마와 함께 도랑 속을 들여다봤다.

"저거구나~. 빛의 구슬 같은 게 바닥에 있네."

"큐~."

"야~."

내 머리 위에서 물속을 들여다본 릭과 파우도 그 아름다움에 감탄했다.

"그나저나 의외로 깊네……."

저 광원의 깊이를 헤아려보니 수심 10미터쯤 되지 않을까? 헤엄칠 수 없는 플레이어가 빠진다면 죽고 말겠지. 혹시 이것도 트랩인가? 더욱이 저 아래에 널찍한 공간이 있는 듯하다. 아마도 좌우에 깔려 있는 도랑이 저 아래에서 한데 이어지는 게 아닐까?

"맞다. 이럴 때는 이걸 써야지."

나는 수중 탐사를 써보기로 했다.

소나처럼 코~웅, 하는 새된 소리와 함께 수중 3D맵이 띄워졌다.

"오, 역시 이어져 있구나."

우리가 서 있는 곳은 실은 다리처럼 생겼고 그 아래에 물이 채워져 있다. 그뿐만이 아니라 다리 아래에 보물함이 숨겨져 있는 듯하다. 바로 우리 발밑, 10미터쯤 아래에 있다. 뭍에서 들여다보더라도 발견되지 않도록 교묘히 감춰져 있다.

3D맵에는 그런 정보가 다른 색깔로 표시되는 듯하다. 이거 생각 이상으로 편리하네.

"그나저나 보물함이라……. 꼭 갖고 싶은데……."

우리 애들 중에 잠수를 할 줄 아는 애가 없다.

"어쩔 수 없지. 내가 갈까……. 아쿠아링!"

수중호흡약을 쓸지 말지 망설여졌다. 그러나 수심이 그리 깊지 않으니 아쿠아링만으로 충분할 듯싶다.

"그럼 잠깐 다녀올게."

"──……."

"괜찮대도."

걱정하는 사쿠라의 머리를 쓰다듬으며 안심시키고서 나는 큰마음을 먹고 물속으로 뛰어들었다. 그리고 깨달았다.

(아, 이런. 로브가 물을 빨아들여서 움직임이…….)

예전에 수로에 들어갔을 때는 그렇게까지 걸리적거리지 않았는데 말이야. 실제 상황과 비교해 나은 편이긴 하지만, 온몸이 물에 잠기니 움직임이 꽤나 무겁다. 사쿠라가 이걸 걱정했던 건가!

젠장, 별 수 없네. 일단 나는 로브를 비롯한 방어구를 모조리 벗어 인벤토리에 넣었다. 이로써 다소 자유로워지겠지. 몬스터가 출현한다면 한 방에 아웃되겠지만.

장비를 벗었더니 물속에서 의도한 대로 헤엄칠 수 있게 되었다. 그러자 눈앞의 광경을 즐길 수 있는 여유도 생겼다.

마치 물속으로 가라앉은 고대유적에서 스킨다이빙을 하는 듯한 착각마저 든다. 더욱이 광원 덕분에 전혀 어둑하지 않다. 그저 아름답기만 하다.

어이쿠, 지금은 구경하는 데 정신이 팔려 있을 때가 아니다. 시간 제한이 있다.

아래를 향해 헤엄쳐 보니 물속이 예상보다 더 넓었다. 내 저레벨 수중 탐사 스킬로는 다 살펴볼 수 없을 만큼. 이럴 수가. 저 안쪽으로 통로가 뻗어 있다.

혹시 수중에도 던전이 깔려 있는 거 아냐? 저 던전은 좀처럼 공략하기 어려울 듯하다.

지금 나에게는 절대로 무리다. 우리 몬스터가 따라올 수가 없으니 나 혼자서 가야 하는데, 그건 자살 행위나 마찬가지다.

지금은 보물함에나 집중하자.

그러나 그 순간 어떤 생각이 퍼뜩 떠올랐다. 이거 혹시 함정 아냐? 만약에 공격 계열 함정이라면 방어구가 없는 현 상태에서는 위험한데……. 나는 일단 뭍으로 돌아가기로 했다.

"푸~핫! 저 보물함을 어쩌지?"

꼭 열고 싶지만 죽는 건 싫다. 그래도 방어구를 착용하지 않은 상태에서는 위험도가 훌쩍 상승한다.

"……별 수 없네."

이제는 스킬이 나설 차례다. 보너스 포인트가 남아 있으니 스킬을 획득해버리자.

여러모로 궁리한 끝에 나는 두 가지 스킬을 취득하기로 했다.

하나는 함정 탐지. 이건 보물함뿐만 아니라 던전에 도사리는 함정을 발견해낼 수 있는 스킬이다. 앞으로 단독 행동을 할 때 도움이 되겠지.

나머지는 수영. 이 스킬이 있으면 방어구를 장비한 채로 헤엄칠 수 있게 된다고 한다. 낚시를 하러 물가로 갈 일도 늘어날 테니 취득해두더라도 괜찮을 것 같다고 판단했다.

함정 탐지를 취득하는 데 4포인트, 수영을 취득하는 데 2포인트가 쓰였다.

"그럼 재도전."

"──!"

"야~!"

"오, 힘낼게."

다시 물속으로 들어갔다. 이번에는 로브를 입은 채로 헤엄칠 수가 있었다. 무게는 느껴지지만 아까 전과는 비교조차 할 수 없을 만큼 쭉쭉 나아갈 수 있었다.

그리고 함정 탐지로 확인해 봤더니 이 보물함은 함정이 아니었다. 지레 겁을 먹어 손해를 본 것 같긴 하지만, 장차 필요해질 스킬이니 어쩔 수 없다.

나는 왠지 석연치 않은 심정으로 보물함을 열었다. 그 안에 목걸이 하나가 들어 있었다. 감정은 나중에 하기로 하고서 일단 뭍으로 돌아갔다. 다시금 확인해 보니 상당히 편리한 아이템이었다.

명칭 : 공기 목걸이
레어도 : 3
품질 : ★9
내구도 : 200
효과 : 방어력+4, 호흡 보너스
중량 : 1

아마도 그 이름처럼 공기를 제공하여 잠수 시간을 늘려주는 듯하다. 방어력은 낮지만 이 던전을 공략할 때 대단히 도움이 되겠지.

그리고 인벤토리 안에 아이템 상자가 하나 더 들어 있었다. 숨겨진 보물함을 최초로 연 플레이어에게 제공하는 보너스라고 적혀 있다.

감사히 받도록 하자.

상자를 여니 청비취라는 보석이 들어 있었다. 예전에 입수했던 녹비취의 사촌뻘인가 보네. 이건 좋은 아이템이다. 팔더라도 꽤 큰돈을 벌 수 있고 액세서리에도 쓸 수 있겠지.

참고로 이 게임 내에서 일반 보물함은 채취 포인트처럼 플레이어들마다 따로 할당되어 있다. 그러므로 내가 보물함을 연 직후일지라도 다른 플레이어를 위한 보물함이 사라지지는 않는다. 다만 첫 개봉 보너스인 아이템 상자는 오직 나만 받을 수 있겠지.

나는 공기의 목걸이를 당장 장비해 봤다.

하얀 무늬 구슬과 물색 무늬 구슬이 교차로 꿰어놓은 간소한 목걸이다.

현실에서는 나에게 절대로 어울리지 않겠지만, 현재는 예쁘장한 아바타가 적용되어 있어서 그럭저럭 어울린다.

"이 방에는 이제 아무것도 없는 듯하니 다음으로 넘어갈까."

"야~!"

물론 육상 통로로 나아간다.

"오르트, 부탁해."

"무무~!"

탱커 역할이자 밤눈 스킬을 보유한 오르트를 선두에 세우고서 어둑한 통로를 나아간다.

다음 방도 첫 번째 방과 구조가 거의 동일했다.

"다만 적의 모습은……."

"고아아."

"으앗! 진짜냐."

우리가 방 가운데에 도착한 그 순간이었다. 수중에서 몬스터 한 마리가 뛰쳐나왔다.

등장 한 번 무시무시하네.

이래서야 방 안을 들여다보고서 적이 있으면 달아나는 전법을 쓸 수가 없잖아. 수중 탐사는 아직 레벨이 낮아서 그리 멀리까지 살펴볼 수가 없으니까. 방 가운데서 사용하면 전체를 탐사할 수 있을 테지만, 방에 깊숙이 들어가면 방금처럼 몬스터가 출현하겠지.

일단 다음 방에서는 입구에서부터 몇 번에 걸쳐 수중 탐사를 써보도록 할까?

뭐, 지금은 이 녀석부터.

"처음 보는 몬스터인데."

이름은 폰드 터틀. 소형 거북 몬스터다. 그런데 밖으로 뛰쳐나오는 몸놀림을 보니 거북치고는 나름 빠르게 움직일 수 있을 듯하다.

처음 만난 마수이므로 먼저 할 일이 있다.

"으~음⋯⋯. 테임 불가 몬스터인가."

테임 스킬로 지정할 수 없다는 건 종마로 삼을 수 없거나, 혹은 서머너 전용 몬스터겠지. 그렇다면 쓰러뜨릴 수밖에 없다.

"한 마리뿐이니 일단 싸워보자. 애들아, 부탁해!"

"무무!"

"쿳쿠마!"

전위 역을 맡고 있는 두 아이가 의욕 충천한 얼굴로 나섰다.

"파우는 지원. 사쿠라랑 릭은 선제공격!"

"라란라~ ♪"

"——!"

"킷큐~!"

"고아아아!"

사쿠라의 채찍과 릭의 파란 도토리 탄이 명중했다. 그러나 폰드 터틀의 HP가 10퍼센트밖에 줄지 않았다.

역시 거북이. 방어력이 높구나!

거북이와의 격전이 시작되었다. 이 거북이, 꽤 강했다.

돌진과 입으로 뿜어내는 물대포가 주요 공격법이었다. 그런데 하나 같이 HP를 절반이나 날려버릴 정도로 위력이 막강했다.

더욱이 껍질 속으로 숨어들면 공격이 전혀 통하지 않았다. 그 사이에 HP를 약간 회복시킨다.

이렇게 물리 방어력이 강한 상대는 마술을 써야하건만……. 물 속성인 거북에게 내 물마술은 절반은커녕 20퍼센트도 먹히지 않았다. 파우의 화마소환도 별로 효과가 없었다.

우리가 가진 패 중에서 가장 약한 것은 나무마술인데……. 아직 레벨이 낮은지라 내 나무마술은 아쿠아볼과 비교해 도긴개긴이다. 애당초 레벨1 때 익힌 나무마술은 우드 휩(whip)이다. 땅바닥에서 나무 덩굴을 생성하여 공격하는 마술인데 데미지가 낮은 대신에 상대를 구속할 수가 있다. 솔직히 데미지를 그다지 기대할 수가 없다.

사쿠라의 나무마술과 릭의 열매탄은 데미지가 제법 나오는데 말이야. 처음에는 10퍼센트밖에 깎지 못해서 실망했지만 지금은 굉장하다고 생각한다.

그리고 20분 뒤. 사쿠라의 나무마술이 상대를 마비시키자 릭이 파란 도토리를 던져 끝장을 냈다. 피라미를 상대로 최장 기록이다. 시간이 조금만 더 지났다면 전투가 강제로 종료될 뻔했다.

"후~, 싸우기 까다로운 상대였네."

"큐~."

레벨이 높다는 이유도 있긴 했지만, 역시나 방어력이 높은 상대는 우리 파티와 상성이 나쁜 듯하다.

앞으로 어쩌지. 만약에 이 거북이 여러 마리가 나타나기라도 한다면 꽤 위험하다. 세 마리 이상과 맞붙는다면 승산이 없겠지.

"그럴 경우에는 속공으로 도망치면 되려나."

"무무."

일단 이 방을 탐색해봤더니 지상부에는 아무것도 없었다. 그러나 역시나 물속에 무언가가 있었다.

잠수해보니 수초였다. 모처럼 찾아냈으니 비록 지금은 재배하지 못하더라도 채취해 두도록 하자.

명칭 : 공기초

레어도 : 3

품질 : ★4

효과 : 입에 머금으면 잠수 시간이 늘어난다.

이거 아무리 생각해도 수중호흡약 소재네. 최대한 채취해 두자. 그리고 너무 작아서 수중 탐사 스킬에 감지되지 않았던 비기니 재첩도 획득했다. 새우도 있었지만 너무 날래서 맨손으로는 잡을 수가 없다. 이건 포기하자.

물속을 더 탐색해 봤지만 역시나 이 방에는 보물함이 없다. 다만 물속에 역시나 통로가 있었다. 지나온 방과 물속에서 연결되어 있는 듯하다. 물론 더 안쪽으로도 이어져 있다.

이 던전을 공략하기 위한 뭔가 중요한 기믹이 있겠지. 뭐, 피라미에게도 고전하는 우리에게는 전혀 관계가 없는 이야기지만.

그렇게 생각하며 잠수하면서 수초를 채취하고 있으니 풍덩, 하고 물소리가 들렸다. 고개를 드니 릭이 물속으로 뛰어드는 광경이 보였다.

야야, 괜찮겠어?

걱정하면서 보고 있으니 릭이 급속도로 잠행하여 단번에 수초를 뽑더니 그대로 급히 수면으로 올라갔다. 아예 헤엄칠 줄 모르는 건 아니지만 능숙하지는 않은 듯하다.

뭐, 채취 작업은 인원수가 많을수록 좋으니 도움을 받도록 하자.

공기초는 많이 쟁여두더라도 곤란할 일이 없다.

몇 번쯤 호흡을 하기 위해 수면으로 올라가기를 반복하면서 수초와 재첩을 거의 다 채취했다.

"다음 방으로 넘어갈까?"

"쿠마!"

"큐!"

의욕이 넘쳐흐르는 몬스터들과 함께 다음 방으로 나아간다. 아아, 대열을 확실히 갖추고 있다니까? 오르트를 선두에 내세우고서 그 뒤에서 내가 함정을 계속해서 탐지하고 있다.

그러나 통로에서 함정이 발견되지 않았다. 이 던전의 특성인지, 아직 초반이라서 그런지 모르겠지만.

어두운 통로 끝에서 빛이 새어들고 있다. 이제 곧 다음 방에 도착한다.

그런데 나는 들어가기 직전에 오르트를 붙들었다.

"잠깐! 오르트! 스톱!"

"무?"

"아니, 아니, 저걸 봐."

다음 방 안을 들여다보니 초장부터 몬스터가 나와 있었다.

방 가운데에 몬스터 하나가 몸을 흔들며 대기하고 있다.

"무, 무서워!"

저게 뭐야? 엄청 무서운데!

그곳에서 기다리고 있는 몬스터는 무시무시하게 생긴 귀녀였다.

머리는 물색이고, 속이 비치는 얇은 옷을 입고 있다. 거리에서 봤던 운디네들의 특징이다.

그러나 귀신이랑 구별이 안 갈 정도로 그 얼굴이 변모해 있다.

눈썹은 치켜올라 갔고 눈을 크게 희번덕거리고 있다. 뺨은 핼쑥하고 그 얼굴에 깊은 주름이 여러 개나 새겨져 있다. 그리고 입을 굳게 다물고 있는데 그 안에서 이를 가는 소리가 들리는 듯하다. 마귀할멈을 연상케 하는 얼굴이다.

종족명은 미쳐버린 수령.

이것이 밖에서 운디네가 말했던 미쳐버린 정령이라는 녀석이 겠지.

호러를 질색하는 사람이라면 꿈속에서 나올 것 같네.

현재는 한 마리밖에 없는 듯하다. 더욱이 우리가 왔음을 알아 차리지 못했다.

선제공격을 가할 기회다.

"좋아, 가자!"

"──!"

우리는 일제히 미쳐버린 수령을 습격했다. 데미지를 조금이라도 더 많이 가하기 위해서 나도 나무 마술을 사용했다. 오오? 꽤 효과를 거뒀다. 5퍼센트 정도는 깎지 않았나?

그리고 나는 떠올렸다. 예전에 획득했던 대수의 정령의 가호 말이다.

칭호 : 대수의 정령의 가호
효과 : 수목계, 정령계 몬스터와 전투할 때 데미지 상승,
**　　　받는 데미지 감소.**

미쳐버린 수령도 거북 못지않게 버거웠다. 물리 방어력은 거북에게 뒤처지지만, 물마술 공격력이 장난이 아니다. 칭호 효과를 누리고 있긴 하지만, 제대로 맞으면 HP가 60퍼센트 가까이 날아가버린다.

"파우는 절대로 맞지 마!"

"야~!"

최악의 경우에는 다른 아이들을 방패로 내세워도 좋다. 현재 파우의 레벨을 고려해보건대 공격을 맞았다가는 즉사 확정이다.

단숨에 몰아붙이고 싶은 심정이지만, 상실한 HP를 회복시키느라 바빠서 좀처럼 공격할 수가 없었다. 더욱이 저 녀석도 회복 스킬을 갖고 있다. 데미지를 조금씩 축적시키고 있긴 하지만 정말로 소소하다. 결국 전세가 조금씩 악화되고 있다.

"……맞아! 테임!"

테임하는 데 성공한다면 전투가 종료된다!

일단 테임을 시도하려고 보니 이쪽은 테임 대상으로 선택할 수 있다. 그렇다면 테임이 성공하리라 믿고서 계속 시도하는 수밖에 없다.

그러나 여러 번 테임을 걸었는데도 잘 되지 않았다.

"테임! 역시 안 통하네!"

나보다도 격이 높은 몬스터인가 보다. 이미 20번은 사용했을 텐데도 미쳐버린 수령은 여전히 그 무시무시한 얼굴로 이쪽을 노려보고 있었다.

결국 테임은 성공하지 못하고, 쿠마마가 날린 일격이 미쳐버린 수령의 HP를 모두 깎아 버렸다.

내가 공격에 가담했다면 더 일찍 이겼겠네…….

다음에는 초장부터 테임을 포기하고서 나도 공격에 가세하는 편이 나을지도 모르겠다.

"무무!"

"오르트, 왜 그래?"

"무~!"

전투가 끝난 뒤 오르트가 물속을 가리키고 있다. 나는 오르트 옆에서 함께 물속을 들여다봤다.

"저건…… 채굴 포인트인가!"

이럴 수가. 물속에 채굴 포인트가 있었다. 수령의 피켈을 여기서 사용하라는 건가!

"뭇무~!"

"아, 오르트!"

풍덩!

오르트가 뛰어들었어! 어? 괜찮아? 수로에서 헤엄을 치긴 했지만 잠수는 다른 이야기잖아?

조마조마한 마음으로 지켜보고 있으니 오르트가 어설프게나마 물속을 헤엄치고 있었다. 그리고 바닥에 있는 채굴 포인트에 이르렀다.

벽에 균열이 생긴 듯한 지점에 포인트가 있었다. 오르트가 그 앞에서 괭이를 여러 번 휘둘렀다. 채굴하는 속도가 조금 느린 이유는 물의 저항 때문이겠지.

이윽고 채굴을 끝마친 오르트가 두 팔과 다리를 바둥거리며 황급히 부상했다.

"오, 오르트, 괜찮아?"

"무~……무~……."

온몸이 흠뻑 젖은 채로 마치 절을 하는 듯한 자세로 숨을 헥헥헐떡이고 있다. 역시나 잠수가 서투른가 보다. 헤엄을 못 친다기보다는 숨을 오래 참지 못하는 거겠지.

나는 무리를 하면서까지 채굴해 준 오르트의 성과를 확인해 봤다. 놀라운 소재를 입수했다.

"오오! 수광석이 채굴됐어!"

혹시 수광석 채굴율이 높나? 수중에 있는 채굴 포인트이니 그럴 가능성이 크겠지.

"나도 가봐야겠어."

오르트를 사쿠라에게 맡기고서 나도 물속으로 뛰어들었다. 그리고 산 지 얼마 안 된 수령의 피켈로 채굴을 했다.

피켈의 효과 덕분인지 물속에서도 저항 없이 휘두를 수가 있다.

위로 돌아가 확인해 보니 수광석 3개, 주석 광석 1개를 채굴했다. 역시나 수광석을 대량으로 채굴할 수 있는 듯하다. 아직도 고가로 거래되고 있는 레어한 광석이다. 그 광석을 대량으로 획득할 수 있는 곳을 알아냈으니 횡재한 셈이겠지.

"아싸, 좋은 곳을 발견했네. 채굴 포인트가 또 없나?"

그렇게 생각하며 수중탐사로 방 안을 살펴봤으나 그뿐인 듯하다. 이거 다른 방도 꼭 살펴봐야겠다.

"그럼 신중하게 다음 방으로 넘어가자."

미쳐버린 수령이 여러 마리가 있다면 무조건 도망친다. 거북과 함께 있더라도 도주한다. 전투는 딱 한 마리만 있을 때 한다. 거북이 두 마리라면…… 조금 무리해도 되려나?

"다음 방으로 렛츠 고~!"

다음 방에는 운이 좋게도 몬스터가 없었다.

입구 부근에서 수중탐사를 써봤는데도 적을 발견해내지 못했다.

"좋아, 좋아. 몬스터……가 있잖아!"

방 안으로 발을 내딛고서 몇 걸음 걸었을 때였다. 세찬 물보라와 함께 미쳐버린 수령이 물 밖으로 뛰쳐나왔다. 수중탐사 범위 밖에 있었나 보다. 이런 상황이 벌어질 수 있으니 방심할 수가 없다.

그나저나 이 패턴은 심장 건강에 안 좋아~.

아직도 쿵쾅거리는 마음을 다잡으며 나는 모두에게 지시를 내렸다.

"상대는 한 마리뿐이야! 가자!"

"무무~!"

이번에는 테임하지 않고 공격에 전념해 봤다.

몬스터들도 한 번 싸워봤던 상대라서 그런지 움직임이 좋다.

결과를 말하자면 나만 큰 데미지를 입었을 뿐 우리 애들은 데미지를 아주 약간만 입고서 승리를 거뒀는데⋯⋯. 역시 내가 발목을 잡고 있다. 미안해, 전투가 서투른 주인이라서.

"자, 이 방에는 뭐가 있으려나~."

스킬로 살펴보니 물속에 물고기 실루엣이 약간 보였다. 오, 던전 안에서도 물고기를 낚을 수 있는 듯하다.

"이건 시도해 봐야지!"

나는 휴식도 할 겸 낚시를 잠시 해보기로 했다. 방 바깥쪽에 서서 낚싯줄을 드리웠다.

"⋯⋯."

"⋯⋯⋯⋯무!"

"⋯⋯⋯⋯⋯얍!"

"또냐!"

전혀 안 낚이는데. 미끼만 홀라당 먹히고 말았다. 아마도 던전 내 낚시터는 랭크가 높은 모양이다. 더욱이 바닥 쪽에 있는 몸집이 조금 큰 물고기 실루엣은 반응조차 하지 않는다.

미끼 랭크가 충족되지 않은 듯하다.

"어쩔 수 없이 이걸 사용해 보자."

하나에 2000G나 하는 수령의 루어를 꺼냈다. 여러 번 반복하여 사용할 수 있다는 장점이 있지만, 물고기가 먹어버리면 아이템 자체가 사라져 버린다. 만약에 첫 번째에 먹힌다면 큰 손해다.

그러나 수령의 도시에서 구입한 일품 아이템이니 이 낚시터에 어울리겠지. 수령의 피켈을 헤아려 보건대 아예 이곳에서 쓰라고 만들어졌을 가능성도 있다.

"영차……."

루어를 물속에 가라앉히고서 잠시 기다렸다.

소리도 내지 않고 낚싯줄에 집중했다.

"……왔다~!"

바닥에 있던 거대한 실루엣이 드디어 물었다!

나는 릴을 감으면서 거대어와 격투를 벌였다. 힘이 제법이긴 하지만 나에게서 벗어날 수는 없다고! 그런데 물고기를 낚기 일보 직전에 뚝, 하는 불쾌한 소리와 함께 낚싯대에 실려 있던 묵직한 감각이 사라졌다.

"먹혔어! 2000G나 하는 루어가아!"

초조한 나머지 릴을 너무 감았나 보다. 이제는 어쩌지. 수령의 루어를 쓰면 낚을 수 있다는 걸 알아내긴 했는데…….

정말로 일보 직전이었기에 쉽게 포기할 수가 없었다. 한 번만 더 하면 낚을 수 있을지도 모른다. 그러나 실패한다면 4000G나 날려 버리는 셈이다.

"으~음……. 아니, 이럴 때는 계속 해봐야지!"

나도 남자다. 성과도 거두지 못한 채 일만 벌여놓고서 달아날 수는 없다. 루어는 하나 더 있다!

"이얍~!"

수중탐사로 거대어의 위치를 파악한 뒤 그 앞에 루어를 떨어뜨렸다. 그대로 가볍게 떠내듯이 루어를 움직이고 있으니 이내 거대어가 접근해 왔다.

"좋아, 걸렸어! 이번에야말로 낚아 주마~!"

"뭇무~!"

"── ♪"

"야~!"

오르트와 사쿠라가 옆에서 응원해 줬다.

"큐~!"

"쿠마쿠마!"

릭과 쿠마마는 물속을 들여다보며 흥미진진해하고 있다.

그러기를 5분째.

"으랴아아~!"

드디어 나는 거대어를 낚는데 성공했다. 어찌나 낚싯대를 힘껏 끌어올렸는지 그 반동으로 내 몸집만한 거대어가 허공에 힘차게 떠올랐다가 바닥에 철퍼덕 떨어졌다.

담수에서 낚았는데도 해수어인 능성어나 자바리와 닮았다. 몸 색깔은 적갈색이고 붉은 반점이 있다. 역시 자바리처럼 생겼네.

"헉헉헉……. 이 물고기는 이름이…… 어라?"

물고기에 적을 표시하는 붉은 마커가 떠 있네? HP바도 표시되어 있는 걸 보니 완전히 몬스터 취급인데……. 파닥거리고 있는 물고기 몬스터.

"으음…… 으앗!"

"──!"

갑자기 그 입에서 수탄(水彈)이 발사되었다. 사쿠라가 잡아당겨 준 덕분에 겨우 피하긴 했는데, 역시나 몬스터였다. 황급히 감정해봤다.

이름은 팡 그루퍼.

테임 대상으로도 지정할 수 있다. 아니, 물고기 몬스터는 육성하기 어렵다고 들었고, 지금은 필요 없지. 물속 혹은 육상에서 활동할 수 있게 해주는 특수 장비가 없는 한 데리고 다닐 수가 없을 뿐만 아니라 홈에 수조 같은 게 없다면 목장에 맡겨놔야만 한다고 한다.

"애, 애들아! 전투야!"

그리고 전투가 시작되었다. 그러나 상대가 이상하리만치 약했다.

HP와 방어력은 역시나 이 던전의 몬스터답게 높다. 그러나 움직임도 느리고 공격 빈도도 적다.

이 상태라면 제압할 수 있으리라 판단했다. 파우에게 마술 공격력 상승 버프를 걸어달라고 부탁한 뒤 나와 사쿠라와 릭이 총공격을 가했다. 파우의 버프가 사쿠라의 나무마술과 릭의 열매탄에도 효과가 있는지 화력이 상당하다.

당하기 전에 해치우자는 정신으로 데미지를 입지 않고 쓰러뜨려 버렸다. 아마도 물 밖으로 낚아낸 덕분에 본래 전투력을 발휘하지 못한 듯하다.

물속이었다면 꽤나 강적이었을 텐데…….

이거 괜찮은 호구를 찾아낸 거 아냐?

"다, 다른 방에서도 이 녀석을 낚을 수 있다면 어쩌면 편하게 경험치를 벌 수 있을지도."

약해진 몬스터라고는 해도 경험치는 나름 쏠쏠하다. 왜냐면 오르트와 쿠마마의 레벨이 연이어 올랐다. 진화는 하지 않았지만 말이야. 내 지팡이 스킬도 상승하여 가드라는 특기도 익혔다.

낚을 수만 있다면 완전히 보너스라고 할 수 있는 몬스터다.

우리는 이 방에 남아 있는 거대어 한 마리를 더 낚아서 격파한 뒤 곧장 다음 방으로 넘어갔다. 가자, 보너스! 아니, 팡 그루퍼!

그러나 현실은 녹록치 않구나.

"이런! 미쳐버린 수령이 두 마리씩이나 있어!"

이거 위험하다. 무조건 달아나고 싶다.

그러나 무리였다.

"입구가 막혔어!"

"무~!"

왜냐면 이 녀석들이 치졸한 수법을 썼다. 우리가 방 가운데에 도착하자마자 포위하듯 물 밖으로 뛰쳐나왔다! 더욱이 수중탐사에 감지되지 않았다. 내 스킬 레벨이 아직 낮아서인지, 아니면 그런 스킬을 상대방이 갖고 있는지는 모르겠지만, 수중탐사로 미쳐버린 수령을 발견할 수는 없는 듯하다.

"최악이야!"

그러나 절망한 채로 죽을 수는 없다. 발악이라도 해보자!

"하는 수 없지……. 애들아, 한쪽에 공격을 집중해! 릭은 하얀 배를 마음껏 써도 좋아! 사쿠라도 마비 공격을 써!"

정령 계열 몬스터에게 마비가 통할는지는 모르겠지만 이렇게라도 하지 않는다면 절대로 이길 수가 없어!

"큐~!"

"——!"

꽤 격전을 치르긴 했지만 우리는 죽지 않고 미쳐버린 수령 두 마리를 격파하는 데 성공했다.

릭이 하얀 배를 던져 초장부터 한 마리를 마비에 걸리게 하고, 사쿠라의 마술이 나머지 하나를 중독시킨 덕분이었다. 내가 생각한 것보다 상태 이상 효과가 굉장하네. 마술을 정통으로 맞은 오르트가 죽을 뻔했지만 나는 늦지 않게 몬스터 힐을 썼다. 그렇게 우리는 기적적으로 죽지 않고 승리를 거둘 수 있었다.

그러나 포션이 이제 다 떨어져 간다.

"슬슬 돌아가야겠네……. 그럼 이 방에 있는 팡 그루퍼를 사냥한 뒤에 던전에서 탈출하자."

그래도 물고기는 사냥할 테지만!

그 녀석은 낚기만 하면 피라미나 마찬가지다.

이 방에 세 마리나 있으니 이 기회를 절대로 놓칠 수 없다.

그런데 마지막 한 마리를 낚았을 때 사건이 벌어졌다.

낚아 올린 직후에 물고기가 내 루어를 꿀꺽 삼켜버렸다. 이런 일도 있을 수 있는가 보다.

루어를 삼켜버린 녀석을 격파했는데도 되찾지 못했다. 먹혔을 때 소멸해 버린 거겠지. 젠장.

그나저나 만약에 물속으로 나아갔다면 모두 합해 다섯 마리의 팡 그루퍼와 싸워야만 했겠지. 전멸했을 게 분명하겠네. 던전을 공략하려면 수중 탐색이 필요할 듯하지만, 그러기 위해서는 보다 난도가 높은 전투를 치러야만 하겠지.

"한동안 우리와는 관계가 없으려나? 지금은 탈출이 우선이야."

우리는 입구를 향해 물러나기 시작했다. 뭐, 돌아가기만 하면 되니 금방이다.

전투도 없고⋯⋯.

"응? 왜? 에엥?"

던전에 처음 들어가 본 것이라 전혀 몰랐는데 필드에서처럼 몬스터가 리젠되는 모양이다.

왜 새삼스레 그 사실을 확인했느냐고?

"아아아아!"

쓰러뜨렸던 미쳐버린 수령이 눈앞에 있으니까! 빌어먹을. 낚시를 하느라 시간을 너무 소비했나?

"에잇! 될 대로 돼라~!"

"큐~!"

"쿠마~!"

자포자기한 마음으로 싸우기를 15분. 이번에도 나만 큰 데미지를 입고서 어떻게든 쓰러뜨렸다. 왠지 나만 위태롭다. 다만 그 덕분에 하나 알아낸 것이 있었다.

"무~!"

"오오? 혹시 회복 마술? 오르트, 익힌 거야?"

"무무!"

아마도 오르트가 레벨 20이 되어 흙마술인 어스 힐을 취득한 모양이다. 이로써 회복 수단이 늘어났다. 던전에서 죽지 않고 탈출할 수 있는 확률이 늘어났네.

"이 방에 또 물고기가 있는데……."

한 시간쯤 지나면 몬스터가 리젠되나? 미쳐버린 수령만 없다면 방들을 오가며 물고기 사냥이 가능하겠는데…….

뭐, 오늘은 돌아가는 길에 있는 녀석들만 노리도록 하자. 우리는 또다시 팡 그루퍼 한 마리를 낚아 올려 해치웠다. 역시 무지약하다. 그런데 경험치가 쏠쏠해서 나와 사쿠라, 쿠마마도 레벨이 올랐다. 파우는 벌써 레벨이 10이다. 역시 물고기는 맛있다.

사쿠라는 방패술이라는 스킬을 취득했고, 나무 정령의 작은 방패라는 장비도 획득했다. 수비력이 보다 상승하겠지. 이거 아주 도움이 되겠는데.

나무 정령의 작은 방패를 획득한 순간 꽤 흥미로운 구경거리가 있었다. 사쿠라의 팔을 휘감고 있던 덩굴이 갑자기 쭉 뻗어나가기 시작하더니 그 끝에서 꽃이 피었다. 그리고 그 꽃과 덩굴이 동그랗고 작은 방패로 바뀌었다. 동영상으로 찍어둘 걸 그랬다.

그러나 이로써 전력이 더욱 올라간 것은 확실하다.

"애들아, 이 앞에도 몬스터가 부활했을 거야. 방심하지 마!"

그 뒤에 우리는 폰드 터틀 한 마리를 격파하고서 첫 번째 방으로 돌아왔다.

"……처음에만 몬스터가 출현하지 않았을 뿐 세이프티 존은 아니었던 건가?"

첫 번째 방에 몬스터가 있었다.

더군다나 처음 보는.

아니, 처음 보는 것은 아니다. 미쳐버린 수령이다. 미쳐버린 수령이긴 한데…….

"아니, 옷 색깔이 다른데?"

다른 미쳐버린 수령은 물색 바탕에 연녹색 무늬가 그려진 옷을 입고 있었다. 그런데 저 수령은 연한 물색 바탕에 쪽색 무늬가 그려진 옷을 입고 있다.

머리 색깔도 다른 미쳐버린 수령에 비해 조금 밝은 듯한데?

"혹시 유니크 개체? 하, 하필이면 이런 때에…….."

유니크 개체는 능력도 높을 뿐더러 특수한 행동을 하는 경우가 많다. 솔직히 가장 맞닥뜨리고 싶지 않은 상대였다.

"하지만 해보는 수밖에 없어! 이번에도 마비 효과를 노리며 가자! 쿠마마랑 오르트는 적의 시선을 끌어줘."

"쿠마!"

"무~!"

그리고 격전이 시작되었다.

이 미쳐버린 수령은 범위 공격을 할 수가 있어서 나와 오르트는 회복 마술을 쓰기에 급급했다. 역시 유니크 개체는 얕볼 수가 없어! 그래도 릭과 사쿠라가 마비 공격을 반복하고 있긴 하지만, 도중에 하얀 배가 다 떨어져 버렸다.

이제는 사쿠라만이 희망이다. 미쳐버린 수령의 격렬한 공격을 견뎌내며 포기하지 않고 공격을 계속했다.

그 덕분에 우리는 어떻게든 미쳐버린 수령을 마비시키는 데 성공했다. 회복 아이템도 바닥을 보인 상황이라서 정말로 아슬아슬했다.

이제는 다함께 총공격을 퍼붓기만 하면 된다.

"좋아, 조금만 더!"

우리의 가차 없는 공격이 작열하자 미쳐버린 수령의 HP가 쭉쭉 줄어간다. 조금만 더 공격하면 우리의 승리다!

그런데 미쳐버린 수령의 HP가 10퍼센트쯤 남았을 때 문득 떠올랐다.

"테임할 기회이긴 한데……."

그렇다. 마비가 되었을 뿐만 아니라 HP도 얼마 안 남았잖아. 테임하기에 딱 좋은 상태다.

그런데 만약에 테임에 실패하고 마비가 풀린다면?

오르트의 MP가 얼마 남지 않아서 이제 회복 마술은 불가능하다. 나도 테임에 MP를 할애한다면 회복 마술을 더는 쓸 수 없겠지. 더욱이 포션도 없다.

범위 공격을 당한다면 HP가 반이나 깎인 파우, 쿠마마는 확실히 죽는다. 오르트도 꽤 위험할지도.

그러나 미쳐버린 수령의 유니크 개체다. 즉 오르트나 사쿠라의 동류라는 뜻이다.

이걸 놓치기가 너무 아깝다.

분명 생김새는 무섭다. 그러나 테임에 성공하면 든든한 동료가 되겠지.

"……좋아, 위험을 무릅쓰고서 테임을 노리자! 애들아, 일단 공격 중지!"

"무무!"

"만약에 마비가 풀려서 죽게 되거든 미안해!"

"쿠마!"

"야~!"

쿠마마와 파우는 개의치 말라는 듯이 엄지를 척 세워줬다. 정말 착한 애들이야! 돌아가면 맛있는 음식을 해줄 테야!

나는 봐주기 스킬로 미쳐버린 수령의 HP를 한계까지 깎은 뒤테임 루프에 돌입했다.

"테임. 테임. 테임. 테임……."

우리 애들은 언제든 공격할 수 있도록 준비하면서 마른 침을 삼키며 지켜봤다. 나는 테임을 거듭했지만 아직도 성공하지 못했다. 역시 레벨이 높은 유니크 개체답다. 여간내기가 아니잖아.

마비되어 마치 마귀할멈 조각상처럼 보이는 미쳐버린 수령에게 나는 테임을 반복했다.

"테임! 테임! 테임——."

테임이 전혀 안 되잖아! 그래도 포기하지 않고 테임을 거듭했는데 결국 미쳐버린 수령이 마비에서 풀렸다!

"아아아아!"

"아뿔싸!"

범위 공격이 아니라서 살았지만, 갑자기 얻어맞아 내 HP가 레드 존에 돌입했다. 젠장! 테임이 안 먹힌다면 이제는 총공격밖에 없다!

"마지막이다! 테임!"

"아아아────……."

미쳐버린 수령의 몸이 순간 빛에 휩싸였다.

오, 오오오? 혹시 잘 먹힌 건가?

"……."

미쳐버린 수령이 완전히 멈춰 서고, 그 몸이 찬란한 빛에 휩싸여 간다.

정말로 성공한 듯하다.

"크, 큰일 날 뻔했네……. 그래도 뭐 결과만 좋으면 장땡이지!"

빛이 잦아든 자리에는 마귀할멈 따윈 전혀 닮지 않은 수령의 모습이 있었다.

"흠♪"

"바, 바뀌었네."

귀녀처럼 생겼던 미쳐버린 수령이 거리에 있는 운디네들과 마찬가지로 미소녀로 변화했다. 아마도 테임하면 성질이 바뀌는 몬스터였던 모양이다.

키는 130센티미터 정도로 사쿠라와 비슷하다. 중학생쯤으로 보이네. 해바라기처럼 환하게 웃으며 나를 쳐다보고 있다.

이름 : 루프레

종족 : 운디네 기초 LV15

계약자 : 유토

HP : 40/40

MP : 58/58

완력 7

체력 7

민첩 10

솜씨 16

지력 15

정신 11

스킬 : 양조, 수중행동, 조합, 낚시, 발효, 물마술, 요리

장비 : 수령의 지팡이, 수령의 깃옷, 수령의 머리 장식

이름은 루프레. 역시 유니크 개체였다. 종족명도 운디네로 바뀌어 있다.

그보다 양조 스킬이 갖고 있다. 요리 스킬도. 이거 앞으로 엄청 도움이 될 듯하다.

커맨더 테이머의 능력인 편성종마+1 효과 때문에 루프레는 그대로 파티에 추가되었다.

다만 걱정거리가 하나.

"저기, 루프레."

"후?"

"네 물마술 말이야. 전투 때 쓸 수 있어? 공격 마술을 쏠 수 있느냐는 의미인데…….."

"흠~……."

"아아, 역시 안 되는구나."

"흠."

오르트와 마찬가지로 생산 특화형이었다! 뭐, 스킬을 보면서
왠지 그럴 것 같다고 예상하긴 했지만! 뭐, 지팡이를 들고 있으니
오르트와 나란히 세워 벽 역할을 맡기면 되려나.

"좋아, 애들아 자기소개를 하자."

"무~뭇무~!"

"——♪"

"쿳큐~."

"쿠마쿠마쿠마~."

"야~!"

"흠~♪"

우리 애들에 순서대로 손을 올리며 인사하자 루프레가 활짝 웃
으며 손을 흔들었다. 한층 더 와자지껄해지겠네.

그나저나 또 귀여운 몬스터……. 왜지? 더욱이 인간형이고 말
이야. 내가 이 게임을 시작하기 전에 상상했던 테이머는, 멋있는
야수나 비늘로 뒤덮인 사나운 몬스터들을 데리고 다니는 강경한
이미지의 직업이었는데.

나, 완전히 귀여운 애만 노리고서 수집하는 변태라는 오해를
사면 어쩌지.

"으~음, 노린 건 아닌데~."

뭐, 어쩔 수 없다. 귀여운 몬스터들만 모여든 건 사실이니까.

나중에 토룡의 알이 부화한다면 분명 멋진 몬스터가 탄생하겠지. 그러면 세상의 인식도 조금이나마 바뀌겠지. 분명.

"좋~아. 일단 던전부터 탈출하는 거야~."

새로이 동료가 된 루프레를 제외하고는 다들 빈사 상태다. 루프레의 스킬을 검증하는 건 밖으로 나간 뒤에 해도 늦지 않다.

"앞으로 잘 부탁해. 루프레."

"흠~ ♪"

목숨이 간당간당한 상태에서 수령의 도시로 돌아온 나는 비로소 한숨을 돌렸다. 크으~, 강적과 연전을 치르니 정신이 피폐해지는구나~.

"우선은…… 전리품부터 확인할까."

꽤 여러 가지를 획득했다.

수초를 채집했고, 수광석과 주석 광석을 채굴했다. 그리고 각종 물고기를 낚았다. 또한 폰드 터틀, 팡 그루퍼, 미쳐버린 수령의 드랍템까지.

"비늘이나 등껍질은 가공하거나 팔면 되겠고…… 에에엥?"

나는 드랍물에 섞여 있는 어떤 것을 보고서 화들짝 놀랐다.

"물의 결정? 진짜?"

그러고 보니 아릿사 씨가 노움의 드랍템 중에 흙의 결정이 있다고 했었지. 물의 정령인 운디네는 물의 결정을 떨어뜨리는 듯하다.

"바쳤던 결정을 되찾았구나~!"

정말로 기쁘다. 50000G를 손에 넣은 것이나 다름없다. 무리하여 던전을 도전하길 정말로 잘했다.

그 외에 내 눈길을 끈 아이템은 마어(魔魚)의 토막과 마어의 대뱃살이다. 식재 아이템이다. 이 대뱃살은 레어도가 무려 4다. 아마도 레어 드랍물이겠지. 무슨 맛일지 기대가 되네. 쌀이 있으면 초밥을 만들어 먹을 수 있을 텐데. 뭐, 스테이크나 회로 먹더라도 충분히 맛있을 듯하다.

"그다음은 루프레의 능력을 확인하자."

"흠?"

"잠깐만 기다려~."

게시판을 가볍게 살펴봤는데…….

"역시 운디네에 관한 정보는 없네."

게시판에 아무런 정보도 올라와 있지 않았다. 완전 미확인 몬스터인 모양이다.

그래서 데이터는 물론이거니와 루프레와 통상 개체 사이에 어떤 차이가 있는지도 모른다. 그런데 유니크 개체만이 갖고 있는 스킬은 아마도 발효나 수중행동이겠지.

왜냐면 양조, 조합, 낚시, 물마술, 요리 스킬은 나도 보너스 포인트를 소비하여 취득할 수 있으니까.

수중행동은 통상 개체 운디네도 보유하고 있을지 모른다. 그러므로 오르트의 나무 기르기에 해당하는 스킬은 틀림없이 발효 스킬이겠지.

"요리 계열 생산 특화 몬스터인가."

"흠!"

그런데 발효와 양조의 차이는 뭐지? 멋대로 추측해 보건대 발효는 고체, 양조는 액체? 아니, 그래도 요구르트나 된장은 양쪽에 다 속하는 것 같기도 한데…….

어느 쪽이든 이곳에서는 시험해 볼 수가 없으니 시작의 도시로 돌아가거든 여러모로 실험해 보자. 더욱이 루프레를 동료로 영입한 덕분에 양조통이 더욱 필요해졌다. 좋은 양조통을 꼭 들이고 싶다.

"던전 내부는 확인했고, 상점도 전부 둘러봤어."

이 도시에서 할 수 있는 일들을 대강 마친 듯하다. 이제 나는 언제든지 이곳에 올 수가 있으니 혹여나 깜빡한 것이 있더라도 또 오면 된다.

"아, 보스전 때 쓸 포션이라도 사둘까."

무심코 정령문을 발견한 바람에 샛길로 새고 말았다. 그러나 본래 목적은 날갯짓 소리의 숲을 돌파하는 것이었다.

꽤 소모하긴 했지만 아마 어떻게든 되겠지.

날갯짓 소리의 숲의 필드 보스는 꽤 약하다. 그보다도 전투법 이 완전히 확립되어 있어서 그 방법대로 싸우면 거의 피해를 입 지 않고 승리할 수 있다.

물론 아릿사 씨에게서 구입한 정보에는 그 방법이 적혀 있다. 따라서 이곳에서 다소 소모했더라도 무난하게 이길 수 있겠지. 다만 언제 무슨 일이 벌어질지 알 수가 없으니까.

보험은 중요하다. 뭐, 포션을 몇 개쯤 사두면 괜찮겠지.

수령의 도시를 나와서 처음 통과했던 정령문으로 돌아왔다. 그 곳에는 여전히 운디네의 수장이 있었다.

"어머, 돌아가시려고요?"

"아, 예."

"또 와주세요. 그 아이를 부탁드려도 될까요?"

"알겠습니다."

운디네의 수장과 대화를 나눴지만 특별히 이벤트는 발생하지 않을 듯하다. 미쳐버린 수령을 해방시켰으니 무슨 일이 벌어질 줄 알았건만. 아니, 오히려 이벤트가 벌어졌다면 테이머를 너무 우대하는 게 아니냐는 비난이 일지 않을까?

수령문을 통해 날갯짓 소리의 숲으로 돌아온 지 한 시간이 지났다.

"저게 보스구나."

우리는 날갯짓 소리의 숲의 필드 보스인 암석거인 아래에 와 있었다.

3미터가 넘는 돌거인은 도무지 약해보이지 않았다.

실제로 정면으로 맞붙으면 꽤 강적이고, 초기에는 제2에어리어의 필드 보스 중 최강으로 일컬어졌었다고 한다.

뭐, 전투법이 확립되기 전 이야기이긴 하지만.

"그럼 갈까."

"무~!"

우리는 의기양양하게 보스 에어리어로 발을 내디뎠다.

"고고고고고!"

보스 에어리어로 침입한 우리를 발견한 암석거인이 이쪽으로 돌진해온다. 그다지 빠르지는 않지만 저 돌로 된 팔로 후려친다면 나 같은 건 즉사다.

그러나 우리는 아무것도 하지 않고 일제히 산개했다. 몬스터들에게는 이미 전투법을 알려줬다. 내버려 두더라도 괜찮겠지.

"고고고고!"

"느려, 느려!"

"고고오!"

"이쪽, 이쪽!"

"뭇무~!"

"흠~!"

우리는 일절 공격하지 않고 암석거인의 주먹을 계속해서 피했다. 그러자 암석거인이 갑자기 멈추더니 크라우칭 스타트 자세를 취했다.

포즈가 꽤나 아름답다.

"온다, 온다! 쿠마마! 조심해!"

"쿳쿠마!"

힘을 모으려는 듯 몇 초 동안 정지했던 암석거인이 미식축구 선수처럼 숄더 태클을 날렸다.

그 돌진 속도가 상당히 빠르지만, 미리 예상만 하고 있다면 어렵지 않게 피할 수 있다.

그리고 회피당한 암석거인이 앞으로 고꾸라졌다.

쓰러지면서 충격을 받았는지 상반신과 하반신 사이에 틈이 생겼다. 그 틈새로 파랗게 빛나는 밸런스볼 크기의 구체가 노출되었다.

"애들아! 총공격!"

"야~!"

"큐큐~!"

"쿠마쿠마~!"

"——!"

이것이 바로 이 보스와의 전투법이다. 공격을 일절하지 않고 계속 도망치기만 하면 어느 시점에 HP가 가장 높은 자에게 태클을 건다. 현 상태에서는 쿠마마가 대상이겠네.

그리고 상대가 태클을 피하면 일정 시간 동안 쓰러져서 꼼짝을 못하게 되고, 그 동안에 약점인 코어가 노출된다. 그곳에 공격을 퍼붓다가 암석거인이 다시 일어나면 또 달아난다.

공격을 어느 정도 피하는 기술만 있으면 아무런 피해 없이 승리할 수 있는 상대다.

난점은 시간이 걸린다는 거겠지. 아무리 코어가 약점이라고 해도 우리 공격력으로 총공격을 해 봤자 HP를 10퍼센트밖에 깎지 못한다.

다시 말해 10번은 반복해야만 하므로 전투가 한 시간 가까이 걸린다. 그래도 우리는 끈기 있게 작업을 반복하여 노데미지로 보스를 돌파했다.

몇 번인가 가슴이 철렁했던 순간도 있었지만 어떻게든 극복해냈다.

"애들아, 수고했어. 이제 제3에어리어에 갈 수 있어~."

"란란라라~ ♪"

"뭇무무무~!"

"쿳큐~!"

"쿳쿠마쿳쿠마~!"

"—— ♪"

우리 애들이 동그랗게 모여 마임마임 같은 춤을 추고 있다. 파우가 동료가 된 뒤로 다함께 추는 환희의 춤이 더 화려해진 듯하다. 무슨 일이 생길 때마다 추고들 있다. 무슨 파티 피플이니!

뭐, 즐거워하는 듯하니 괜찮긴 하지만.

"흐무무~흠~!"

아, 조금 뒤늦게 루프레도 가세했다. 아마도 우리의 생활 방식에 벌써 익숙해졌나 보다. 즐겁게 춤추고 있다.

"……만족할 때까지 기다려 줄까……."

아니, 5분씩이나 계속 춤을 출 줄은 예상도 못했어요. 다들 춤을 너무 좋아해.

그러나 이로써 드디어 나도 제3에어리어의 주민이다.

춤을 추다가 질린 몬스터들을 데리고서 앞으로 나아가니 높은 성벽이 보이기 시작했다. 파란 깃발이 가로로 걸려 있어서 먼발치에서도 눈에 띈다. 성벽도 전체적으로 푸르스름한 석재로 만들어진 듯하다.

그 성벽에 설치되어 있는 거대한 문을 지나면 목적지인 동쪽 도시가 나온다.

문을 통과하기 위해 통행증 따윈 필요 없고, 애당초 문지기도 없다. 활짝 열려 있는 문을 그냥 지나가기만 하면 된다.

창을 확인해 보니 현재 위치가 분명 동쪽 도시로 표시되어 있다.

"드디어~, 도착이다~!"

"무~!"

"제법 크잖아."

시작의 도시에 비해 작다고 들었는데 얼핏 둘러보니 거의 차이가 없네. 도로 폭이나 벽 높이도 똑같고, 문 역시 크기가 같았다. 다만 집들마다 지붕이 파란색 계열로 통일되어 있고, 도시 여기저기가 파란색으로 채색되어 있다. 이 도시의 이미지 컬러는 파란색인가 보다.

그럼 당장 이 도시에 온 목적을 달성하기로 해볼까?

"우선은 농업 길드부터."

"무무!"

"──♪"

가장 중요한 목적인 밭 구입을 빼먹어서는 안 된다. 한 곳의 도시에서 소유할 수 있는 밭 면적에는 농업 길드의 랭크에 따라 제한이 설정되어 있다. 그래서 나는 랭크를 올리기 전까지 시작의 도시에서 새로운 밭을 구입할 수가 없다.

그러나 밭이 아직도 더 필요하다. 그래서 다른 도시에서 밭을 구입하자는 생각에 이르게 되었다.

그런데 처음 방문한 도시라서 길드 위치를 모르겠네.

"어쩔 수 없지. 잠시 걸어다니며 찾아볼까?"

"쿠마!"

"큐!"

"모두들 함께 찾아줘."

"야~!"

"흠~!"

릭은 쿠마마의 머리 위, 파우는 루프레의 어깨 위에 타고 있다.

파우가 연주하는 경쾌한 음악에 맞춰서 우리 애들이 껑충껑충 뛰면서 나아간다. 루프레도 함께 하고 있다. 이제 완전히 녹아든 모양이다. 혹시 다함께 춤을 춘 덕분인가? 어쨌든 사이가 좋아 보여서 안심이다.

"어, 저건…….."

"어? 또 새로운…….."

"진짜 백은 씨…….."

"귀, 귀여워…….."

"역시…….."

에구, 너무 소란을 떨었나 보다. 사람들이 사방팔방에서 우리를 쳐다보고 있다. 사람 많은 곳에서 시끄럽게 해서 죄송합니다.

나는 아이들을 재촉하여 그 자리에서 종종걸음으로 탈출했다.

그뒤에도 묘하게 주목을 받으며 입구에서 이어지는 대로를 걷고 있으니 중앙에 아름다운 분수가 있는 광장이 나왔다. 예쁘장한 서양풍 광장이다.

그곳에서 나는 뜻밖의 얼굴을 발견했다.

"어라? 슈에라잖아? 세키도."

"야호~. 백은 씨도 드디어 제3에어리어에 도착했네~."

"오랜만이야."

예전에 방어구를 팔아 줬던 재봉사와 피혁 장인 콤비인 슈에라와 세키였다.

슈에라가 눈빛을 반짝이며 루프레를 쳐다보고 있다.

"엄청 귀여운 애를 데리고 있네. 새로운 종마?"

"운디네 루프레야."

"또 여러모로 주목을 받을 것 같네……. 그나저나 그 의상 짱이네. 나도 시스루 계열 의상이나 만들어볼까."

"그쪽도 여전히 특이한 차림을 하고 있네."

"에헤헤, 귀엽지?"

슈에라는 신장 140센티미터인 로리 소녀다. 예전과 마찬가지로 분홍색 롱 트윈테일 머리를 하고 있고, 오른쪽 눈에 해골 안대를 착용하고 있다. 다만 옷차림이 예전과 다르다. 확 튀는 빨강색과 분홍색이 어우러진 미니스커트 메이드복을 입고 있었다.

슈에라가 제자리에서 빙그르르 돌았다. 메이드복 옷자락도 덩달아 도는 것이 노골적으로 귀엽다. 그런 취향의 사람이 봤다면 '귀여워~!' 하고 외쳤겠지.

"뭐, 귀엽긴 한데?"

"왜 의문형일까~? 더 흥분해 줘도 되는데?"

슈에라가 노골적으로 귀엽게 고개를 갸웃거리자 세키가 불쑥 중얼거렸다.

"내용물이 아줌마라는 사실이 이미 들통 났잖아."

"네가 까발렸잖아!"

세키와의 만담도 여전한가.

"그래서 어때? 장비를 새로 조달한 생각은 없어?"

"아니, 아직은 괜찮은 것 같아."

"그렇겠지. 그거, 제4에어리어에서도 아슬아슬하게 쓸 수 있는 수준이니까."

애당초 이 로브는 수령의 시련에 도전하기에 딱 적합한 장비다. 던전에 있었을 때는 잊고 있었는데 물내성과 수중적응이 부여되어 있다.

게시판을 들여다봤더니 일반 로브를 입고서 물속에 들어가면 헤엄치기가 더욱 어려워진다고 한다. 더욱이 물내성이 없었다면 진즉에 죽고서 시작의 도시에서 부활했을지도 모른다. 이 로브를 사길 정말로 잘했다.

"지금도 유용하게 잘 쓰고 있어."

그러나 쿠마마와 릭은 전용 장비가 없어서 신경을 써주고 싶다. 쿠마마의 장비는 완력 상승 효과가 부여 되어 있지만 방어력은 평범하거든.

그러나 밭을 사기 전에 장비품에 돈을 쓸 수는 없다. 수령의 도시에서도 지갑을 크게 열고 말았다. 오히려 소재를 팔아서 돈을 벌어두고 싶은 심정이다.

나는 이곳으로 오는 도중에 입수한 소재를 내보이기로 했다. 값비싸게 사준다면 팔아도 좋다. 어차피 또 가면 입수할 수 있다.

"저기, 이 소재들을 봐주겠어?"

"오, 뭐 재미난 거라도 있어?"

"우선은 이거."

"아~, 암석거인 소재구나~. 레어 드랍물인 암석거인의 혼은 없으니 다 합쳐서 4000G쯤 되려나."

역시 그 정도밖에 안 되나. 암석거인은 편하게 사냥할 수 있을 뿐만 아니라 경험치도 그럭저럭 높아서 플레이어들이 마구 사냥하고 있다고 한다. 그래서 소재가 대량으로 나돌아 가치가 폭락했다고 한다. 사전에 들었던 대로니 팔아버려도 되겠지.

다음은 제2에어리어의 소재다.

리틀 베어와 와일드 도그의 모피류에다가 허니 비와 그래스호퍼, 슬로 모스의 날개와 갑각 말이다. 이건 재봉이나 피혁에 사용할 수 있어서 슈에라와 세키도 기뻐해줬다.

나름 수량이 많아서 모두 합해 2000G에 사주겠단다. 나쁘지는 않네.

그리고 마지막으로 수령의 도시에서 얻은 소재를 꺼냈다.

폰드 터틀에게서 얻은 지귀(池龜)의 파편과 지귀의 발톱, 팡 그루퍼에게서 획득한 아대어(牙大魚)의 비늘과 아대어의 어금니까지 4종이다. 식재료는 내가 사용할 거라 보여주지 않았다. 레어 드랍물과, 연금이나 조합할 때 사용할 수 있다고 하는 미쳐버린 수령의 소재와 지귀의 물주머니는 수중에 남겨뒀다.

그런데 소재를 본 슈에라의 표정이 진지해졌다.

이거 상당히 비싸게 팔릴 것 같은데? 그렇게 생각하고 있으니 슈에라가 느닷없이 바짝 다가와 따져 물었다.

"이거, 어디서 구했어!"

표정이 좀 너무 진지해서 무서울 지경이다. 어라? 화난 거 아니지?

"어? 아니."

"야! 이거……."

험악한 분위기에 겁먹고 있으니 세키가 슈에라를 만류했다.

슈에라의 머리를 콱 움켜쥐고서 억지로 뒤로 물렸다.

"이봐. 대놓고 매너 위반이잖아."

"우우, 하지만~."

"희소한 아이템의 입수 방법은 플레이어의 재산이라고."

"그래도 알고 싶은걸……."

"어디서 애교야~. 속 뒤집어지게."

"끄으응."

"너, 전에 똑같이 하다가 손님이 달아났던 거 잊었어?"

"쳇~. 그럼 같은 소재를 입수하면 꼭 우리한테 가지고 와! 알겠지? 슈에라 짱의 부탁~."

슈에라가 팔짱을 끼고서 눈물이 글썽한 눈으로 나를 올려다봤다. 귀엽네. 마음이 전혀 움직이지는 않지만.

"아니, 다른 지인들도 있어서."

루인에게도 보여줘야겠지.

"큭. 내 필살기가 통하지 않아!"

"그러니까 그거 그만두래도. 걸리는 녀석보다 어이없어하며 돌아가 버리는 녀석이 더 많잖아."

"뿌우~! 왜 다들 슈에라 짱의 매력을 몰라주는 거야!"

"너무 노골적이잖아."

세키가 아주 정확하게 지적하자 나는 무심코 고개를 끄덕이고 말았다.

그렇다. 이렇게까지 노골적이면 오히려 식어 버린다. 구경하는 건 재밌긴 하지만. 걸렸던 녀석도 다 알면서 일부러 걸려준 게 아닐까?

"일단 이걸 얼마에 사줄 수 있어?"

"……그렇지……. 다 합쳐서 25000G 어때?"

"어? 진짜?"

레어 드랍물이 포함되지 않았는데 하나에 3000G 꼴이다.

"꽤 높이 쳐 준 거야! 다음에도 우리한테 팔고 싶어졌지?"

과연. 다만 이로써 비싼 루어를 잃을 수도 있는 위험을 무릅쓰고서라도 팡 그루퍼를 사냥할 만한 가치가 있다는 걸 알았다.

"새로운 소재로 여러모로 시도해 보고 싶고, 꽤 괜찮은 장비가 만들어질 것 같은 예감이 들어!"

"확실히 그렇긴 해. 물고기 쪽 소재는 귀하니 분명 비싸게 팔릴 거야."

더 사줄 것 같은 느낌이 드니 용무를 마치는 대로 또 수령의 도시로 가자.

그 용무를 마치기 위해서는 농업 길드에 가야만 하는데…….

"있잖아, 농업 길드에 가고 싶은데 어딘지 알아?"

"아, 그거라면 알고 있어! 저쪽에 있어!"

"이 길을 쭉 따라가라는 건가?"

"응! 곧장 가면 나올 거야."

슈에라가 알려준 대로 길을 걸어가 보니 농업 길드를 금세 찾아냈다.

여전히 외관이 수수하다. 목조 단층 집회장처럼 생겼다. 아무 생각 없이 걸었다면 못 보고 지나쳤을지도 모르겠다. 위치를 묻기를 잘했다.

아니, 처음에는 그 앞을 그냥 지나쳐 버렸다. 오르트와 사쿠라가 농업 길드임을 알아차리고서 나에게 알려줬다. 애들이 없었다면 미아가 됐을지도?

길드를 찾아내는 데 다소 애를 먹긴 했지만, 밭을 구입하는 건 딱히 어렵지 않겠지. 접수처에 가서 신청하기만 하면 되니 말이야.

"그럼 이것과 이걸."

현재 내 길드 랭크로는 밭 20면까지 살 수 있다.

기왕 왔으니 한 번에 몽땅 사버릴까? 임시 수입도 있으니.

밭 가격은 시작의 도시보다 1000G 더 비싸다. 가장 등급이 높은 밭이 7000G. 헛간이 딸린 밭은 2000G다. 실은 헛간이 딸린 밭을 하나 사고, 나머지 19면을 7000G짜리 밭으로 채우고 싶은 심정이지만……. 다 합쳐서 14만 4000G나 한다.

현재 내 수중에는 11만G. 한참 부족하네!

뭐, 처음부터 돈이 부족하다는 건 알고 있었다. 그래서 일단은 10면 정도 사들일 예정이었다. 그러나 슈에라와 세키가 소재를 비싸게 사줘서 욕심이 조금 생겼다.

"조금 무리하면 한 번에 20면을 다 구입할 수 있지 않을까?"

"무~!"

오르트도 찬성인 듯하다. 아니, 밭을 좋아하는 아이이니 무조건 반기리라 예상하긴 했지만.

"여기서 달성할 만한 퀘스트가 뭐 없으려나?"

"무!"

나는 일단 밭 구매를 중지하고서 농업 길드의 퀘스트를 확인해 보기로 했다. 역시나 동쪽 도시에서만 수행할 수 있는 독자 퀘스트가 몇 가지 있었다. 수중에 있는 소재를 납품하여 퀘스트를 달성해보니…….

"다 합해서 20000G인가."

이제 수중에 13만G가 있다. 정확하게는 13만4506G다.

어쩔 수 없이 허브 재배용으로 등급이 가장 낮은 3000G짜리 밭도 섞어서 구입하기로 하자. 결국 6면을 허브용으로 변경하여 딱 12만G에 밭을 전부 구입할 수 있었다.

모든 밭이 인접하도록 설정했고, 농업 길드 근처에 있는 밭도 포함시켰다. 아직 파머 숫자가 적어서인지 우물 옆에 있는 밭도 확보할 수 있었다. 가뜩이나 숫자가 적은 파머가 각 도시에 분산되어 있어서 농지가 아직 여유로운 상태인 듯하다. 제2진이 이 도시에 진입하면 밭 이용자가 늘어나려나?

또한 농업 길드에서 파는 아이템 중에서 재미난 것을 발견했다. 홍포도라고 하는 과일 묘목이다. 녹색 복숭아 묘목도 있다. 더욱이 포도를 재배하는 데 필요한 덩굴대도 구입할 수 있다. 스스로 설치할 수 있는 듯하여 일단 묘목과 덩굴대를 2개씩 구입해 뒀다. 이로써 수중에 9206G밖에 남지 않았다. 그러나 어쩔 수 없다. 어쩔 수 없는 일이다.

참고로 퀘스트를 달성하여 길드 랭크가 올랐다. NPC를 고용하여 밭에서 부릴 수 있게 되었다. 다만 대부분의 NPC의 스킬 레벨이 1~4밖에 되지 않는다. 5 이상은 그만큼 급료가 비싸다. 지금은 그다지 의미가 없을 듯하다.

"매번 감사! 또 와줘요!"

"이런. 잔금이 10000G도 남지 않았잖아……. 지갑을 너무 열었나? 뭐, 새로운 과일도 획득했으니 밭이나 보러 가자."

"무!"

밭이 있는 구역의 위치는 시작의 도시와 거의 동일하다. 다만 도로나 가로등 등의 모양새가 조금 달라서 신선했다.

"무무~."

"──♪"

밭이 눈에 들어오자 오르트와 사쿠라가 기뻐하며 뛰어갔다. 역시 밭이 좋은가 보다.

밭에 심을 씨앗을 확보하기 위해서 오늘 아침에는 일과처럼 하던 조합을 건너뛰고서 수확물을 모조리 남겨뒀다. 이제는 오르트에게 넘겨서 포기 나누기를 한 뒤에 밭에 뿌리면 작업 완료다.

"아, 맞다. 먼저 오브젝트부터 설치해야지."

수령의 도시에서 구입했던 오브젝트는 동쪽 도시에 설치할 생각이다. 이미 작물이 빼곡히 심겨 있는 시작의 도시의 밭과 달리 이곳에서는 사용하기 편한 곳에 설치할 수 있으니까.

우선은 정화의 샘부터.

"오르트, 어디에 설치하는 게 좋을까?"

"무~……."

"오, 생각하고 있구나."

"무무……무! 무무~뭇!"

"오, 여기?"

"무."

오르트가 한동안 팔짱을 낀 채로 눈을 감고서 골똘히 생각하다가 갑자기 눈을 뜨고는 헛간 옆을 척 가리켰다. 이곳에 설치하면 조합할 때 헛간을 바로 이용할 수 있으니 편해서 좋겠네.

"흠~ ♪"

"으앗!"

샘을 설치한 순간 루프레가 느닷없이 뛰어들었다. 물세례를 호되게 당했다!

루프레가 물을 떠서 자기 몸에 끼얹고는 기분이 좋은지 눈을 가늘게 뜨고 있다.

"흐흠 ♪"

"뭐, 운디네이니까."

"흠~!"

몸이 마르면 안 되는 건가? 그렇다면 모험 중에는 늘 물을 가지고 다니는 편이 좋을 것 같은데.

한 가지 걱정은 샘에서 솟아나는 정화수의 품질에 어떤 영향을 끼치느냐는 것인데……. 뭐, 그 역시 내일 물을 길어 보면 알 수 있겠지. 지금은 마음대로 하도록 놔두자.

나는 물놀이를 하는 루프레를 내버려 두고서 오르트가 지시한 대로 헛간 뒤쪽에 포도용 덩굴대를 하나 설치했다. 나머지 하나는 시작의 도시에 설치할 생각이다. 그쪽 과수원도 충실하게 가꾸고 싶거든.

"좋아, 오르트, 사쿠라, 쿠마마, 밭을 맡겨도 될까?"

"뭇무~."

"——♪"

"쿠마~."

경례가 멋집니다. 점점 능숙해지는 듯하다. 혹시 연습이라도 하는 거 아냐?

"그럼 우린 양조통을 얻으러 가자!"

"야~!"

"흠~!"

"큐~!"

이쪽은 이쪽대로 다함께 일제히 주먹을 높이 쳐들었다. 이 역시 군무처럼 동작이 딱딱 맞아떨어지네. 진짜 연습하는 건가?

"뭐, 지금은 양조통부터."

아릿사 씨에게서 구입한 정보에 따르면 이 도시에 실력 뛰어난 양조가가 있으며 그가 부탁하는 퀘스트를 수행하면 특수한 양조통을 입수할 수 있다고 했다.

양조 스킬이 있어야만 발생한다고 하니 일단 취득해 두자. 이제 남은 일은 그 양조가를 만나러 가는 것뿐이다.

"여기…… 맞지?"

얼핏 평범한 민가로밖에 보이지 않는다. 아릿사 씨의 정보가 없었다면 절대로 발견해 내지 못했겠지.

처음 발견한 플레이어가 용케도 찾아냈네. 분명 엉뚱한 플레이를 즐기는 요상한 플레이어임이 틀림없다.

"죄송합니다~."

나는 문을 노크하면서 말했다. 그러자 문이 서서히 열렸다.

"누구냐?"

"으~음, 모험가 유토입니다. 여기에 실력 뛰어난 양조가가 계신다고 해서 왔습니다만."

"실력이 뛰어난지는 모르겠다만. 내가 양조가 마셜이다."

"꼭 가르침을 받고 싶습니다만."

"좋아. 안으로 들어오너라."

"예."

그뒤에는 맥이 빠질 만큼 이야기가 술술 진행되었다. 들었던 대로 양조 기술을 알려주는 대신에 녹색 복숭아 나무 목재를 구해오라는 퀘스트가 파생되었다. 그러나 이미 소지하고 있었다. 크으, 아릿사 씨에게 준 정보료에 이 목재 대금도 포함되어 있었다. 역시나 정보상 소문 듣는 고양이. 애프터 서비스까지 완벽한 것 같다.

목재를 그 자리에서 넘기자 퀘스트가 간단히 완료되었다.

"좋아, 확실히 받았다. 그럼 그대한테 양조란 무엇인지 알려주지."

이제는 이 자리에서 술 양조법을 배운 뒤 마지막으로 전별 아이템만 받으면 이벤트 종료다.

전별 아이템은 술 양조 기간을 단축시켜 주는 통 하나와 그 통의 제작 레시피, 포도주용 홍포도 5개였다.

더욱이 앞으로 이곳을 방문하면 여러 종류의 양조통을 구입할 수 있다고 한다. 그 통도 일반 판매품보다 품질이 높은 걸 보니 아주 뛰어난 물건인 듯하다.

곧바로 상품들을 살펴봤다. 양조통, 소형 양조통, 주류용 양조통까지 3종류가 있었다. 일단 일반 양조통 3개, 주류용 양조통 1개를 구입했다. 이로써 우리가 소유하고 있는 통은 5개. 내 양조스킬은 아직 레벨1이라서 양조통을 동시에 하나밖에 다루지 못한다. 다만 루프레는 스킬 레벨15라서 4개까지 취급할 수 있으니 둘이서 5개는 문제없이 운용할 수 있다.

그리고 이곳에서는 술도 팔고 있다. 포도주와 녹색 복숭아주 2종류뿐이지만. 이것도 한 병씩 사버릴까? 스스로 술을 빚어내려면 아직 시간이 더 걸릴 테니.

"아니, 둘 다 사지는 말까……."

한 병에 1000G나 한다. 어쩔 수 없으니 포도주만 사두자. 이건 요리할 때도 쓸 수 있을 테니까.

"마셔 봐라. 한 번 취기를 경험해 보는 것도 좋지."

이 게임에는 취기라는 상태 이상이 있다. 술을 너무 많이 마시면 발생하는 상태로 몸이 휘청거려 마음대로 가눌 수가 없게 된다나?

다만 그 상태는 실제 나이 20세 이상의 플레이어만이 빠질 수 있다. 미성년자는 애당초 술을 마시더라도 주스 맛밖에 나지 않고 취하지도 않는단다. 이 게임은 그런 부분이 엄격하다.

뭐, 성인인 나와는 관계가 없지만 말이야! 나이를 먹을 대로 먹은 성인이 회사를 쉬고서 폐인 플레이나 해서 쓰겠냐는 비난은 사양합니다. 남자는 언제나 소년이다. 몸은 성인, 마음은 소년. 그것이 바로 성인 남성이라는 생명체다. 그러니 술도 마시고말고!

어? 어른스러운 남성도 있다고? 아니, 아니, 그 녀석들은 그저 어른처럼 꾸미는 기술을 알고 있을 뿐이다. 내용물은 나와 다르지 않다. 오히려 그들은 '어른스러운 나'에 취한다는, 보다 심각한 질병을 앓고 있다. 이의는 인정한다. 그러나 난 의견을 바꾸지 않아! 그렇지 않다면 60살이 넘은 우리 회사 사장이 그토록 제멋대로일 리가 없잖아! 허구한 날 앙앙거리는 게 마치 6살짜리 같다.

에구, 이야기가 조금 탈선해 버렸네.

"그럼 양조통과 술을 구했으니 바로 양조해 볼까?"

"흠~!"

말은 그렇게 했지만 모처럼 새로운 도시에 왔는데 이대로 곧장 돌아가기에는 섭섭하다.

돌아가는 길에 큰마음 먹고 상점에 들려 윈도우 쇼핑을 해봤다.

잔금이 2806G뿐이라 정말로 구경만.

그래도 몇 가지 성과가 있었다.

새로운 작물인 검은 감자 씨앗과 예전부터 구하고 싶었던 큐어 포션을 발견했다. 큐어 포션은 HP를 회복시키고 독과 마비도 낫게 해주는 아이템이다. 다만 각각의 효과가 적어서 인기는 별로 없다고 한다. 그러나 나에게 구입하지 않는다는 선택지는 없었다.

어째서냐고? 예전에 시작의 도시에서 봤던 큐어 당근의 소재 중 하나이기 때문이다. 큐어 포션과 푸른 당근을 품종 개량 스킬로 합성하면 큐어 당근이 만들어진다고 한다.

"이제 염원하던 큐어 당근을 손에 넣을 수 있게 됐어!"

지난번에 품종 개량을 시도해 봤을 때와 달리 지금은 다양한 작물과 소재를 갖고 있다. 이곳에서 품종 개량을 여러모로 시도해 보는 것도 재밌을지도.

그렇게 생각하면서 내가 마지막에 들른 곳은 허브를 취급하는 노점이었다. 가게에는 소금과 후추, 허브류가 진열되어 있다. 그중에서 내 눈길을 끈 것은 50G에 파는 동그란 향신료였다.

"마늘은 허브에 속하나?"

"맞아. 요리에도 쓸 수 있는 향신료지. 하나 어때?"

"아, 아아. 살게. 저렴하니까. 저기, 마늘 씨앗은 없나?"

씨앗이 있다면 꼭 갖고 싶다. 밑져야 본전이라는 생각으로 물어봤는데…….

"씨앗? 그래~. 부탁을 하나 들어준다면 그냥 넘겨줄게."

역시 이 세계의 NPC는 여러모로 융통성이 좋구나! 물어보길 잘했다.

"아싸! 그럼 뭘 하면 돼?"

"실은 배가 꼬르륵거려. 맛있는 요리를 만들어 줘. 다만 내 가게에서 파는 소금을 제외한 상품을 3가지 이상 사용할 것. 괜찮겠니?"

재밌는 문제네. 제한이 있는 요리 제작?

이 가게에서 팔고 있는 소금을 제외한 상품은 후추, 캐모밀레, 바지루루, 레드 세이지, 블루 세이지, 오레가노, 마늘이 있네. 일단 갖고 있지 않은 마늘만 구입하고서 밭으로 돌아가기로 했다.

"곧 맛있는 요리를 갖고 올 테니 기다려줘."

"기대하고 있을게."

이번에는 수령문에서 입수한 식재료가 나설 차례다. 마늘을 발견한 덕분에 만들어 보고 싶은 요리가 떠올랐다. 밭으로 돌아가면서 여러 요리들을 구상하다가 문득 어떤 사실을 깨달았다.

"그러고 보니 운디네는 뭘 먹지? 어패류? 아니면 사쿠라처럼 식사를 할 필요가 없다거나?"

"흠~?"

"뭐, 그것도 검증해 봐야겠네."

여러 음식들을 먹여보면 알 수 있겠지.

"그럼 요리를 시작하자. 오늘 보조 요리사는 루프레 씨. 배경음악 담당은 파우 씨입니다~."

"흠~."

"란라라라 ♪"

릭은 돌아오자마자 헛간 지붕에서 햇볕을 쬐고 있다. 자유롭네.

파우는 모 조미료 회사의 3분 쿠킹 테마곡을 연주하고 있다.

"이번에 쓸 식재료는 수령문에서 입수한 아대어의 토막입니다. 우선 소금을 솔솔 뿌릴게요."

"흠."

"다음에는 프라이팬에 올리브 오일을 두르고서 이 생선을 가볍게 지질게요. 살짝 노릇해지니 좋은 향이 풍기네요~."

"흠~."

"여기에다가 잘게 썬 바지루루, 얇게 썬 마늘, 적당하게 썬 하얀 토마토, 오늘 막 입수한 비기니 재첩을 껍질째로 넣습니다. 소금이랑 후추도 빼먹지 말고요. 마지막에 화이트 와인을 대신하여 포도주를 조금 부으면 준비 오케이. 루프레 씨, 이 프라이팬에 물을 넣어주세요."

"흠~."

역시 루프레는 아쿠아 크리에이트를 쓸 수 있구나. 더욱이 내가 생성할 수 있는 물보다도 고품질이다. 요리 스킬도 있으니 오히려 루프레에게 전부 맡기는 편이 더 나을지도……

"아니, 아니, 설마 그렇진 않겠지."

"흠?"

"어, 뭐. 이건 내 취미나 마찬가지이니 내가 도맡아서 진행하도록 하자."

물을 부은 프라이팬을 불 위에 올리고서 끓여내면 완성이다. 유토 특제 유사 아쿠아 파짜다. 아쿠아 파짜라고 가슴을 펴고 말할 수 없는 이유는 대용 식재료만 사용했기 때문이지.

원래는 바지루루가 아니라 파슬리를, 재첩이 아니라 바지락을, 토마토가 아니라 방울토마토를 넣어야한다. 술도 화이트 와인을 써야 하고. 뭐, 그래도 완성된 요리 이름이 아쿠아 파짜로 표시되어 있으니 성공했다고 봐야 하려나?

명칭 : 아쿠아 파짜
레어도 : 3
품질 : ★4

효과 : 만복도를 37% 회복한다. 해독 효과.

　해독 효과가 붙어 있다. 전투를 마친 뒤에도 독이 풀리지 않았다면 먹어보는 것도 괜찮으려나? 아니, 필드에서 식사를 할 여유가 있을는지……. 그리고 안전한 장소를 찾다가 그전에 자연 치유될 가능성이 높겠지. 별 의미가 없는 효과일지도 모른다.

　"아니, 지금은 맛이 중요해. 일단 먹어볼까. 잘 먹겠습니다~."

　예의에서 조금 벗어나긴 하지만 즉석에서 시식했다.

　"우물우물……. 음. 맛은 나쁘지 않아."

　레드 와인인 포도주를 써서인지 조금 단맛이 느껴지는 듯도 하지만, 그렇게까지 혀에 거슬리는 것 같지는 않다. 이거 제법 괜찮게 만들어졌는걸.

　내가 시식하고 있으니 강렬한 시선이 느껴졌다. 옆을 보니 루프레가 있었다. 입가에 군침을 흘리면서 내가 들고 있는 아쿠아파짜를 쳐다보고 있다.

　"……."

　"흠~."

　"……."

　"흐무무~."

　내가 접시를 들고 있는 손을 움직이자 루프레의 얼굴도 접시를 따라 움직인다. 좌우좌우, 마치 시선이 물리적으로 접시에 고정된 것처럼 루프레의 시선이 접시에서 절대로 벗어나지 않았다.

　"루프레, 이거 먹고 싶니?"

"흠!"

내가 묻자 루프레가 눈빛을 반짝이며 고개를 연신 끄덕였다. 이거 내가 줄 거라고 여기고 있는 거겠지? 이제는 주지 않는다는 선택지가 사라져버렸다.

"……그래? 자, 먹어도 좋아."

"흠~♪"

아마도 운디네의 주식은 어패류인 듯하다. 루프레는 낚시 스킬을 보유하고 있으니 자기 몫은 자기가 구할 수 있겠지. 다만 현재 만들 수 있는 어패류 요리 종류가 너무나도 적다. 구이와 아쿠아 파짜뿐이다. 조금 더 정진해야겠다.

그뒤에 나는 아쿠아 파짜를 다시금 만들어 노점 아저씨에게 가지고 갔다. 퀘스트는 물론 달성되었다. 맛있다는 소리를 연신 해대며 먹어 치웠으니.

"마늘 씨앗도 입수했으니 밭으로 돌아가자."

"흠~."

이다음에는 뭘 할까? 품종 개량은 작물을 수확할 수 있는 내일 이후에나 가능할 것 같은데.

"그래. 다음에는 양조에 도전해 볼까!"

"흠!"

헛간 안에 양조통을 배치하고서 기능을 점검해 본다.

"이로써 여러 가지를 만들 수 있게 됐는데……. 우선은 간장을 먼저 만들고 싶네."

"흠."

"다음에는 된장."

게시판에서 간장과 된장 제작법을 조사해 봤는데 중간까지는 거의 똑같다. 삶은 소이콩을 으깨어 소금물과 함께 양조통에 넣는다. 그다음에 물을 넣으면 간장이, 소량의 물과 식용초를 넣으면 된장이 된다.

"제작법이 엄청 간략하네."

아마도 현실에서처럼 쌀이나 보리를 섞으면 품질이 올라갈지도 모르겠지만, 현재는 아직 발견되지 않았다. 이 간소한 제작법으로 만들 수밖에 없다.

그러나 나에게는 루프레가 있다. 루프레는 양조를 막 배운 나보다 스킬 레벨이 높을 것이다. 루프레에게 맡긴다면 고품질로 만들 수 있을지도 모른다.

"릭의 간식용으로 소이콩을 나름 사뒀어. 이걸 정화수로 삶으면 되려나?"

"흠!"

맞는 모양이다. 그뒤에 루프레와 함께 삶은 소이콩을 작은 알갱이가 남을 정도로만 으깬 뒤 양조통에 넣었다. 내가 담당하기로 한 양조통에 정화수와 소금을 넣고서 뚜껑을 닫았다. 이제는 매일 한 번씩 마력을 주입하는 수수한 작업만 남았네. 나흘 뒤에는 간장이 완성되어 있을 것이다.

참고로 일반 양조통은 5리터짜리고 소형은 1리터짜리다. 그러므로 소이콩도 상당한 양이 필요했다. 한 통에 10번은 먹을 분량의 콩이 필요하겠지.

"너무 간단해서 불안하긴 하지만 이러면 되는 거겠지?"

"흠."

"그럼 다음은 된장."

이쪽은 전 공정을 루프레에게 맡겨봤다. 나보다도 능숙하게 콩과 식용초를 으깬 뒤 양조통에 물과 함께 넣었다. 식용초는 분말로 빻는 게 나을 줄 알았는데 잘게 다지는 정도가 딱 좋다고 한다.

그렇구나~. 뭐든지 가루로 만드는 편이 나은 줄 알았는데 아닌가 보다. 좋은 공부가 됐다.

"다음은 식초."

실은 쌀식초를 만들고 싶지만 아직 쌀이 발견되지 않았다.

그래도 과일로 만드는 후르츠 비니거라는 레시피가 있다.

"과일로 비니거를 만들고 싶은데……."

"흠!"

오오. 오르트가 맨날 하는, 맡겨달라며 가슴을 툭 때리는 포즈다.

나는 인벤토리에서 여러 종류의 과일을 모조리 꺼내 탁자 위에 올려놔봤다. 루프레가 오늘 산 홍포도를 5개 정도 집었다. 술을 빚으려고 사긴 했지만, 이 포도로 비니거를 만들 모양이다.

루프레가 홍포도를 양조통에 넣고서 무슨 영문인지 신고 있던 신발을 장비 해제했다.

"어? 뭘 하려고?"

"흠~!"

우와, 루프레가 통 속으로 뛰어들었다. 그러고는 맨발로 포도를 으깨기 시작하는 게 아닌가.

스승님이 손으로 으깨라고 했는데……. 뭐, 루프레는 체중이 가벼워서 손으로 으깨기가 버겁겠지. 더욱이 지구에서도 와인을 만들 때 발로 밟는다고 들었으니 어쩌면 발을 쓰는 편이 더 나을지도 모르겠다.

뭐, 나는 할 생각이 없긴 하지만. 아무리 게임 속이니 불결하지 않다고 해도 내 맨발로 으깨서 빚어낸 와인을 마시고 싶지 않다. 루프레는 정령이니 아슬아슬하게 허용 범위에 속할지도?

포도를 대강 으깬 뒤 정화수를 넣는다. 그뒤에는 아까 익혔던 술 제조법과 동일했다.

레시피에 따르면 술을 계속해서 방치해 두면 식초가 된다고 적혀 있다. 주류용 양조통을 사용하고 있는데 시간이 얼마나 걸리려나? 술은 사흘이 걸린다고 하니 식초는 닷새 정도?

루프레는 내가 궁금해 하든 말든 아랑곳하지 않고 그대로 뚜껑을 덮은 뒤 손가락 2개를 세운 오른손을 나에게 내밀었다.

"뭐야? 피스 사인?"

"흠!"

"아냐? 네 손가락을 보라고?"

"흠~!"

"그것도 아닌가……. 아, 혹시 이틀이 걸린다고?"

"흠!"

정답인가? 그나저나 이틀이면 된다고? 술도 사흘이 걸리는데? 분명 식초를 만들려면 더 오랫동안 방치해 둬야 할 것이다.

"왜 그렇게 빠른 거야? 술보다 식초가 더 빨리 만들어져?"

"흠."

"역시 아니지? 그럼 루프레의 스킬 덕분?"

"흠."

"정답이구나. 발효 스킬은 양조 시간을 단축시켜 주는 건가?"

"흠~."

루프레가 고개를 크게 끄덕였다. 발효 스킬이 생각했던 것 이상으로 유용한 듯하다. 하마터면 내가 다 만들어서 양조 시간이 배로 늘어날 뻔했네. 이거 여러모로 기대가 되는걸!

"있잖아, 어간장도 만들 수 있어?"

나는 과일들을 집어넣은 뒤 다음에는 물고기를 꺼냈다.

"흠!"

루프레가 우선 비기니 황어 다섯 마리를 들어올렸다.

"그대로 써도 돼?"

"흠."

손질할 필요가 없는 듯하다. 루프레가 일절 손을 대지 않은 비기니 황어를 양조통 바닥에 조심스럽게 깔기 시작했다.

"거기에 물과 소금을 넣는구나. 어? 그걸로 끝이야?"

양조는 준비 단계가 정말로 간단하구나. 걱정이 되긴 하지만 루프레가 만족한 표정을 짓고 있다. 이제는 매일 마력을 불어넣기만 하면 될 것이다.

간장, 된장, 후르츠 비니거, 어간장은 다 됐고 이제 남은 양조통은 하나다. 이걸로 뭘 만들까?

"저기, 뭐 재미난 걸 만들 수 없을까?"

"흠?"

"그래, 그래. 이 부근에서 구할 수 있는 소재로."

"흠~…… 흠!"

"또 소이콩을 쓰는 거야?"

된장과 간장도 만들었는데……. 내가 의아해하고 있으니 루프레가 콩을 삶기 시작했다. 역시 조미료인가?

그런데 루프레가 다 삶은 콩을 으깨지 않고 그대로 양조통에 부었다. 그러고는 물을 조금 넣고서 뚜껑을 닫아버렸다. 뭐가 만들어지려나? 콩으로 만들 수 있는 발효식품…….

"아! 혹시 낫토?"

"흠~."

루프레가 기뻐하며 고개를 끄덕였다. 낫토구나. 이건 기쁘다. 나는 아침밥은 백미파거든. 밥과 곁들여 먹을 수 있는 건 뭐든지 좋다. 다만 자꾸만 마음에 걸리는 게 있다.

"통에 냄새가 배지는 않겠지?"

뭐, 만들어 보면 알 수 있으려나. 일단 통은 헛간에 놔두도록 하자. 동쪽 도시의 밭에도 매일 올 생각이거든. 이곳에 왔을 때 마력을 주입하면 된다.

"이제 할 일은……. 생선 요리겠네."

아까 만들었던 아쿠아 파짜는 맛있었다. 다양한 생선 요리를 만들어 보고 싶다. 그뒤에 나는 루프레와 함께 여러 요리들을 만들어 나갔다. 다양한 요리들을 1인분씩 마구 만들었다.

은어 소금구이, 마어 카르파초, 마어 된장조림, 마어 회, 뱀장어 양념구이, 새우 튀김, 냇물고기 소금구이, 새우 소금구이, 생선 된장나베, 잔고기 감로자(甘露煮) 등등 여러 가지. 크으~, 재밌었다. 그리고 너무 많이 만들어 버렸다.

이래서야 며칠 동안은 생선 요리만 먹어야 할 듯하다. 그러나 심심풀이로 요리를 만든 것은 아니다. 분명한 목적이 있다.

"루프레. 이 중에서 가장 좋아하는 게 뭐야?"

나는 방금 만든 생선 요리와 조리하지 않은 생선들을 루프레의 앞에 나열해 봤다. 루프레가 좋아하는 것을 찾기 위해서 요리를 한 것이다. 아쿠아 파짜를 맛있게 먹었으니 생선 요리를 좋아하는 건 확실하겠지.

"혹시 아까 먹었던 아쿠아 파짜를 좋아해?"

"흠~."

요리를 앞에 두고서 루프레가 살짝 고민에 빠졌다. 되도록 생선류, 특히 소금구이가 좋다고 말해 주면 고맙겠다. 반대로 새우 튀김이나 아쿠아 파짜처럼 식재료를 많이 사용하거나, 품이 많이 드는 요리는 선택하지 말았으면 한다.

그렇게 바라고 있으니…….

"흠!"

"그거냐~."

루프레가 뱀장어 양념구이를 가리켰다. 이 요리는 값비싼 뱀장어를 써야 할 뿐만 아니라 간장에다가 포도주, 버섯 육수가 들어가고, 요리법도 상당히 번거롭다.

"그다음에 좋아하는 건?"

"흠."

"새우 튀김이구나. 그다음은?"

"흠."

"마어의 토막으로 만든 된장조림?"

아마도 가격이 비싼 어패류 소재를 사용한, 손이 많이 가는 요리를 좋아하는 듯하다. 이거 루프레의 식비 때문에 부담이 꽤 커질 듯하다.

"흠?"

"아니, 아무것도 아냐. 자, 먹어도 좋아."

"흠~♪"

루프레의 음식 취향을 알아낸 뒤에 나는 여러 요리를 도전해 보기로 했다. 아까 만들었던 생선 요리를 양산하기도 하고, 새로운 피자와 된장국도 개발했다. 디저트도 시도했다.

그 결과 내 앞에 요리들이 빼곡히 놓여 있었다. 이뿐만 아니라 인벤토리 안에도 시도한 요리들이 대량으로 들어 있다. 50종류가 넘는 것 같다.

"조금 지나치게 만든 것 같네……."

"흠."

아니, 루프레가 요리 솜씨도 좋아서 함께 요리하는 게 즐겁다니까. 이 요리를 나 혼자서 소비하는 건 무리다. 어디 가서 팔까?

"맞다, 무인판매소! 거기에 등록해서 팔면 되지 않을까?"

"흠?"

"따라와 루프레!"

"흠~."

나는 루프레와 함께 농업 길드로 달려갔다.

"죄송합니다."

"오. 무슨 용무냐?"

"무인판매소를 설치하고 싶은데요……. 지금 시작의 도시에 설치되어 있는데 이쪽 도시에서도 이용할 수 있을까요?"

"안 되겠군. 네 길드 랭크로는 무인판매소를 한 곳밖에 출점할 수가 없다. 시작의 도시에 있는 판매소를 이쪽으로 가져오는 건 가능하다만 어쩔래?"

현재 시작의 도시에 설치한 판매소에는 사쿠라가 만든 목공용품을 적당히 깔아두기만 했다. 그럼 이쪽으로 옮기더라도 나쁘지 않으려나?

"바로 옮길 수 있습니까?"

"그래, 맡겨둬."

"그럼 부탁합니다."

곧장 밭으로 돌아가니 익숙한 무인판매소가 첫 번째 밭 앞으로 옮겨져 있었다. 여전히 일처리가 빠른걸.

"자, 안을 볼까……."

역시나 사쿠라의 목공품이 등록되어 있다. 더욱이 예상 밖으로 물건이 팔렸다. 재고가 얼마 남지 않았다. 조금 손해 보는 짓을 벌인 건가? 이미 이동시켰으니 후회해 본들 소용없지만.

마음을 다잡고서 요리를 등록하도록 하자.

"자, 뭘 등록할까……. 오? 등록할 수 없는 것도 있네……."

대부분의 요리에 직접 기른 야채나 허브가 쓰였으니 등록이 가능할 텐데.

사쿠라의 목공품은 밭에서 수확한 잡초로 우려낸 잡초수로 색을 입혔기에 무인판매소에 등록할 수 있었다. 그러므로 밭에서 수확한 소재를 하나라도 사용한다면 등록할 수 있을 줄 알았는데……

"잠깐 확인해 보자."

게시판을 잠시 들여다봤다. 때마침 무인판매소를 다루는 게시판이 있었다.

"으~응? 좀 다르네."

이곳은 내가 원하는 게시판이 아닌 듯하다. 무인판매소를 운영하는 플레이어가 아니라 물건을 사는 플레이어들이 정보를 교환하는 게시판이었다. 흥미가 조금 생겨서 가볍게 읽어 봤더니 오, 내 이야기도 적혀 있다. 게시판에서 내 이야기를 보는 게 처음인지라 느낌이 묘하다.

악담이 적혀 있지 않은지 조금 조마조마하게 게시판을 읽어 봤다. 허브티 찻잎을 처음으로 판매하기 시작한 전설적인 판매소라고 적혀 있었다. 생각보다 과장들이 심하네요. 그리고 그 전설적인 판매소는 없어졌습니다. 미안합니다.

"……딴 게시판이나 보자."

좋은 내용이 적혀 있었지만 결국 정신적으로 지치고 말았다.

그뒤에 여러 게시판을 뒤지다가 드디어 발견했다. 이제 와 생각해 보니 파머밖에 사용할 수가 없으니 처음부터 그쪽 계열 게시판을 볼걸 그랬네.

그 게시판에는 '등록할 수 있는 물건과 등록할 수 없는 물건의 차이'에 관해 의견을 주고받은 게시물들이 올라와 있었다.

그 게시판에 따르면 단순히 자신의 밭에서 수확한 소재가 딱 하나만 포함되어 있으면 등록되는 게 아니라고 한다. 완전히 검증된 것은 아닌 듯하지만, 전체에서 30~40퍼센트쯤 포함되어 있어야만 하는 것 같단다. 사쿠라가 만든 목공품을 따져보니 목재, 물, 잡초 중 잡초는 밭에서 수확한 것이다. 그러므로 전체에서 밭 수확물이 33퍼센트를 차지한다는 소리다.

"과연⋯⋯."

가볍게 계산해 봤더니 요리에도 그 법칙이 맞아떨어졌다. 어패류를 잔뜩 사용했지만 허브는 바지루루밖에 사용하지 않은 '어패류 조림'은 등록할 수 없었지만, 생선을 여러 허브를 곁들여서 구워낸 '냇물고기 허브솔트구이'은 무인판매소에 등록할 수 있었다.

앞으로 밭에서 수확한 재료로 조미료를 만들어서 요리할 때 쓴다면 등록할 수 있는 상품이 더 늘어날지도 모르겠다.

"루프레. 좋아하는 걸 다섯 가지만 골라. 그것들은 팔지 않을 테니까."

"흠! 흐무~⋯⋯."

루프레가 진지한 표정으로 생선 요리를 택하고 있다. 그동안에 나는 생선 요리를 제외한 상품들을 등록하기로 했다.

후르츠 주스, 넛 쿠키는 남겨두고서 다른 요리들 중에서 가격대가 중간쯤에 속하는 것부터 택하여 등록해 나갔다.

판매 가격은 예전에 범했던 과오를 참고하여 매길 수 있는 최고액으로 설정해뒀다. 하나에 800~1500G 정도다.

"피자, 돈지루, 칼조네, 믹스 야채 주스, 치즈 케이크……, 오?"

등록할 수 있는 상품 숫자가 다섯 종류에서 여섯 종류로 늘어나 있다. 아마도 길드 랭크가 올라서겠지.

"그럼 야채 아히요를 등록해 두기로 할까."

그런데 소재를 조금씩 변경하며 요리를 만들었기 때문에 각 요리가 하나씩밖에 없다. 그래서 각 종류마다 하나밖에 등록할 수가 없었다.

"팔리기만 하면 횡재라는 심정으로 등록해 두는 거니 상관없긴 하지만."

아니, 잠깐만. 혹시 NPC에게 맡길 수 있지 않을까? 고용한 NPC에게 팔리면 채우라고 시켜두면 된다. 가장 품삯이 저렴한 NPC가 하루에 100G. 요리를 하나라도 팔면 본전이다.

아니, 아니, 팔릴지 어떨지도 모르는데…….

그렇게 생각하고 있으니 판매소 앞에 여러 플레이어들이 서 있었다. 분명 나와 판매소를 쳐다보고 있다.

어? 손님? 벌써? 빠르네?

"저기~, 구경해도 됩니까?"

"아, 예. 보세요."

"아싸! 그 소문난 백은 씨의 판매소를 이용하게 되다니!"

소문난? 아니, 아까 게시판에 여러 글들이 올라와 있었으니 새삼 이상한 일은 아닌가.

그나저나 낯선 상대가 '백은 씨'라고 불렀는데도 전혀 놀라지 않게 되었다. 우리 애들이 귀여우니 눈에 띌 수밖에 없겠지~.

다만 걱정거리가 하나 있다. 그들이 허브티나 목공품을 기대하고 와줬다면 완전히 실망만 안기게 될 것이다. 약간 고급스러운 요리만 팔고 있으니까.

무인판매소를 떠나 밭농사를 하는 척하면서 조마조마한 마음으로 플레이어들을 슬쩍 관찰했다. 악담이 들려온다면 바로 예전 상품으로 되돌리자.

"이, 이건…… 백은 씨의 신작?"

"지, 진짜? 나 좀 보자."

"오오, 굉장해~. 이게 이벤트를 승리로 이끌었다는 피자랑 돈지루?"

"좀, 싹쓸이하지 마!"

"내가 맨 먼저 왔다고!"

다행이다. 화가 나지는 않은 듯하다. 더욱이 아직도 요리가 드문 듯하니 팔리지 않아 걱정할 일은 없을 듯하다.

"이거 진심으로 NPC를 고용해 두는 편이 나을지도."

나는 하루 종일 밭에 눌러앉아 있을 수가 없다. 로그아웃 중에도 판매가 가능하다면 돈벌이가 조금은 편해질지도 모르겠다.

나는 무인판매소 앞에서 웅성거리고 있는 플레이어들을 본체만체 지나치고서 서둘러 농업 길드로 향했다.

게시판

[신발견] LJO 안에서 새롭게 발견한 사실을 말하는 스레드 Part9
[속속 발견 중]

· 작은 발견이라도 상관없다
· 거짓말은 하지 말 것
· 거짓말이라고 단정 짓지 말 것
· 되도록 증거 스크린샷을 첨부해줘

: : : : : : : : : : : : : : : :

299 : 헨드릭슨
역시나 소재 출처는 아무도 모르나? 한 벌씩밖에 안 팔던데?

300 : 히루마
그런 모양이네. 운 좋게 입수한 플레이어가 성능을 게시판에 올렸는데 꽤 강하더라. 물내성, 잠수시간 연장이 붙어 있는 경량 로브던데? 제5에어리어의 지저호수. 거기서 발목이 잡힌 플레이어들은 간절하겠지. 나도 갖고 싶어.

301: 헨드릭슨
난 가슴 보호대를 갖고 싶군. 잠수시간 연장에다가 수영보조가 붙어 있고, 방어력이 높으니까.

지저호수에서 익사한 적이 있는 녀석이라면 죄다 갖고 싶어 하지 않을까?

302 : 보야지

소재만 입수하면 만들어 주지? 장비를 만들어 달라며 플레이어들이 우르르 몰려들자 슈에라가 발끈하여 바가지를 씌워 주겠다고 호통을 쳤대.

근데 슈에라랑 세키도 소재 출처는 모르는 모양이야. 다른 플레이어한테서 우연히 사들였을 뿐이래.

303 : 후카

대놓고 바가지를 씌우겠다고 호통 치다니 슈에라 짱다워(웃음).

나도 소문 듣는 고양이한테 물어보고 왔는데 역시나 소재 출처를 모른대.

오히려 사냥터 정보를 값비싸게 사줄 테니 팔아 달라고 부탁을 받았어.

304 : 히루마

뭐, 결국 지저호수인 것 같은데 말이야. 아직 그곳의 필드 보스도 쓰러뜨리지 못했고 말이야.

알려지지 않은 에어리어나 레어 몬스터가 있을 수도 있어.

애당초 물고기형 몬스터는 강과 지저호수 이외에서는 확인된 바

없으니까.

305 : 헨드릭슨

역시 다들 그렇게 생각하는구나～.

우리도 지저호수에 가봤는데 똑같은 예측을 한 파티들이 모여들어 아주 북적거리더라.

306 : 하트맨

야호～, 백은 씨가 또 저질렀어～.

307 : 히루마

또ㅋㅋㅋ.

위화감이 전혀 느껴지지 않는 말이었어.

308 : 보야지

그래서 이번에는 뭐야?

귀여운 종마를 하나 더 데리고 다닌다는 그 소문인가?

혹시나 늘 나도는 엉터리 정보가 아니라 진짜였어?

백은 씨가 새 몬스터를 입수했다는 소문이 정기적으로 나돌거든. 흉내 내는 플레이어도 정기적으로 출현하고 있고.

309 : 헨드릭슨

근데 확인해 보지 않더라도 거짓말인지 금세 알 수 있어.

그 백은 씨가 그런 식으로 자기 자신을 자랑할 리가 없으니까.
애당초 게임 외부 게시판에 일부러 글을 올린 시점에서ㅋㅋㅋ.

310 : 히루마
게시판을 거의 이용하지 않는 백은 씨가 자기 얘길 주저리주저리 쓸 리가 없으니까.
게다가 진짜 백은 씨는 먼저 자신이 백은이라는 걸 밝히지 않아.

311 : 보야지
왜?

312 : 히루마
백은 씨의 프렌드와 알게 되었는데 본인은 백은의 선구자라는 칭호를 불명예 칭호라고 굳게 믿어서 처음에는 백은이라는 호칭을 질색했다고 해.
최근에 익숙해진 것 같긴 하지만, 잘난 듯이 '바로 내가 백은이다!' 하고 과시할 리가 없지.

313 : 하트맨
왠지 이야기가 탈선했는데 그쪽이 아냐.
백은 씨의 무인판매소에서 신작을 팔더라고.

314 : 헨드릭슨

진짜? 갑자기 없어졌다면서 허브티 애호가들이 아비규환에 빠졌는데.

부활했나?

315 : 하트맨

실은 백은 씨의 허브티를 마시고서 무인판매소 순례에 푹 빠졌거든.

최근에는 여러 파머들이 허브티와 야채 주스 등을 팔고 있어서 꽤 재밌어.

공예품 같은 걸 판매하는 플레이어도 있고, 찾아 보면 품질보다 싸게 파는 물건도 있고 말이지.

그래서 어제 동쪽 도시의 무인판매소를 순례하고 있었는데 어떤 곳에 사람들이 모여 있더라고.

물어봤더니 백은 씨의 판매소였더라고.

316 : 히루마

그야 백은 씨가 시작의 도시에 계속 있을 리가 없잖아?

전투를 치르며 제2에어리어를 공략하는 모습이 전혀 상상이 되진 않지만.

317 : 헨드릭슨

그래서 뭘 팔고 있었지?

저질렀다고 했으니 뭔가 신기한 물건이라도 팔고 있었겠지?

318 : 하트맨
바로 요리야!
그것도 엄청 맛있는 녀석.
함께 있던 요리 플레이어가 시종 놀라더라고.

319 : 후카
허걱!
그 얘기, 더 자세히!
플리즈!

320 : 히루마
요리인의 집념은 대단해ㅋㅋ
뭐, 그쪽 방면으로도 점점 유명해지고 있는 것 같네.

321 : 하트맨
내가 산 요리는 생선 된장국, 녹즙, 벌꿀 쿠키, 돼지고기 된장구이, 토끼고기 와인조림, 쥐고기 꼬치, 생선 와인조림, 된장 돈카츠, 어패류 된장국, 재첩 피자, 벌꿀 주스, 고기구이 정도?
효과가 실용적이지 않은 음식도 많긴 했지만, 어쨌든 맛있어.
아, 녹즙은 제외하고 말이야. 백은 씨, 맛도 보지 않고 등록한 게 분명해. 떫어서 이제 그만이라는 소리가 절로 나오더라고.
그래도 그 이외에는 NPC 노점에서 파는 음식보다도 훨씬 맛있어서 그것만으로도 구입한 보람이 있네.

322 : 헨드릭슨

상당히 종류가 많군. 무인판매소에서 상품을 그렇게 많이 등록
할 수 있었던가?

323 : 하트맨

그 부분이 엄청 재미나더라고! 백은 씨의 무인판매소에는 여섯
종류밖에 등록할 수 없는 모양인데, 백은 씨가 고용한 NPC로 추정
되는 사람이 상품이 팔릴 때마다 채워주고 있어.

게다가 동일한 상품이 하나도 없을 뿐만 아니라 명칭 순서나 혹
은 어떤 규칙에 따라 적당히 채우고 있어서 다음에 뭐가 진열될지
알 수가 없대.

이야~. 다른 플레이어들과 한 번에 4개까지만 구입하기로 정하
고서 무엇이 당첨되든 원망하지 말자고 약속한 뒤에 순서대로 구
입했는데, 가챠 같아서 재밌었어.

324 : 후카

들어본 적이 없는 요리가 잔뜩…….

도, 동쪽 도시라고 했죠?

325 : 하트맨

아, 근데 이미 품절인데?

NPC한테 물어보니 언제 보충될지 정해진 바가 없대.

326 : 후카
NOOOOOOOOOO~!

327 : 하트맨
역시 이거 운 좋은 거 맞지? 크으~, 횡재했네.
나중에 온 사람도 머리를 싸쥐더라고.
결국 백은 씨의 무인판매소에 온 기념으로 컵을 사가지고 간 모양이야.

328 : 후카
큭. 이거 동쪽 도시에 상주할 수밖에……!

329 : 보야지
동쪽 도시에 한동안 사람들이 늘어날 것 같네.

330 : 히루마
노움하며, 불살의 칭호하며, 요리하며, 백은 씨의 영향력이 굉장해졌어.
게다가 본인은 전혀 의식하지 않고 있고…….

331 : 보야지

설마 슈에라의 가게에 새로운 소재를 제공한 플레이어가 백은 씨인 거 아냐?

332 : 하트맨
설마~. 근데 그럴 가능성도 조금은 있겠다는 생각이 들긴 해.

333 : 히루마
역시 백은 씨.
언젠가 무슨 일이 벌어지든 '어차피 백은 씨겠지' 하고 정리가 되는 날이 올 것 같아.

334 : 헨드릭슨
아니, 이미 온 거 아냐? 칭호와 관련해서 그 징조가 이미 나타나고 있잖아.
정령문도 백은 씨가 연 거 아니냐는 소문이 나돌고 있고.
뭐, 소문 듣는 고양이한테 물어봤더니 다른 파티가 발견했다고 하긴 했지만.

335 : 보야지
어? 정령문 정보를 팔고 있다고?

336 : 헨드릭슨
팔기는 팔고 있는데 위치는 모른다더군.

최초 발견한 녀석이 팔기를 꺼려하고 있대. 그 칭호를 받은 녀석 말이야.

그래도 힌트 정도는 될지도 모르니 살 수 있으면 사보지 그래?

요즘에는 제4에어리어에도 소문 듣는 고양이의 노점이 있으니.

일단 정령문이 해방됐다는 안내음이 2번 나온 것으로 보아 여러 개가 있는 것 같다는 정보 이외에도 약간의 정보를 팔고 있어.

337 : 하트맨

역시 천하의 백은 씨도 정령문을 발견해내지 못한 건가.

뭐, 제3이나 제5에어리어에 있을 가능성이 높으니 어쩔 수 없겠지만.

338 : 보야지

근데 백은 씨라면 벌써 자력으로 거기까지 진출했다고 하더라도 납득할 수 있을 것 같아.

혹시 두 번째 정령문을 발견한 사람이 백은 씨일 가능성은?

역시 그건 아닌가?

그래도 혹시나, 하는 생각이 자꾸만 들어.

339 : 히루마

뭐, 백은 씨니까.

340 : 헨드릭슨

안정적인 설득력(웃음).

: : : : : : : : : : : : : : :

[테이머] 이곳은 LJO의 테이머들이 모인 스레드입니다 [모여라 Part8]

새로운 테임 몬스터의 정보부터 자신이 테임한 몬스터 자랑담까지, 모두 모여라!

· 다른 테이머의 아이들을 모욕하는 발언은 금지입니다.
· 스크린샷 환영.
· 하지만 도배는 자제해주세요.
· 상식을 갖고 글을 올립시다.

: : : : : : : : : : : : : :

196 : 에린기
커맨더 테이머는 상당히 빡빡할 것 같네.

197 : 우루슬라
HP랑 MP는 여타 2차 직업과 동일하게 레벨이 오를 때마다 +3
그 이외의 능력치는 여타 1차 직업과 동일하게 레벨이 오를 때마

다 능력치 총계+2

　3차 직업을 택할 시기가 되면 다른 2차 직업에 비해 능력치 총계가 20 이상 차이가 나.

　198 : 에린기

　최소한 20이 차이가 난다는 뜻이겠네.

　아직 소문일 뿐이긴 하지만, 2차 직업에서 3차 직업으로 올라가려면 레벨이 25나 30이 되어야만 한다는 얘기가 있어.

　199 : 우루슬라

　그렇다면 차이가 더 벌어지겠네.

　데리고 다닐 수 있는 몬스터 숫자가 하나 더 늘어난다고 해도 꽤 빡빡하지 않아?

　테이머 본인의 전투력은 상승하지 않는 거나 마찬가지고.

　200 : 아메리아

　아뇨, 아뇨, 그렇지 않아요!

　분명 전투력은 낮습니다만, 복슬복슬한 몬스터를 한 마리 더 데리고 다닐 수 있는 거라고요!

　공략보다 재미와 즐거움을 우선하는 백은 씨한테는 최고의 직업이에요!

　201 : 에린기

백은 씨한테 안성맞춤인 직업(웃음)

자세한 설명을 듣지 않더라도 왠지 어떤 플레이 스타일일지 알 것 같아.

그래도 분명 몬스터와 교류를 즐기는 플레이 스타일에는 적합하려나?

202 : 오일렌슈피겔

이봐봐, 백은 씨가 초절 미소녀를 데리고 다니던데 말이야!

뭐 정보 없습니까?

203 : 우루슬라

NPC 아냐?

그 소문은 나도 들었는데 지금까지 테임한 몬스터들을 다 데리고 다닌다는 얘기였어.

노움, 나무 정령, 회색 다람쥐, 허니 베어, 요정까지 다섯 마리. 그 이상은 몬스터를 데리고 다닐 수가 없을 텐데.

소문 검증 게시판은 동행하는 NPC 아닌가로 결론이 내려졌어.

204 : 오일렌슈피겔

근데 마커 색깔이 파란색이었어.

205 : 우루슬라

그거, 진짜? 잘못 본 게 아니고?

실은 나도 그 부분이 마음에 걸리더라.

근데 검증 스레드에서 특수 이벤트 같은 게 아니냐는 말들을 해서 말이야~.

206 : 오일렌슈피겔

과연~. 그럼 역시 NPC였나~.

아쉽. 우리가 그 미소녀를 테임할 날은 오지 않는 거냐…….

207 : 아메리아

저기, 잠깐만.

백은 씨가 커맨더 테이머라면 몬스터일 가능성도 있는 거 아냐?

208 : 에린기

아니, 그 정도는 검증 스레드 녀석들도 생각했겠지?

209 : 아메리아

근데 커맨더 테이머에 관한 정보는 여길 제외한 외부에는 거의 나돌지 않잖아?

애당초 해당 직업을 선택한 플레이어가 아직 한 사람밖에 없다는 사실만 확인됐고.

210 : 에린기

과연.

211 : 오일렌슈피겔

저기, 커맨더 테이머는 뭐야?

혹시 새로운 전직?

212 : 아메리아

이거 봐, 테이머조차도 이러잖니?

213 : 에린기

커맨더 테이머는 이벤트 포인트로 교환할 수 있는 아이템, 테이머의 비전서를 소지하고 있는 경우에 전직할 수 있는 2차 직업.

다만 이미 2차 직업으로 전직한 경우에는 직업 레벨을 또 20까지 올려야만 해서 의외로 전직한 사람이 적어.

이벤트 종료 시점에 아직 1차 직업이었던 한 테이머가 최근에 비로소 그 직업으로 전직했대.

난 눈물을 머금고서 포기했어.

214 : 오일렌슈피겔

그런 아이템이 있었던가? 못 보고 지나쳤나 보다.

근데 백은 씨가 커맨더 테이머일 리는 없잖아?

왜냐면 아직도 2차 직업으로 전직 못한 플레이어는 조금 뒤늦게 게임을 시작한 사람뿐이잖아?

페인 플레이어들은 벌써 3차 전직을 앞두고 있는 이 시기에 백은 씨 같은 유명 플레이어가 1차 직업일 리가 없어.

215 : 에린기
그도 그런가.

216 : 이완
아냐, 백은 씨는 커맨드 테이머가 맞는데?

217 : 우루슬라
에엥?
그거 진짜?

218 : 이완
직접 만나 확인했으니 틀림없어.
게시판에 올리고 싶으니 이야기를 들려달라고 했더니 여러 가지를 알려줬어.
뭐, 나도 이벤트 진행 시점에 아직도 1차 직업이었다는 얘길 듣고서 놀라긴 했어.
그리고 꼭 강해야만 게임을 즐길 수 있는 게 아님을 깨달았어ㅋㅋ
근데 나와 만났을 때는 나무 정령, 요정 이외에 미소녀는 데리고 있지 않았어.

219 : 오일렌슈피겔

그럼 그 미소녀는 역시 몬스터?

진짜?

220 : 아메리아

어떤 애였는지 자세히!

미소녀라고요?

221 : 우루슬라

떠올려! 세세한 부분까지 떠올려내!

222 : 이완

으음……, 종족은 운디네.

물색 머리에 전통 민족 복장 같은 옷을 입고 있었던가? 하늘거리는 옷 말이야.

그래, 집시 무희 같은 느낌.

키는 그리 크지 않았는데 나무 정령과 비슷한 수준이었던가?

223 : 에린기

운디네라. 물의 정령이겠네.

어디서 만난 거지?

지저호수를 공략하는 데 굉장히 도움이 될 것 같은데.

224 : 우루슬라

운디네, 물의 정령…….

저기, 있잖아, 4대 정령이라고 하면 뭐가 떠올라?

물은 운디네지?

불, 바람, 흙은?

225 : 오일렌슈피겔

으~음, 불은 샐러맨더, 이프리트.

바람은 실프, 진.

흙은 노움, 베히모스 같은 거?

226 : 에린기

모 명작 판타지 소설의 팬이라는 건 잘 알겠다.

이 게임에서 베히모스는 몬스터로 등장한다고.

베타 때 등장했던 이벤트 레이드 보스가 분명 렛서 베히모스였을 거야.

근데 나도 샐러맨더, 실프, 노움이라고 생각하긴 해.

227 : 우루슬라

그치? 물은 운디네, 흙은 노움, 바람은 실프, 불은 샐러맨더.

즉, 그 운디네의 서식지를 안다면 같은 노움을 비롯한 정령 계열 몬스터의 서식지도 알아낼 수 있는 힌트가 될는지도?

228 : 아메리아

백은 씨는 어디 있어요! 알려줘요!

229 : 이완
도, 동쪽 도시인데.

230 : 아메리아
알겠어!

231 : 우루슬라
라제!

232 : 오일렌슈피겔
오, 나도 간다! 운디네 짱! 기다려줘!

233 : 에린기
흠, 녀석들은 가버렸나…….
그보다도 오일렌 녀석, 바보 같은 짓을 벌이다가 진짜로 저세상
으로 가버리지 않았으면 좋겠는데.

234 : 이완
어? 저기, 그 녀석들이 백은 씨한테 민폐를 끼치지는 않겠지?
아무리 바보라고 해도 테임한 곳이 어디냐고 억지로 캐묻지는
않겠지?

만약에 불상사라도 벌어진다면 백은 씨를 볼 면목이 없는데.

235 : 에린기

뭐, 괜찮겠지. 여러모로 주목을 받고 있는 사람이라서 지킴이 부대도 있을 테고.

섣불리 접근하여 소동을 일으켰다가는 신고의 태풍이 불어닥쳐 즉각 운영자한테 불려갈 거야. 나무아미타불.

실제로 검증 게시판 녀석들이 백은 씨한테 돌진하려다가 그전에 운영자 경고를 먹었다나?

백은 씨한테 민폐를 끼치기 전에 누군가가 사전에 알아내 손을 썼겠지.

236 : 이완

밴 당하는 사태는 벌어지지 않기를!

특히 오일렌!

237 : 에린기

오일렌은 글쎄……. 바보라서.

238 : 이완

나, 나도 동쪽 도시에 좀 가봐야겠다!

239 : 에린기

그리고 아무도 남지 않았다…….

애당초 동쪽 도시에 체류하고 있는지 어쩐지도 모르는데.

뭐, 나도 가볼까나.

: : : : : : : : : : : : : : : :

동쪽 도시에 도착하고서 맞이한 이튿날.

나는 곧장 어제 막 구입한 밭 상태를 확인하러 와 있었다.

"오늘부터는 밭을 두 군데나 보살펴야만 하니 여러모로 바빠지겠어."

동쪽 도시에서는 오르트와 종마들이 벌써부터 밭을 돌보고 있었다.

시작의 도시의 밭과 비교해 봐도 얼핏 눈에 띄는 차이는 없다. 순조롭게 자라나고 있는 듯하다.

"오오. 정화의 샘도 확실히 일을 하고 있구나."

샘물을 지정하여 인벤토리에 수납하겠다고 선택하자 자동으로 정화수 50개가 추가되었다. 이로써 조합이 여러모로 편해지겠지.

품질도 딱히 나쁘지 않았다. 루프레의 물놀이 때문에 오염되지는 않은 듯하다. 다행이다. 다행이야.

그뒤에 헛간에 놔둔 양조통에 마력을 흘려 넣고서 오르트와 종마들과 함께 밭농사를 하며 땀을 흘렸다.

동쪽 도시의 일을 마쳤다면 다음은 시작의 도시 차례다. 그런데 전이하는 데 필요한 돈이 부족하다. 그보다도 재산을 탕진해 버려서 현재 수중에 달랑 6G밖에 없다. 이것으로는 아무것도 할 수 없다.

하지만 나 역시 아무 대책도 없는 건 아니다. 동쪽 도시에서 수확한 수확물로 포션을 조합하여 팔면 된다. 시세대로 판매하면 나와 오르트, 사쿠라가 전이할 수 있을 만큼은 벌 수 있을 것 같다.

"아, 맞다. 무인판매소는 어떻게 됐으려나?"

조금이라도 팔렸다면 전이진을 사용할 수 있을 텐데……

"히익?"

무인판매소의 매상을 확인하고서 놀란 나머지 이상한 비명을 내지르고 말았다.

이럴 수가. 46500G나 입금되어 있었다. 놀라서 로그를 확인해 보니 요리가 엄청난 기세로 팔려 나갔다. 내가 로그아웃하고서 한 시간 만에 몽땅 팔린 듯하다. 그뒤에 요리 대신에 보충된 목공품마저도 전부 팔렸다.

"에엥? 이 현상은 뭐야?"

고용한 NPC 누나, 샐리(27세) 씨에게 물어봤다.

"저기, 넘긴 요리들은 어떻게 됐나요?"

"예, 전부 다 팔렸습니다."

"실화냐……."

"이다음에는 무슨 일을 할까요?"

길드에서 고용할 수 있는 NPC는 조금 기계적으로 응답한다. 대화를 할 수 없는 건 아니지만 어딘지 어색하다. AI의 성능이 별로 좋지 않은가 보다. 뭐, 엉뚱한 소리를 하는 것보다는 낫긴 하지만.

"으~음, 어쩌지……."

할 일은 없는데……. 풀뽑기라도 시킬까.

"그럼 계약 시간이 종료될 때까지 잡초를 뽑아 아이템 박스에 넣어 줄래요?"

"알겠습니다."

이렇게나 벌어들였으니 포션류는 판매할 분량을 조금 줄여야 할 듯하다. 수령의 시련에서 대량으로 소비했으니까. 우리가 거의 쓰지 않는 녀석들만 팔 작정이다.

요리가 영문도 모르게 날개 돋친 듯이 팔려 나간 덕분에 자금에 조금 여유가 생겼다. 14000G면 다함께 시작의 도시로 돌아갈 수 있으니…….

"즉 32000G로 쇼핑을 할 수 있다는 뜻."

나는 시작의 도시로 돌아가기 전에 어제 눈물을 머금으며 구입을 포기했던 아이템을 다 사버리기로 했다.

마도구점에서는 각각 10000G씩 하는 토광석으로 제작된 괭이와 수광석으로 제작된 물뿌리개를 샀다. 둘 다 농업에 보너스가 붙는 아이템이다. 반드시 필요하지.

또한 던전 안에서 입구로 탈출할 수 있는 일회용 아이템 '탈출 구슬'과 통상 전투에서 이탈할 수 있는 '도주 구슬'도 구입했다. 탈출 구슬은 5000G, 도주 구슬은 2000G다. 이로써 수령의 시련에서 안전을 더욱 보장받을 수 있겠지.

그다음에는 검은 감자와 홍포도를 각각 3개씩 구입했다. 씨앗과 묘목은 어제 구입하여 이미 심었지만, 실물은 아직 입수하지 못했다. 요리할 때 조금 써보고 싶다.

"소지금이 또 팍 줄어 버렸네……."

이런~, 낭비벽이 조금 생겼는지도. 긴장의 끈은 조금 바짝 조여야겠네.

일단 금전 대책, 금전 대책.

밭으로 돌아가 목공식기류를 다시 등록해둔다. 아무것도 팔지 않고 놔두는 건 아깝다.

"이제 동쪽 도시에서 해야 할 일은 다 마쳤나."

나는 우리 애들을 데리고서 시작의 도시로 전이하기로 했다.

"애들아, 이동하자!"

"야~!"

"큐~!"

꼬맹이 콤비가 내 양쪽 어깨 위로 뛰어올랐다. 이 둘의 지정석이 다 됐네.

밭에서 몇 분쯤 걸으면 전이진이 있는 광장이 나온다.

광장 안에만 있으면 창을 통해 간단히 전이 조작을 할 수 있다.

"그럼 전이한다~."

"무!"

"쿠마!"

"──."

아니, 굳이 다함께 꼭 붙어있어야 할 필요는 없는데…… 오르트와 쿠마마는 좌우에서 내 다리에 매달려 있고, 사쿠라는 로브 옷자락을 쥐고 있다. 파우와 릭도 내 머리에 몸을 꼭 붙이고 있다.

"어, 뭐, 좋아."

다들 귀여우니까.

그리고 전이를 승인하자 시야가 순식간에 바뀌었다.

수령의 시련에 돌입했을 때와 비슷하다.

"정말로 순식간에 시작의 도시의 광장으로 이동해 버렸네."

그곳은 낯이 익은 시작의 도시의 광장이었다.

그대로 밭으로 돌아가니 오르트와 종마들이 마치 기다렸다는 듯이 타다다닷, 하고 달려갔다.

"그럼 밭을 부탁할게."

"무무!"

"——♪"

오늘부터 하루 작업량이 2배로 늘게 되었다. 그러나 오르트와 종마들은 싫은 내색도 하지 않고 고개를 끄덕였다. 오히려 엄청 신나게들 웃고 있다. 정말로 밭농사를 좋아하는 마음이 전해진다.

"큐~!"

"쿠마쿠마!"

릭과 쿠마마도 힘차게 밭농사를 해주고 있다. 또한 새로 들어온 파우와 루프레도 할 수 있는 일을 거들었다.

"야~♪"

"흠~♪"

파우는 잡초를 뽑고, 루프레는 물마술로 물을 뿌려주고 있다. 가만히 보고 있으니 오르트가 적확하게 지시를 내리고 있다. 크으~, 종마가 우수하니 편해서 좋구나! 그보다 내가 필요하긴 한가? 필요 없지?

"아릿사 씨 노점에나 가자……."

나는 밭을 모두에게 맡기고서 정보를 팔러 아릿사 씨의 노점에 가기로 했다. 사정이 빠듯한지라 조금이라도 좋으니 현금이 필요하다.

그러나 광장에 갔지만 늘 있던 그곳에 아릿사 씨의 노점이 없었다.

요즘에 자리를 비우는 빈도가 상당히 늘었네. 리스트를 확인해 보니 로그아웃한 모양이다. 이럴 줄 알았으면 처음부터 확인할걸 그랬네.

그러나 어쩔 수 없는 일이겠지. 나처럼 폐인 플레이 중이 아니라면 매일 온종일 로그인할 수는 없는 노릇이다.

"어쩔 수 없지. 돌아가자."

나는 얌전히 밭으로 돌아가 오늘 예정된 조합과 요리를 끝내기로 했다.

"파우와 루프레가 날 도와줬으면 좋겠는데 괜찮겠어?"

"무!"

다행이다. 오르트 선배가 허가를 해줬다.

"……."

"무?"

나는 오르트의 눈치를 살폈다. 왜 그러냐고? 아니, 오르트 씨에게 여러모로 신세를 지고 있으니까. 그러니 종마라고는 해도 배려할 수밖에!

"그럼 이 둘을 빌릴게."

"뭇무~."

일단 재고가 줄어든 허브티부터 만들자.

"그러고 보니 파우는 연금 스킬을 갖고 있지?"

"야?"

"레벨도 조금 올랐으니 연금 스킬로 만들 수 있는 아이템 종류가 늘지 않았을까?"

"야야!"

오, 역시 연금 스킬 레벨도 올랐나 보다.

몬스터의 스킬은 플레이어처럼 개별 스킬 레벨이 존재하지 않는다. 대신에 본인의 레벨이 올라가면 성능도 덩달아 올라가는 듯하다.

"야~!"

파우가 내 어깨에서 탁자 위로 뛰어내렸다.

"야야~……야~!"

뭘 하려는 걸까?

내가 지켜보는 앞에서 파우가 눈앞에 놓여 있는 허브를 쳐다보며 가볍게 집중했다.

그리고 파우가 두 손을 척 내민 순간 허브가 가볍게 빛나더니 순식간에 쪼그라들었다. 얼핏 시든 것처럼 보이지만 그렇지 않다.

"허브티 찻잎! 파우, 만들 줄 알게 됐구나!"

"야!"

역시 레벨이 올라서 연금 스킬도 향상된 듯하다.

그러나 파우는 요리 스킬을 소지하고 있지 않은데도 허브티 찻잎을 만들 수 있네? 요리 스킬을 갖고 있지 않으면 건조시키더라도 쓰레기가 되는 걸로 알고 있는데…….

아니, 몬스터의 스킬과 플레이어의 스킬이 꼭 같다는 법은 없으니 뭔가 특수한 효과가 있겠지. 지금 중요한 점은 파우가 찻잎을 만들 수 있다는 것이다.

"옳지, 옳지. 그럼 파우는 이 허브를 계속해서 건조시켜 줘."

"야~♪"

크으~, 이로써 허브티 찻잎 제작이 수월해지겠구나. 파우에게 맡길 수 있으니 대량으로 생산하여 무인판매소에 놔둬도 되겠다. 요즘에는 여러 곳에서 플레이어가 손수 만든 찻잎을 팔고 있으니 예전처럼 소란이 벌어지지 않겠지.

"그럼 루프레는 나랑 조합을 하자. 이걸 섞을 수 있겠어?"

"흠~♪"

오오, 루프레도 부상약쯤은 쉽게 조합해 낼 수 있는 모양이다. 중학생쯤으로 보이는 루프레가 열심히 조합하고 있는 모습을 보니 흐뭇하다. 다음에는 하급 포션을 만들게 했다. 이쪽도 문제가 없는 듯하다. 우와, 내가 만든 것과 품질이 동일하다.

따, 딱히 분한 건 아냐! 아니, 진짜로. 오히려 이로써 루프레에게 조합을 맡길 수 있게 됐으니 작업 시간이 단축되겠지.

파우와 루프레에게 조합이나 연금을 맡길 수가 있으니 나는 그 시간을 다른 작업에 할애할 수가 있게 되었다.

바로 시간을 유용하게 사용해 보실까!

"수령의 도시로 가기 전에 품종 개량을 시도해 볼까."

현재 여러 채취물들이 있다.

"우선은 이거지!"

동쪽 도시에서 입수한 큐어 포션! 품질 개량 스킬을 사용하면 이것과 당근을 섞을 수 있다.

붉은 큐어 포션이 담긴 병과 파란 당근이 빛나더니 그대로 나선을 그리며 허공에 떠올라 한데 섞이기 시작했다.

두 빛이 완전히 동화되고서 순간 강렬한 빛이 뿜어진 뒤…….

"완성!"

수수께끼의 씨앗이라는 아이템이 그 자리에 남았다.

예전에 잡초수와 시금치를 합성하여 씁쓸초를 만들어 냈을 때와 똑같다. 이걸 심으면 큐어 당근을 수확할 수 있겠지.

그뒤에는 다양한 아이템으로 품종 개량을 시도해 봤다.

"으~음……."

원체 성공하기가 어렵다는 걸 알고는 있지만, 이렇게 실패만 거듭하니 의욕이 떨어지네. 성공할 것 같은 조합은 거의 다 시도해봤으니 이제는 천운에 맡겨볼까?

나는 헛간 탁자 위에 품종 개량을 적용해 볼 만한 아이템들을 대충 늘어뜨린 뒤에 눈을 감고서 무작위로 섞어 보기로 했다. 더욱 공정성을 기하기 위해서 나는 탁자 앞에서 눈을 감으며 세 바퀴를 돌았다. 오오, 게임 속에서 처음 시도해봤는데 반고리관이 흔들리는 감각이 확실히 느껴진다.

"어이쿠."

게임 속에서도 어지러움을 느낄 수 있을 줄이야. 게임 시스템이 쓸데없이 고성능이네. 나는 탁자 모서리에 몸을 기댔다.

그러고는 두 손을 탁자 위로 뻗었다.

처음에 접촉한 물건을 그대로 집었다.

"벌꿀과 씁쓸초라……."

아무리 생각해도 성공할 것 같지 않지만.

아니, 아니, 스스로 무작위로 섞자고 결정했다. 여기서 그만둔 다면 나는 탁자 위를 어지럽힌 뒤 눈을 감고서 제자리에서 빙빙 돌기만 한 이상한 사람이 되고 만다. 어차피 내가 가능하리라 여겼던 조합들은 모조리 실패했으니 밑져야 본전이라는 심정으로 가보자.

"예, 실패~."

쓰레기가 하나 늘었습니다. 그러나 기왕 시작했으니 몇 번쯤 더 시도해 보기로 했다.

그러나 잘 풀리지 않아서 3번 연속으로 쓰레기를 만들어 냈다. 그런데 4번째 시도 때 소재가 하얗게 빛나기 시작했다.

"이, 이건 혹시……!"

역시 성공이었다. 이야, 설마 성공할 줄은 예상하지도 못했기 에 엄청 놀랐다.

탁자 위에는 분명 수수께끼의 씨앗이 남아 있다.

"미염초(微炎草)랑 주황 호박이라……."

전혀 상상도 못한 조합이다. 뭐, 소재를 꽤 낭비하긴 했지만 하 루에 두 가지나 성공했으니 성공한 셈 치자. 나는 오르트에게 두 씨앗을 넘겨 심어 달라고 부탁했다.

"부탁할게."

"무무!"

"자⋯⋯, 이제는 수령문으로 가기로 할까?"

모두를 부르려고 했는데 나는 사쿠라가 목공 스킬로 만들고 있는 수수께끼의 물체에 시선을 빼앗기고 말았다.

헛간 앞에 어느새 놓여 있는 의자에 앉아 있는 사쿠라와 그녀의 어깨 위에 앉아 손톱으로 류트를 또로롱~, 하고 연주하고 있는 파우. 사쿠라는 그런 상황에서 작품을 완성했다. 그런데 아무리 봐도 식기는 아니었다.

의자는 사쿠라가 스스로 만든 것 같은데 손에 들고 있는 물체는 뭐지? 야구공만한 녹색 구체가 나무로 된 접시에 놓여 있다. 또한 그 구체 위로 가느다란 나뭇가지 같은 것이 튀어나와 있다.

얼핏 봐서는 무엇인지 전혀 모르겠다.

"사쿠라, 뭘 만든 거니?"

"──?"

"그래, 그거."

"──♪"

사쿠라가 내민 물체를 유심히 관찰했다. 작은 접시 위에 폭신폭신한 녹색 구슬이 자리하고 있다. 감정해 보니 이끼공이라고 표시되어 있다.

이름은 '이끼공 · 반짝이끼'라고 되어 있네. 특수한 효과는 없고 관상용이라고 적혀 있다. 매일 물을 주어야 하지만, 관리만 해 주면 빛을 계속해서 발한다고 한다.

"에엥? 어떻게 만든 거지?"

"──♪"

내 중얼거림을 들었는지 눈앞에서 만들어 보이려는 듯하다.

사쿠라가 하나 더 있는 의자를 툭툭 두드리기에 사양하지 않고 앉았다. 이 의자도 잘 만들어졌다. 튼튼하고 앉음새도 편안하다.

내가 의자에 감탄하든 말든 개의치 않고 사쿠라가 먼저 목재를 깎기 시작했다. 그렇게 탁구공만한 나무 구슬을 완성했다. 다만 윗부분에 무슨 영문인지 자그마한 구멍이 뚫려 있다. 저 구슬이 이끼공의 중심을 이루는 듯한데 저 구멍은 무엇에 쓰는 거지?

"──♪"

"야─!"

사쿠라가 꺼낸 풀을 파우 앞으로 가져가고는 뭔가 의논을 하고 있다. 아마도 허브도, 꽃도 아닌 정말로 이용 가치가 없는 잡초인 듯하다. 이 부근에서 자라고 있는 녀석이겠지. 바로 그때 파우가 연금 아츠인 건조를 잡초에 적용했다.

잡초가 순식간에 말라버려 마치 짚처럼 변해 버렸다. 감정해 보니 쓰레기가 아니라 그 모습 그대로 말라버린 잡초라고 표시되어 있었다. 그러고 보니 이건 시도해 본 적이 없었는지도.

그런데 이끼공을 만들려는 거 아닌가?

내가 의아하게 여기고 있으니 사쿠라가 그 말라버린 잡초로 나무 구체를 휘감기 시작하는 게 아닌가?

말라버린 잡초로 나무 구체를 뒤덮을 만큼 휘감았을 즈음에 사쿠라가 가느다란 나뭇가지를 꺼냈다. 뭔가 했더니만 수국 가지였다.

나무 구체에 뚫린 구멍에 그걸 꽃을 셈인가 보다.

수국은 허브로도 사용할 수 없는 관상용 꽃이다. 예전에 씨앗을 얻어 오르트에게 키우도록 맡겨뒀었다. 뭐, 키워봤지만 쓸 데가 없어서 까맣게 잊어버렸지만. 그래도 오르트가 계속하여 키워준 듯하다.

자세히 보니 끝에 꽃봉오리가 맺혀 있다. 혹시 꺾꽂이하는 식으로 나무 구체 안에 뿌리를 내리게 하려는 건가? 이끼공은 수분을 듬뿍 머금고 있을 테니 꽃을 피울 수 있을지도 모르겠다.

"재밌는걸."

사쿠라가 수국을 꽂은 나무 구체 표면에 반짝이끼를 착착 붙이며 마술을 걸고 있다. 플랜트 힐인가? 분명 저 마술은 이끼나 수국 같은 식물이 오래 생존하도록 해주는 효과가 있겠지. 수국은 쓸 데가 없으니 사쿠라가 팍팍 쓰더라도 상관없다.

아니, 잠깐만. 수국은 보라색 꽃이 피지? 저걸로 잡초수를 만들면 보라색 잡초수가 나오지 않을까? 만약에 만들 수 있다면 목공을 할 때 갈색 이외의 색깔을 입힐 수 있을 것 같은데…….

사쿠라에게 물어보니 감탄한 듯이 고개를 끄덕이고서 오른손으로 왼손바닥을 탁, 하고 두드렸다. 그러고는 나에게 수국을 내밀었다. 그 눈에는 기대감이 가득 차 있다.

"알겠어, 알겠어. 잠깐만."

나는 사쿠라에게서 받은 수국을 냄비에 넣고서 불 위에 올려 보글보글 졸여나갔다. 사쿠라가 기뻐하는 표정으로 그 광경을 보고 있었다.

"오? 색이 나왔잖아?"

예전에 만들었던 잡초수와는 달리 색깔이 갈색이 아니다. 그대로 계속 졸이자 잡초수가 완성되었다. 더욱이 색깔이 보라색이다. 감정해 보니 단순한 잡초수라고 표시되긴 했지만.

"자, 이러면 됐어?"

"——♪"

사쿠라가 수국을 우려내어 만든 보라색 잡초수에 아까 제작했던 접시를 주저 없이 첨벙 집어넣었다. 이 광경은 예전에도 봤었지. 지난번에 사쿠라에게 목공으로 물건을 제작하는 과정을 보여 달라고 했을 때에도 이런 식으로 찻잔을 잡초수에 담가 색을 입혔었다.

15분쯤 뒤에 꺼내자 접시가 수국과 같은 보라색으로 물들어 있었다. 자극적이고 짙은 퍼플이 아니라 동양의 수수한 보라색이다. 마지막으로 다 만들어진 이끼공을 접시 위에 올리면 완성이다.

명칭 : 이끼공 · 반짝이끼

레어도 : 1

품질 : ★8

효과 : 없음. 관상용. 물 필요 · 매일.

"으~음. 엄청나게 예쁘네."

폭신폭신한 이끼에 뒤덮인 동그란 구체. 그 윗부분에서 뻗어나가는 수국 가지. 그리고 스스로를 과시하지 않는 담자색 접시. 완성도가 아주 상당하다.

"게다가 반짝이끼로 만들었으니 밤에는 빛이 나겠지?"

"——♪"

"혹시 예전에 했던 말을 기억해 준 거야?"

"——!"

반짝이끼를 손에 넣었을 때 내가 넌지시 '이걸로 이끼공을 만들면 예쁠 텐데' 하고 했던 말을 기억하고서 만들어 준 듯하다.

설마 목공 스킬로 만들 수 있을 줄은 몰랐다. 그러나 목재와 식물만 있으면 되니 목공 범위에 속하는가 보다. 내가 알고 있는 이끼공은 흙도 사용되었으니 목공뿐만 아니라 도예나 공작으로도 만들 수 있을지 모르겠다.

"그럼 모처럼 만들어 줬으니 이걸 헛간 안에 놔둬 장식할까? 여기랑 동쪽 도시에 하나씩."

"——♪"

자기가 만든 물건을 장식해 두겠다고 하니 기쁜지 사쿠라가 웃으며 고개를 끄덕였다. 헛간 탁자 위에 장식해 봤다. 창문을 닫아 실내를 어둡게 하니 확실히 빛을 발하고 있다.

"이거 예쁜데."

"——♪"

조명 대용으로는 사용할 수가 없겠지만, 이렇게 은은하게 빛나는 편이 더 아름답다.

헛간 보관함을 살펴보니 이끼공 3개가 완성되어 있었다. 내가 품종 개량을 하는 동안에 열심히 만든 듯하다.

"이것도 무인판매소에 등록해 팔아 볼까?"

"——♪"

길드에 가서 무인판매소 위치를 다시 시작의 도시로 옮겨달라고 했다. 만약에 동쪽 도시에서 요리를 기다리고 있는 사람이 있다면 미안합니다.

"좋아, 바로 등록하자. 뭐라고 등록을 할까."

모처럼 사쿠라가 만들어 줬으니 그 사실을 알 수 있는 이름이 좋겠는데 말이야.

"으~음. 그럼 '이끼공ㆍ사쿠라표'라고 하면 되려나?"

기왕 바꾸는 김에 기존에 별 특색 없는 명칭으로 팔던 목제식기ㆍ수저를 비롯한 상품들에도 전부 '사쿠라표'를 붙여줬다.

"왠지 브랜드 같아서 멋진걸."

"──♪"

사쿠라가 무인판매소 설정 화면을 보면서 활짝 웃고 있었다.

기뻐해주는 듯하다.

"그래. 보라색 잡초수를 더 만들어 둘까?"

"──!"

더 많이 만들어 주길 원하는가 보다. 고개를 격렬하게 끄덕이고 있다.

이거 수령의 도시에는 조금 더 있다가 가야할 듯하다.

"그럼 통을 꽉 채울 만큼 만들어두자."

결국은 한 시간이 지나서야 모든 작업을 끝마치고서 출발을 할 수 있게 되었다.

아니, 딱히 상관없긴 하지만 말이야. 그 사이에 사쿠라가 보라색 식기를 잔뜩 만들어 주기도 했고. 나와 우리 애들이 쓸 식기 말이다.

우와~. 식기 숫자가 늘면 그만큼 요리를 하고 싶어지니 참 신기한 노릇이다.

"그럼 한가할 때 목공으로 식기를 또 만들기로 하고, 이제는 완성된 물건을 무인판매소에 등록할까? 보라색 식기는 갈색 식기보다 더 잘 팔릴 테지."

"──♪"

이로써 진짜 정말로 밭에서 할 일을 모두 마쳤다.

"그럼 수령문으로 가자~."

뭐, 도중에 소야 군에게 갈 작정이긴 하지만.

제작한 포션을 팔기 위해서다.

"안녕."

"아, 어서 오세요, 유토 씨. 물건을 팔러 왔습니까?"

"그래, 그래. 이거 말인데."

가볍게 잡담을 나누며 매각할 아이템을 제시해나갔다.

소야 군, 오늘은 우연찮게 시작의 도시에 와 있지만 요즘에는 제5에어리어에서 활동하고 있는 듯하다.

나도 그렇긴 하지만, 모두들 조금씩 앞으로 나아가고 있는 듯하다. 아니, 나 같은 녀석과 똑같은 사람으로 취급하면 실례인가? 제5에어리어는 전선이나 마찬가지니까.

"……이 가격이면 어떻습니까?"

"오케이. 좋아."

"감사합니다. 그러고 보니 게시판에서 또 화제에 오른 것 같은

데 괜찮습니까?"

"어? 무슨 소리야?"

"백은 씨 무인판매소에서 또 굉장한 상품을 팔고 있다고……."

"적당히 요리를 만들어 팔았을 뿐인데……."

아마도 플레이어 10명 정도가 싹 쓸어간 듯하다. 게시판에 요리가 맛있었다고 글을 올린 모양이다.

나로서는 고마운 일이지만, 다른 플레이어들이 싹쓸이는 치졸하다며 비난을 퍼부었다고 한다.

"그리고 새 종마를 데리고 다닌다는 목격 정보도 올라와 있네요. 백은 씨가 또 귀여운 인간형 종마를 획득했다는 소문이 벌써부터 자자해요."

"아~."

그쪽은 진즉에 각오했으니 별 수 없다.

나도 다른 테이머가 귀여운 종마를 데리고 다닌다면 신경이 쓰이겠지. 그것이 루프레나 파우처럼 귀여운 종마라면 더더욱…….

다른 플레이어들의 질투심이 조금 무섭기도 하다.

거래를 마치고 소야 군에게 작별 인사를 한 뒤 농업 길드에 들렀다.

이곳에서 고급 비료를 획득했다. 구입 제한이 있는 아이템이므로 꾸준히 들러서 물량이 들어왔는지 확인해둬야만 한다.

이로써 시작의 도시에서 처리할 용무는 이제 없다. 그렇게 생각했는데…….

"──!"

"어? 사쿠라? 왜 그래?"

"──!"

도중에 갑자기 사쿠라가 무언가를 주장하기 시작했다.

나를 어디론가 데려가고 싶어 하는 듯하다.

"아, 알겠어, 알겠어. 갈 테니까!"

"──!"

평소에는 좀처럼 억지를 부리지 않는 사쿠라가 오늘은 묘하게 자기주장이 강하다. 이거 꽤나 중요한 일인 듯하다.

나는 사쿠라가 이끄는 대로 시작의 도시를 달렸다.

"어, 어디까지 가는 거야?"

"──!"

사쿠라가 나를 데리고 간 곳은 낯익은 어느 다리 위였다.

여기까지 왔으니 사쿠라가 무슨 말을 하고 싶어 하는 건지 알겠다.

"대수의 정령님한테 가고 싶은 거지?"

"── ♪"

그러고 보니 오늘은 나무의 날이라서 정령님이 강림하는 날이다. 그러나 나는 한동안 새로운 무언가를 바칠 수가 없어서 머릿속에서 완전히 잊고 지냈다.

생각해보니 대수의 정령님은 사쿠라에게 어머니나 마찬가지다. 정령님이 준 과일을 포기 나누기하여 심었더니 사쿠라가 태어났으니까.

인사하러 가고 싶어 하는 사쿠라의 마음도 모르는 바 아니다.

나는 사쿠라와 함께 정령님의 제단으로 가기로 했다.

수로로 첨벙 뛰어들어 그대로 다리 아래에 있는 문을 열었다.

남의 눈에 무척 띌 테지만 이 문에 관한 정보는 이미 널리 알려져 있다. 새삼스레 누군가가 본들 아무 문제도 없다.

계단을 내려가면 제단까지는 금방이다. 적도 나오지 않고, 길도 알고 있다.

"잘 왔습니다. 내 딸이여."

"——♪"

제단 앞에 서니 정령님이 나타나 생긋 웃었다. 그러고는 그녀는 내 옆에서 미소로 화답하고 있는 사쿠라 곁으로 사뿐히 다가갔다.

대수의 정령님이 머리를 쓰다듬어 주자 사쿠라가 기뻐하는 듯했다. 그러나 역시나 이벤트 같은 것은 벌어지지 않았다.

뭐, 사쿠라가 기뻐하는데 아무렴 어때.

아니, 갑자기 사쿠라가 빛나기 시작했다. 뭐야?

내가 놀라고 있으니 빛이 잦아든 뒤에 사쿠라가 무언가를 나에게 내밀었다.

"이, 이건……. 종마의 마음!"

"——♪"

명칭 : 종마의 마음 · 사쿠라

레어도 : 1

품질 : ★10

효과 : 종마의 마음이 결정화된 것. 매각 · 양도 불가.

오르트에 이어 사쿠라까지? 예전에 만났던 테이머 동료인 이완 군과 정보를 교환하면서 종마의 마음에 관한 상세한 정보도 얻었다.

내가 예상한 대로 종마의 호감도가 최대에 이르면 얻을 수 있는 아이템인 듯하다. 그리고 이것과 보석을 연금술로 합성하면 특수한 아이템을 만들 수 있다고 한다.

합성하려면 수마 길드의 길드 랭크가 7 이상이어야만 한단다.

나에게는 아직 무리다. 조금만 더 쌓으면 랭크가 오를 것 같으니 퀘스트를 열심히 수행하자.

"주는 거야?"

"──♪"

"고마워."

그나저나 하필 이때 사쿠라의 호감도가 상승했다는 것은 대수의 정령님과 만나게 해준 것이 기쁘다는 뜻이겠지. 앞으로도 까먹지 말고 매주 데리고 오자.

내가 그렇게 생각하고 있으니 정령님의 분위기가 갑자기 바뀌었다. 방금 전까지만 해도 나긋나긋하고 상냥한 누나 같았는데 지금은 마치 신성한 존재인 것처럼 위엄과 신비로움이 감돌고 있다. 처음 이벤트 때 느꼈던 분위기가 비슷하다.

"흐음…… . 사쿠라여. 주인이 무척이나 예뻐하는 듯하구나?"

"──♪"

"그리고 마음씨 착한 주인과의 인연으로 시련을 극복했구나?"

"――!"

"또한 아이를 낳고 어머니가 되었구나. 훌륭하다. 그런 네게 축복을 내려주도록 하지요."

"――!"

어? 축복? 역시 무슨 이벤트인가? 종마의 마음 획득 이벤트에 이어서 이번에는 뭐지?

당황한 나를 무시하고서 이벤트가 진행되었다.

사쿠라의 머리 위로 무언가를 기원하듯 맞댄 정령님의 손에서 옅은 빛이 새어 나오기 시작했다. 그리고 그 빛은 마치 물방울처럼 한데 모여 사쿠라의 머리로 쏟아졌다.

그런데 그뿐이었다. 사쿠라에게서 아무런 변화를 찾아볼 수가 없었다. 정령님을 휘감고 있던 장엄한 분위기도 흩어져 버렸다. 아마도 정말로 이것이 끝인 듯하다.

"으~음, 축복은 뭔가요?"

"후후후. 언젠가 알게 됩니다."

"어, 언젠가라니……."

"언젠가입니다."

알려줄 마음이 없는 듯하다. 궁금해져서 사쿠라의 능력치를 확인해 봤지만 변화가 전혀 없었다. 칭호도, 스킬도 아무런 변화가 없다.

정령님이 언젠가라고 했으니 그때가 오기를 기다리는 수밖에 없을 듯하다. 다만 축복이라고 했으니 나쁜 것은 아니겠지. 그렇다면 기대해두기로 할까?

"그럼 또 만나도록 하지요."

"아, 예."

"그럼 안녕히."

"──♪"

정령님이 사쿠라에게 손을 흔들며 사라져 간다. 오늘의 알현은 이로써 끝인가?

"……그럼 이번에야말로 수령문으로 가볼까?"

이제 아무 일도 안 벌어지겠지?

그리고 세 시간 뒤.

우리는 수령의 시련에 있었다. 드디어 돌아올 수 있었다. 뭐, 한 번 왔던 곳이니 샛길로 새지만 않는다면 그리 멀지는 않다.

"오늘 목표는 팡 그루퍼야. 다들 부탁해."

"무무!"

"야~!"

"큐~!"

"쿠마~!"

"──♪"

"흠~!"

크으~, 모두가 일자로 서서 경례하는 광경이 장관이로구나. 그리고 그 일사불란한 모습에 조금 놀랐다. 어딘가에서 연습을 하는 게 틀림없다. 뭐, 의욕이 있다는 건 좋은 일이다.

실제로 우리 애들은 수준이 높은 상대일지라도 겁먹지 않고 열심히 싸워줬다.

폰드 터틀은 말할 것도 없고, 미쳐버린 수령에게도 적극 과감하게 공격을 가했다. 나 같은 건 미쳐버린 수령이 나타나면 아직도 벌벌 떠는데 말이지. 왜냐면 얼굴이 저렇잖아? 목소리도 무섭고~. 완벽한 호러 아니냐고. 필시 생리적으로 거부감을 느끼는 플레이어가 있을 것 같네.

그렇게 열심히 전투를 계속하면서 우리는 던전의 얕은 계층과 수령의 도시를 왕복했다. 한 번 채취를 하고 나면 포인트가 다시 부활하기까지 시간이 걸려서 많은 양을 획득하지는 못했다. 그러나 목표인 팡 그루퍼는 순조롭게 사냥하고 있다.

한나절 동안에 20마리는 처치한 듯하다. 덕분에 레벨이 꽤 올랐다.

"이게 레벨링이라는 건가?"

그렇겠지. 이 게임을 시작한 뒤로 본격적인 레벨링은 이번이 처음인지도 모르겠다. 지금 RPG스러운 걸 하고 있구나, 내가! 나는 물속성 회복 마술을 익혔고, 몬스터들도 모두 전력이 강화되었다. 특히 쿠마마는 레벨20이 되어 힘모으기라는 스킬을 익혀서 공격력이 보다 올라갔다. 이것은 일정 시간 동안 힘을 모은 뒤에 그 다음 공격력을 배가하는 스킬이다. 상대가 딱딱하더라도 데미지는 통하므로 터틀과의 전투 때 아주 요긴한 스킬이다.

그 다음에는 릭의 스테이터스 상승치가 내 눈길을 끌었다.

지금까지는 1레벨이 오를 때마다 HP와 MP는 2, 능력치 총계는 2씩 올랐다. 그런데 진화한 덕분인지 HP와 MP는 3씩, 능력 치 총계는 3씩 오르게 되었다.

릭의 초기 종족인 회색 다람쥐는 기초 능력치가 낮아서 이른바 초기 피라미 몬스터로 불린다. 그러나 진화하는 레벨이 낮게 설 정되어 있으므로 진화를 거듭해 나간다면 상위 종족과의 차이가 다소 좁혀질 듯하다.

"슬슬 한계인가."

"큐~……."

"쿠마~……."

HP와 MP가 꽤 감소했고, 회복 아이템도 거의 다 떨어졌다.

이대로 돌아가도 되긴 하지만, 마지막이니 위험을 각오하고서 미탐색 구역에 들어가볼까?

오늘은 안전을 위해서 어제 조사했던 곳보다 더 안으로 들어가 지는 않았다.

"조금은 모험을 해봐야지."

던전에서 탈출하기 위한 일회용 아이템 '탈출 구슬'과 통상 전 투에서 이탈할 수 있는 '도주 구슬'은 아직껏 사용하지 않아 고스 란히 남아 있다. 위험한 적과 맞닥뜨리더라도 어떻게든 되겠지.

"좋았어. 다음 방으로 넘어가자. 괜찮지?"

"무무!"

"──!"

방패역인 오르트와 사쿠라를 선두에 세우고서 우리는 새로운 방으로 발을 내디뎠다.

"오오~. 유적 안에 나무가. 신비로운걸~."

그 방은 여태껏 거쳐 왔던 방과는 사뭇 달랐다. 넓이는 비슷하지만 중앙에 원형 물터가 설치되어 있는데, 그곳에 맹그로브에서 볼 수 있을 법한 나무 한 그루가 자라나 있었다.

"적은…… 있구나!"

나무 뒤에서 폰드 터틀이 모습을 드러냈다. 그런데 다행히도 한 마리뿐이었다. 미쳐버린 수령과 싸울 때보다는 시간이 걸리지만 공격력이 낮아서 죽을 가능성이 낮은 상대다.

이 정도라면 극복할 수 있겠지.

"애들아! 일제공격이야!"

"쿠마~!"

"큐~!"

쿠마마와 릭을 선두에 내세우고서 우리는 거북에게 도전했다. 그리고 데미지를 입으면서도 거북을 쓰러뜨리는 데 성공했다. 이곳에서의 전투도 익숙해진 듯하다. 아니, 고전은 하고 있지만.

그렇게 거북을 쓰러뜨린 뒤 우리는 다시금 방 안을 둘러봤다.

"호호~. 이거 아름답네~."

"야~."

"흠~."

파랗게 빛나는 방 가운데에 우뚝 솟아 있는 푸르스름한 나무 한 그루. 한 폭의 그림 같다. 나무를 감정해보니 수수(水樹)라고 표시되어 있다. 들어본 적이 있는 이름이다.

"이게 수수인가?"

이 맹그로브 나무가 내 지팡이에도 쓰인 수수라고 한다. 과연, 이게 수수구나.

"키큐~!"

"쿠마~!"

릭과 쿠마마가 수수를 살펴보고 있다. 그런데 딱히 눈여겨볼 만한 것은 없는 듯하다. 뭐, 이 수수 자체가 좋은 목재니까. 나는 일단 이 나무를 벌채해 두기로 했다.

"좋았어. 수수를 얻었다!"

다만 나무가 있는 대신에 물고기가 없는 건 아쉽다.

"자, 이 안쪽은…… 스톱!"

"무?"

위험하다. 위험해. 방 앞에서 수중탐사를 써봤더니 폰드 터틀이 두 마리나 있었다. 더욱이 방 안 전체를 탐지할 수 있는 수준이 아니므로 범위 밖에 또 있을 가능성도 있다. 이건 절대로 이기지 못하겠지.

"오늘은 이쯤 접기로 하자. 돌아간다."

결국 돌아가던 도중에 미쳐버린 수령 두 마리와 맞닥뜨려 도주 구슬을 쓸 수밖에 없었다. 그래도 죽지 않고서 어떻게든 거리로 돌아올 수가 있었으니, 뭐.

오늘은 수령의 도시에 있는 여관에서 로그아웃하고서 내일 동쪽 도시로 돌아가자.

그리고 이튿날 아침. 나는 조금 언짢은 기분으로 게임에 로그인했다.

뭐, 솔직하게 말하자면 같은 맨션에서 사는 아주머니와 살짝 말다툼을 벌였다.

쓰레기를 버리러 나갔더니 인사를 하지 않았다는 시답잖은 이유 때문에.

무슨 일을 하느냐고 묻기에 '내가 대답할 필요가 있어요?' 하고 말대답한 것이 화근이었다.

아주머니는 마치 범죄자라도 보는 듯한 눈으로 째려보더니 '요즘 젊은 것들은……' 하고 투덜대기 시작했다.

건성으로 대꾸하면서 억지로 대화를 끊긴 했지만, 짜증이 솟아서 좀처럼 잠들지 못했다. 결국에는 잠깐 눈만 붙일 생각이었는데 아주 늦잠을 자고 말았다. 로그인을 하니 이미 게임 시각으로 오후였다.

다음에 만나면 어떻게 해줘야 좋을까! 아니, 무시하고서 도망치는 것 말고 달리 방법은 없지만. 나는 무사안일주의자다. 그냥 짜증이 날 뿐이다!

"아~, 불쾌한 기억은 우리 애들을 귀여워하면서 잊어버리자! 애들아, 집합!"

"무무?"

"흠?"

"좋~아, 좋아, 이쪽으로 와~."

"쿗큐~!"

"쿠마쿠마~!"

오르트 및 종마들의 머리를 쓰다듬고, 릭과 쿠마마의 복슬복슬한 털을 만끽하고, 파우의 음악을 들었다. 그러고 있으니 뒤틀렸던 기분이 순식간에 치유되는 걸 느낄 수 있었다.

내 마음이 전해졌는지 릭이 스스로 꼬리를 내밀고, 쿠마마는 옆으로 벌러덩 누워 '자, 마음대로 해보세요' 포즈를 취했다. 파우도 잔잔한 음악을 연주하고, 사쿠라는 허브티를 슬며시 내밀었다.

허브티를 마시면서 우리 애들을 순서대로 쓰다듬으니 불쾌한 기분이 완전히 사라져버렸다. 몬스터 요법, 효과가 굉장하다.

"후우. 치유된다~."

"──♪"

"란라~라~♪"

"그럼 이다음에는……. 잠시 던전에 가볼까?"

수령의 도시의 여관에서 로그인한 나는 동쪽 도시로 돌아가기 전에 수령의 시련을 탐색하기로 했다.

그런데 운이 나빴던 현실의 반동일까? 게임 내에서는 운이 대단히 좋았다. 적이 한 마리씩밖에 출현하지 않아서 어제 발견한 수수의 방까지 간단히 도착할 수 있었다. 더욱이 미쳐버린 수령에게서 물의 결정을 획득했다.

사흘 사이에 2개를 얻었으니 나쁘지 않은 페이스잖아? 분명 불쾌한 경험을 겪은 나에게 신님께서 은혜를 내려주신 게 틀림없다.

그런데 끝까지 기뻐할 수는 없었다.

설마 마지막에 이런 일이 벌어지다니…….

최악의 사태가 발생하고 말았다. 역시나 이 상태에서 사냥을 계속할 수는 없겠지.

"으~음……. 지팡이가 부러질 줄은 몰랐어."

역시나 짜증스러운 기분이 남아 있었나 보다. 팡 그루퍼의 얼굴이 그 아줌마와 묘하게 닮았기에 부아가 치밀어서 지팡이로 냅다 때리고 말았다. 그때 딱딱한 이빨에 부딪쳤는지 또깡, 하고 부러졌다.

무엇보다도 내구도를 전혀 관리하지 않았다. 근래에 들어서야 전투를 적극적으로 벌이기 시작했으니 어쩔 수 없긴 하지만. 크으~, 비싼 지팡이가 부러지다니…….

"기분 잡쳤네~."

내구도가 1이라도 남아 있으면 수리할 수 있지만, 한 번 파괴된 무기는 더는 고칠 수 없다.

수령의 도시의 대장간에서 살까도 생각했지만, 기왕 이렇게 됐으니 새롭게 만들기로 했다.

다양한 소재도 입수했으니 분명 좋은 지팡이를 만들 수 있겠지.

"수령의 도시에서 구입한 포션도 마침 다 떨어졌으니 오늘은 이쯤에서 돌아가자."

지팡이가 없더라도 전투는 가능하지만 방어가 불가능해지고, 마술 위력도 크게 떨어진다. 역시나 이대로 던전에서 전투를 계속 벌이는 건 무서웠다.

나는 그대로 수령의 도시를 나와 시작의 도시로 돌아가기로 했다. 도중에 거칠 숲이나 평원에서 맞닥뜨릴 적들은 우리 애들이 어떻게든 해줄 테니 문제없다.

섬멸 속도가 떨어져서 시간이 다소 걸렸지만 거의 고전하지 않고 시작의 도시로 되돌아올 수 있었다.

"자, 루인을 만나러 가자."

우리가 수령문에서 가까운 동쪽 도시가 아니라 일부러 시작의 도시로 돌아온 건 다 이유가 있다. 루인이 시작의 도시에 있기 때문이다. 프렌드 코드로 확인했으니 틀림없다.

"안녕하세요."

"오우, 오랜만이로군. 지팡이가 부러졌다고?"

"예…… 이걸 봐주세요."

"이거 어찌할 도리도 없이 깔끔하게 부러졌군. 기존 장비? 아니면 새로이 만들까?"

"되도록 새로 만들고 싶습니다. 소재는 내가 제공하기로 하고."

"오호. 뭐가 있지?"

"으~음, 이런 것들이 있네요."

나는 갖고 있는 소재들 대부분을 루인에게 보였다. 수수를 포함한 목재, 수광석과 주석 광석, 수령의 시련에서 획득한 몬스터 소재들. 그 이외의 소재도 전부.

목록을 보고 있는 루인의 얼굴이 무슨 영문인지 험악하다. 이렇게나 짙은 미간 주름은 처음 봤다.

"이봐."

"예?"

"이거, 네가 사냥해 가지고 온 건가?"

역시나 묻는구나. 뭐, 소문 듣는 고양이에게 정보를 팔 작정이었으니 마침 잘 됐나. 나는 이 자리에서 루인에게 정보를 팔기로 했다.

"이걸 구한 곳을 포함해 여러모로 팔고 싶은 정보들이 있습니다만."

"잠깐. 난 소문 듣는 고양이 소속이긴 하지만 정보상은 아냐."

"어? 그런가요?"

"어. 난 소문 듣는 고양이의 서포터 부대 소속이거든. 소문 듣는 고양이가 수집해온 정보를 우선적으로 듣는 조건으로 난 우선적으로 소문 듣는 고양이 녀석들의 무구를 제작해 주거나, 검증 작업을 돕기도 하는 그런 관계야. 그러니 난 정보를 사고팔지는 않아."

소문 듣는 고양이는 모두가 정보상인 줄 알았다. 이런 사람도 있구나.

"다른 클랜 멤버를 소개해 주랴?"

"아뇨, 급한 일은 아니라서요. 아릿사 씨가 언제 로그인할지 아나요?"

"내일 이른 아침이겠지."

"알겠습니다. 그럼 내일 또 오죠."

"이 소재들은 어쩔 셈이야? 남은 건 팔아줄 건가?"

"글쎄요……. 좋습니다. 또 입수할 수 있으니."

"좋아! 그럼 지팡이를 제작하는 데 쓰이지 않은 소재는 내가 사들이는 것으로 하고, 지팡이 제작 대금에서 제하도록 하지. 그럼 되겠지?"

"부탁합니다."

그뒤에 나는 루인과 어떤 지팡이를 제작할지 자세히 논의했다.

"주요 옵션은 물마술 강화겠지? 다른 속성은 사용하지 않나?"

"주로 물마술을 쓰고, 지금은 나무마술도 간간이 쓰고 있네요. 그리고 타격용으로는 사용하지 않지만, 방어하는 용도로는 사용합니다."

"그렇구만. 나무마술이라……. 하플링은 그 속성 마술을 익힐 수 있는 종족이었지."

"어떨까요?"

"흐음……. 솔직히 모르겠군. 나무마술은 레어한지라 강화해 본 적이 없어. 일단 시도는 해보지. 다만 기대는 하지 마."

"알겠습니다. 그럼 부탁합니다."

"오. 잘 알겠다. 이 녀석을 빌려줄 테니 오늘은 그걸로 버텨."

"감사합니다."

루인이 떡갈나무 지팡이를 빌려줬다. 약하긴 하지만 임시로 쓰기에는 충분한가. 지팡이 문제는 이것으로 마무리됐다. 이제는 밭일과 요리를 하며 시간을 보내자. 수령의 도시에서 상당한 양의 어패류를 다시 입수했다.

"우선은 밭일부터지."

"뭇무~!"

시작의 도시에서 농사, 조합 등 할 수 있는 일들을 처리한다.

그다음에는 요리를 할까 하다가 먼저 무인판매소부터 확인해 두기로 했다.

"자, 오늘 매상은……. 오오! 또 완판이잖아! 사쿠라!"

"——?"

"사쿠라가 만든 목공제품이 완판됐어!"

하나하나가 저렴하긴 하지만 양이 상당히 많았다. 다 합치니 상당한 금액이었다. 반짝이끼 이끼공 3개도 모두 팔렸다.

이력을 확인해 보니 이게 가장 먼저 팔렸다. 사용된 소재가 잡목과 잡초뿐이라서 800G를 받아도 꽤 이득이긴 했지만, 설마 팔릴 줄은 몰랐는데 말이야. 구입한 사람의 감상평을 한 번 들어보고 싶네. 우리 사쿠라의 역작이니까.

다만 앞으로도 800G에 파는 건 조금 아깝다는 생각이 든다. 가격을 더 높이더라도 무조건 팔릴 듯하다.

"소재 원가를 끌어올릴 방법이 뭐 없을까?"

잡초는 어쩔 도리가 없으니 목재? 목재를 잡목이 아니라 수수 등을 사용한다면 판매가격을 올릴 수 있겠지. 다음부터는 그렇게 하자.

"오늘은 요리를 팔 생각이니 내일 이후에나 가능하겠지만."

그런 생각을 하고 있으니 밭 앞에 낯이 익은 소녀가 서 있는 게 보였다.

아마도 무인판매소에서 상품을 사려고 온 듯하다. 그런데 이름이 잘 떠오르지 않는다. 누구였더라? 분명 최근에 만난 적이 있다.

"아~, 안녕하세요."

"안녕하세요! 절 기억해 주셨군요."

"뭐, 얼굴뿐이긴 하지만~."

이 대목에서는 솔직하게 이름이 기억나지 않는다고 실토하자.

상대도 내가 이름까지 기억하고 있으리라 여기지 않는 눈치다. 그래서 먼저 말을 걸지 않았을 테지.

"아, 세루리안이라고 합니다. 제2에어리어 마을에서 만났었죠."

"아! 츠요시와 타카유키의 동급생!"

"예. 그때는 감사했습니다."

10살 가까운 연하라고는 믿겨지지 않는 이 깍듯한 예의범절. 역시 좋은 데 사는 아가씨일까?

"오늘은 무슨 일로?"

"예, 실은 게시판에서 화제에 오른 목공 인테리어 용품이 필요해서 시작의 도시에 왔습니다."

"화제에 오른 인테리어 목공제품? 오호, 그런 게 다 있어? 어디서 파는데?"

만약에 그렇게까지 비싸지 않다면 나도 갖고 싶다. 사쿠라에게 좋은 본보기가 될지도 모른다.

"……."

"왜 그래?"

"저기, 백은 씨의 무인판매소인데요?"

"어? 아, 혹시 이끼공? 어제 막 팔기 시작했는데……."

"구입한 사람이 바로 게시판에 이미지를 올린 바람에 엄청 화제를 모으고 있어요."

"진짜?"

"예. 그전에 팔았던 요리도 엄청 떠들썩했어요. 백은 씨가 또 저질렀다면서."

"저, 저질렀다고?"

"아뇨, 좋은 의미로요. 좋은 의미. 잘 만들었다는 느낌?"

"그래?"

도저히 그런 생각은 들지 않는데……. 예전에도 또 저질렀다는 소리를 들은 적이 있었잖아?

"그래서 저도 살 수 있을까 해서 서둘러 왔습니다."

이끼공은 자신작이라서 조금은 화제가 되지 않을까 생각하긴 했는데 너무 빠르네. 반짝이끼는 그렇게까지 대량으로 키우고 있지 않으니 당장에는 이끼공을 양산할 수는 없는데……. 뭐, 앞으로는 구입 개수에 제한을 걸도록 하자.

"실은 벌써 다 팔렸는데."

"아아~, 역시! 시작의 도시에 있었다면 제때 살 수 있었을지도 모르는데! 동쪽 도시로 가버렸었죠?"

"뭐, 또 팔 생각이니 그때 사줘."

"알겠습니다."

"아, 잠깐만!"

"예……."

"이걸 갖고 가."

나는 동쪽 도시의 헛간에 장식해 두려고 생각했던 이끼공을 세루리안에게 주기로 했다. 지인에다가 일부러 여기까지 와준 모양이니 빈손으로 돌려보내는 건 조금 가엾다.

"어? 괜찮나요?"

"어, 난 금세 만들 수 있거든."

"감사합니다! 얼마인가요?"

"아냐, 됐어."

"그럴 수는 없어요!"

"그럼 800G."

"싸다! 그, 그럼 이걸."

싸다고 할 수 있나? 무인판매소의 판매 가격과 똑같은데 말이야.

"감사합니다! 또 올게요!"

"그래, 또 와."

설마 이끼공 이야기가 퍼져나갔을 줄이야. 분명 예쁘긴 하지만. 크으, 너무 얕잡아봤어. 사쿠라에게 잔뜩 만들라고 부탁해야겠다.

그뒤에 동쪽 도시로 이동하여 밭일을 끝마친 나는 양조통 앞에서 끙끙대고 있었다.

"으음. 간장이 벌써 다 됐을까?"

"흠!"

식초가 이틀이면 완성된다고 듣긴 했지만, 간장까지 이틀 만에 완성될 줄이야! 아마도 루프레의 발효 스킬은 양조 시간을 절반으로 단축해 주는 듯하다.

헛간 안에 늘어서 있는 통들을 열어보니 각각 간장, 된장, 어간장, 포도주, 낫토가 완성되어 있었다. 품질은 마을에서 구한 것보다 낮은 ★4짜리다. 그러나 이로써 안정적으로 공급받을 수 있는 길이 열렸다. 앞으로는 거리낌 없이 요리에 쓸 수 있겠지.

인벤토리에 넣어보니 하나의 통에서 30병을 생산할 수 있는 듯하다. 생각보다 많다.

그다음에는 뭘 만들까? 역시 또 된장이나 간장?

"근데 된장이나 간장은 이벤트 마을에서도 살 수 있는데 말이야. 마을로 돌아가는 건 무료로 갈 수 있으니 품질 높은 녀석이 꼭 필요할 때는 마을에서……, 아아!"

"흠!"

"에구, 미안, 루프레, 놀랐어?"

"흠~?"

"아니, 조금 굉장한 발상이 떠올랐어."

나는 동쪽 도시에서 이벤트 마을로 무료로 전이할 수 있잖아? 그리고 마을에서는 시작의 도시로 전이할 수 있다. 즉 마을을 경유하면 시작의 도시와 동쪽 도시를 무료로 오갈 수 있다는…….

나는 황급히 전이진으로 달려갔다. 그리고 마을로 전이해 봤다. 그러자 문제없이 전이했다. 그대로 시작의 도시로도 전이해 봤다. 이쪽도 문제없었다. 물론 루프레도 함께 말이다.

"우와~, 저질러 버렸네!"

이미 몇 차례나 돈을 치르고서 전이진을 이용해왔다.

그게 전부 헛돈이었다!

"어라? 유토 군인가?"

"오, 지크프리트? 오랜만이네."

"어, 그렇군. 뭔가 어려움을 겪고 있는 듯한 표정인데 괜찮나?"

"아아, 괜찮아. 그저 내 어리석음이 하도 기가 막혀서 황당해하고 있는 것뿐이야."

내가 시작의 도시의 전이진 앞에서 머리를 싸쥐고 있으니 지크 프리트가 말을 걸어왔다. 역시나 기사 플레이를 하는 사람답게 곤경에 처한 플레이어를 못 본 척 지나칠 수 없는가 보다.

내가 전이진 무료사용법을 여태껏 몰랐다고 고백하자 지크프리트는 어깨를, 루프레는 허리 부근을 툭툭 두드리며 위로해 줬다. 착한 녀석들 같으니!

"그런 실패도 게임의 참맛 아닌가. 다음부터는 조심하면 되는 거야."

"……그렇지."

"게다가 이벤트 마을은 시작의 도시와 제3에어리어에서만 전이할 수 있으니 영원히 무료인 것도 아니고 말이야."

"그래?"

"그래, 나도 무료 전이를 쓰고 있긴 하지만, 제5에어리어의 도시에서는 이벤트 마을을 선택할 수가 없거든."

그렇구나. 그러나 나에게는 그다지 관계가 없는 이야기다. 한동안은 그렇게까지 진행할 예정이 없다.

"고마워. 여러모로 도움이 됐어."

"아니, 도움이 됐으니 기쁘군. 그래서 동쪽 도시로 돌아가려는 건가?"

"어? 그렇긴 한데…… 어떻게 아는 거야?"

"우연찮게 동쪽 도시에 있었는데 지인들이 유토 군을 보지 못했느냐고 몇 번이나 물어보더군. 뭔지 모르겠지만 화제에 오른 것 같은데?"

"엥?"

어째서? 엄청 무섭다. 아니, 루프레에 관한 이야기가 퍼져나갔나? 오르트와 종마들도 인기를 끌고 있고, 루프레도 그에 못지않게 귀엽다. 한 번 구경이나 하려는 테이머가 나타날 만도 하겠지.

"흠?"

"뭐, 누가 묻거든 곧 소문 듣는 고양이한테 정보를 팔 예정이니 조금만 기다리라고 말해두지."

"흠~."

지크프리트가 시원한 미소를 남기고서 떠난 뒤 우리는 동쪽 도시로 돌아가기로 했다.

헛돈을 쓴 것이 통한이긴 하지만, 이로써 두 도시를 오가는 것이 한결 쉬워진 건 사실이다. 밭을 돌보는 것도 편해지겠지.

그렇게 모든 밭일을 끝마친 뒤 나는 다음에 무엇을 할지 고민하고 있었다.

"금전적으로도, 경험치적으로도 가장 유익한 건 수령의 시련이긴 한데……."

한 가지 마음에 걸리는 것이 있다.

내일은 흙의 날. 즉, 토령문이 출현하는 날이다.

흙의 결정도 있으니 꼭 가보고 싶다. 토령문의 위치도 짐작하고 있다. 어금니의 숲에 있다는 스톤 서클이겠지. 그 이외에 발톱의 수해에 있는, 바람이 불면 노랫소리가 연주된다는 바위에는 풍령문. 뿔의 수해에 있는, 거대 횃불에는 화령문이 있으리라 예상하고 있다.

다만 토령문을 열기 위해서는 우선 출현예정지점까지 가야만 한다. 로그인이 늦어져서 이미 저녁이 되었으니 시간을 한가로이 보낼 수도 없다. 아니, 내일 로그인한 뒤에 가도 되긴 하지만, 무슨 일이 벌어질지 알 수가 없다. 먼저 문 앞에 가둬야만 안심이 될 듯하다.

"일단 어금니의 숲으로 가볼까."

실은 지난번에 아릿사 씨에게서 날갯짓 소리의 숲에 관한 정보를 샀을 때, 그녀가 다른 에어리어에 관한 정보도 보내줬다.

북쪽 어금니의 숲, 서쪽 발톱의 수해, 남쪽 뿔의 수해에 있는 수수께끼의 오브젝트의 위치와 보스전 주의점에 관한 정보다. 특히 오브젝트 주변에 관한 내용이 상세히 적혀 있었다.

크으~, 이렇게까지 서비스를 해준 이유는 모르겠지만 다음에 만나면 감사 인사라도 해야겠지.

"그럼 애들아 가자~."

"무무~!"

"흠~!"

우리는 의기양양하게 시작의 도시를 출발했지만 여정은 꽤 험난했다.

일반 적들은 우리의 상대가 되지 않았지만, 어금니의 숲을 거의 다 돌파했을 즈음에…….

"루오오오오오!"

"끄아아아아! 도망쳐~!"

"쿳쿠마~!"

"키큐큐~!"

"루오오오오!"

오랜만에 프레데터와 맞닥뜨렸습니다! 필드를 배회하는 완더링 몬스터이자 플레이어 레벨을 무시하는 고약한 몬스터다. 날갯짓 소리의 숲의 프레데터는 자이언트 그래스호퍼라는 거대한 메뚜기였다.

겉모습이 거대한 송장메뚜기처럼 생겼는데 꽤나 사실적이다. 특히 입가는 보는 것만으로도 소름이 돋을 만큼 징그러웠다. 이런 녀석이 뿅, 하고 뛰어올라 덮쳐왔다. 엄청나게 무섭다.

왜 접근하는 걸 알아차리지 못했는지 내 눈을 의심하고 싶을 지경이었다. 그러나 나무들 뒤에 가져져 있어서 눈치채지 못한 것이다. 보호색이 녹색일 뿐만 아니라 나무들을 넘나들며 이동하므로 발견하기가 꽤 어려운 듯하다.

"우오오오오오오오!"

"야~야~야~!"

내 어깨에 타고 있는 파우가 모두를 응원하고 있다.

"루우루오오오오오!"

거대한 메뚜기는 상상 이상으로 끈질겼다. 맵 가장자리까지 도망쳤는데도 우리를 집요하게 쫓아온다.

"뭔가 방법이……. 맞아!"

도망칠 방법이 있었다. 예전에도 같은 방식으로 프레데터로부터 벗어난 적이 있었다.

"보스 필드로 진입하는 거야!"

"무, 무무?"

"괜찮대도! 어차피 보스랑 싸울 작정이었으니까!"

그래, 보스전에 돌입해 버리면 된다. 프레데터도 그곳까지는 쫓아올 수가 없다.

예전에 북쪽 평원에서 프레데터인 라지 락앤트에게 쫓겨 이리 저리 달아나다가 보스 필드로 무심코 흘러든 적이 있었다. 그때 는 미처 알아차리지 못했지만, 아마도 우리가 보스 필드에 들어 갔기에 프레데터가 추적을 포기했을 것이다.

어금니의 숲의 보스는 대거 울프. 공격력이 높은 늑대 타입의 몬스터다.

북쪽 평원도 그렇고, 북부에는 갯과 보스만 출현하는 건가? 뭐, 전투 방식은 간단하다. 방어를 굳히고 싸우면서 상태 이상을 노 리면 된다.

제2에어리어의 네 보스 중에서 가장 강하다고 일컬어지는 대 거 울프는 빠르고 단단하고 세다. 전형적으로 강한 타입의 보스 다. 약은꾀는 쓰지 않고 오로지 공격력으로 밀어붙인다.

다만 상태 이상 내성이 꽤 낮아서 독, 마비, 수면 등에 모조리 걸린다고 하던데. 다행히도 우리 파티는 상태 이상을 노릴 수 있 는 멤버를 갖추고 있다. 오늘 아침에 독약도 막 제작했으니 마음 껏 사용할 수 있다.

내가 노린 대로 보스 필드로 도망치자 프레데터가 발걸음을 돌 려 떠나갔다.

역시나 보스와 프레데터가 동시에 덮치는 경우는 없는 듯하다.

보스전이 시작되기 전 잠깐의 짬을 이용하여 쿠마마에게는 수렵약, 사쿠라에게는 마비약, 릭과 나에게는 독약을 써뒀다.

내가 대단히 민첩한 적에게 직접공격을 가할 기회는 없을 것 같긴 하지만 만약을 위해서다.

"그르르르르르……."

눈앞에 거대한 적갈색 늑대가 출현했다.

그 어금니는 그 이름처럼 예리한 대거와도 같았다.

"개, 개과 적은 좀 무서운데……."

초기에 와일드 도그에게 물려서 죽었던 트라우마 때문이다. 그러나 적을 앞에 두고서 벌벌 떨 수만은 없다.

"어쩔 수 없지! 어서 쓰러뜨리자! 그래도 오르트, 잘 지켜줘야 한다?"

"무무!"

그렇게 보스전이 시작되었지만, 나는 보스를 조금 얕잡아보긴 했다.

데이터대로 싸우면 암석거인 때처럼 낙승을 거둘 줄 알았는데 말이야…….

"갸오오오옹……."

"큰일 날 뻔했네~!"

보스가 독 데미지에 쓰러졌을 때 내 HP는 불과 20퍼센트밖에 남지 않았다. 지팡이를 빌려 쓰고 있는 탓에 물마술 위력이 크게 떨어져 공격력이 하락한 것이 원인이었다. 전투 시간이 늘어지면서 보스 공격에 당하는 횟수가 늘어났다.

새삼스레 지팡이의 중요성을 절실히 깨달았다. 뭐, 죽지는 않았으니 좋은 공부를 한 셈 치자.

데미지를 가장 심하게 받은 나 자신과 오르트를 회복한 뒤 서둘러 북쪽 도시로 향했다.

이 에어리어에 있으면 문제가 없을 것 같긴 하지만, 아직 근처에 프레데터가 어슬렁거리고 있다고 생각하니 마음이 편치 않아서였다. 당장 도시로 들어가 마음을 놓고 싶었다.

동쪽 도시 때처럼 성문을 지났다.

"드디어 북쪽 도시에 왔구나. 얼핏 보니 동쪽 도시와 별반 다를 게 없는걸."

"야~."

내가 중얼거리자 어깨에 타고 있는 파우가 맞장구를 쳤다. 다만 동쪽 도시가 전체적으로 푸르스름했다면 북쪽 도시의 이미지 컬러는 노란색이다.

집 지붕이 노란색이라 눈에 확 띄고, 벽돌도 난색(暖色) 계열로 통일되어 있다. 집집마다 화단에도 노란색 꽃이 많이 피어 있다.

우리는 광장에서 전이진을 등록하고서 도시 내부를 가볍게 돌아보기로 했다.

"라란라라~ ♪"

"흐무무~."

"무뭇무무~."

"쿠만마~."

깡충깡충 트리오인 오르트와 루프레와 쿠마마가 앞장을 서고 있다. 릭과 파우는 내 어깨 위에 각각 타고 있다. 사쿠라는 나란히 걸으면서 생긋 웃고 있다.

상점에서 판매하는 아이템은 동쪽 도시의 거의 다를 게 없겠지. 아예 똑같을 리는 없겠지만 가볍게 둘러보니 큰 차이점을 알아차릴 수 없었다.

그렇게 도시를 간단히 한 바퀴 돌았을 즈음에 출발예정시각이 다 되었다.

"뭐, 내일 이후에 여유가 생기거든 자세히 탐색하도록 하자."

"무!"

"일단 지금은 스톤 서클이 우선이야."

"쿠마~."

우리는 토령문으로 향하기 위해 북쪽 도시에서 어금니의 숲으로 돌아갔다.

이미 멀찍이 가버렸을 것 같긴 하지만, 일단 프레데터를 경계하면서 숲속을 나아갔다.

밤이라서 몬스터가 그럭저럭 강해지긴 했지만 우리가 고전할 정도는 아니다.

약 한 시간쯤 지나자 스톤 서클이 시야에 들어왔다.

"발견! 정말로 스톤 서클이야!"

"큐~!"

"야~!"

그 이름대로 낮은 둔덕 위에 높이 3미터, 폭 1미터, 두께 30센티미터짜리 돌판 6장이 원을 드리듯 배치되어 있었다.

달빛에 비친 스톤 서클은 상상 이상으로 신비로웠다. 요정이나 정령이 그 주변에서 놀고 있다고 해도 이상하지 않았다. 뭐, 지금은 파우가 릭과 함께 신나게 뛰어다니고 있으니 요정이 놀고 있다는 말이 꼭 빈말은 아니긴 하지만.

"조금만 더 지나면 날짜가 바뀌겠네. 여기서 대기하자."

"──."

그대로 5분 동안 기다리니.

날이 바뀐 직후였다.

[토령(土靈)의 제단에 흙의 결정을 바치겠습니까?]

"좋았어, 왔구나~!"

역시나 이곳이 토령의 제단이었구나~. YES를 선택하자 흙의 결정을 제단 위에 안치하라는 안내가 나왔다.

"제단이라면 이 스톤 서클을 말하는 건가?"

일단 스톤 서클 중앙에 흙의 결정을 놔뒀다. 그러자 수령문이 해방되었을 때처럼 빛이 하늘로 솟구치는 연출이 발생했다. 스톤 서클에서 노란색 빛이 솟구치는 광경은 대단히 마법 같다고 해야할까, 뭔가 의식처럼 느껴졌다. 이런 판타스틱한 광경은 몇 번을 봐도 감동이다. 이 게임을 하는 맛 중 하나겠지.

빛이 멎은 뒤 역시나 수령문과 꼭 닮은 돌문이 스톤 서클 가운데에 출현했다. 그대로 기다리고 있으니 고고고, 하는 중저음을 내면서 문이 안쪽으로 열려 나갔다. 그 직후에 월드 아나운스가 나온 것까지 수령문 때와 완전히 똑같았다.

[정령문 중 하나가 해방되었습니다.]

[토령문을 해방한 유토 씨에게 보너스로 스킬 스크롤을 무작위로 증정합니다.]

"아싸~!"

이로써 보너스 포인트를 소비하지 않고 또 스킬을 획득했다. 이번에는 어떤 스킬이려나.

"뭐, 지금은 일단 안으로 들어가자."

수령문은 물속으로 들어가는 듯한 효과였는데, 이쪽은 문 안쪽이 새카맣다. 처음 찾아낸 것이 수령문이 아닌 토령문이었다면 더욱 주저했겠지. 그러나 수령문을 지난 적이 있기에 위험하지 않다는 건 증명되어 있다.

"가자~."

"무무~!"

나는 팔에 매달린 오르트와 함께 토령문 안으로 발을 내디뎠다. 순간 어둠이 온몸을 휘감는 듯한 신기한 감각이 느껴졌으나 이내 문 맞은편으로 나왔다.

문 맞은편에 있는 널찍한 방 역시 그 크기와 내부 장식이 수령문 때와 거의 흡사하다.

"해방자 씨, 어서 오세요."

"안녕하세요."

오르트와 꼭 닮은 소년이 나를 맞이해줬다.

"난 노움의 수장. 당신들을 환영해요."

분명 노움이긴 한데 조금 더 어른스럽다고 해야 하나? 오르트보다 키가 10센티미터쯤 더 큰 듯하다. 그리고 복장이 화려하다.

신기한 녹색 무늬가 그려진 갈색 계통의 셔츠 위에 마치 귀족처럼 금색 자수가 수놓아진 검은 외투를 걸치고 있다. 척 세워져 있는 옷깃이 위엄 어린 분위기를 빚어내는 듯한 느낌이 들었다.

그 이외에는 오르트와 거의 똑같았다. 머리색도 녹색이고. 소년스러운 웃음도 판박이다.

"감사합니다."

"무~! 무뭇! 무무~!"

노움의 수장을 본 오르트가 흥분했는지 떠들어 대기 시작했다. 그리고 수장 앞으로 가더니 뿡뿡 튀면서 뭔가 어필을 하고 있다.

"어라. 내 동료를 거느리고 있네요. 응응, 이 아이도 행복해하는 것 같아."

"무~."

노움의 수장이 머리를 쓰다듬어 주자 오르트가 기쁜지 고개를 끄덕였다.

오르트가 기뻐하는 듯하여 다행이다.

"그럼 이쪽으로 와요."

"뭇무~!"

수장이 우리를 선도하며 걸어 나갔다. 오르트는 마치 기차놀이를 하듯 그뒤에 바짝 붙어서 따라갔다.

수장이 도시까지 안내해준 것 역시 수령문 때와 똑같았다. 다만 눈에 들어온 도시의 광경은 수령의 도시와는 완전 딴판이었다.

수령의 도시가 철저하게 우아함을 추구했다고 한다면 이쪽은 더 투박하다. 애당초 기본이 동굴이다.

높다란 천장에 거대한 종유석이 무수히 매달려 있어서 박력이 엄청나다. 실제 동굴이었다면 틀림없이 천연기념물로 지정되었을 수준이다.

그리고 땅바닥에는 사람 키를 훌쩍 넘는 거대한 수정들이 나 있었다. 형형색색의 수정들이 난잡하게 나 있어서 마치 수정의 숲에 온 듯했다.

계단이나 통로는 그 수정의 숲을 누비듯 만들어져 있었다. 거대 수정의 틈새에는 노움의 거처로 보이는 석조 건물이 세워져 있다. 동굴 안을 비추는 광원 역시 은은한 빛을 발하는 수정들이었다.

수령의 도시와의 공통점을 꼽자면 얼핏 보기만 했는데도 마음을 빼앗아 버린 그 아름다움이겠지. 수령의 도시에서는 계산된 아름다움이 느껴졌다면 이쪽은 자연을 이용한 아름다움이 느껴진다는 차이가 있긴 하지만.

"굉장해~."

"뭇무~!"

"왜 네가 자랑스러워하니."

오르트가 내 중얼거림을 듣고서 무슨 영문인지 젠체했다. 아니, 네 동료들이 만들었지 네가 만든 건 아닐 텐데.

"토령의 도시에 온 것을 환영해요. 즐기다가 가요."

노움의 수장과 헤어진 우리는 그대로 도시를 견학했다.

오르트와 닮은 노움들이 여기저기에서 무~무~거리며 담소? 를 나누거나 작업을 하고 있었다. 여기 천국 아냐? 익숙한 나조

차도 이럴진대 오르트의 팬은 여길 본 순간 코피를 뿜어대며 쓰러질지도.

설레는 마음으로 거리를 돌아보니 상점 종류는 수령의 도시와 거의 같았다. 판매하는 상품 종류는 크게 다르긴 하지만.

그리고 어물상 대신에 광석 상점이 있었다.

"어라? 진짜 철광석?"

우와, 철광석을 팔고 있다. 레어한 소재로 알고 있는데 말이야. 아니, 그 정보를 얻은 지 다소 시간이 흘렀으니 이제 아닐지도 모르겠다. 그러나 거들떠도 보지 않는 수준으로 전락하지는 않았겠지.

"이거 좋은 물건을 발견했는걸!"

그리고 판매하고 있는 홈 오브젝트도 꽤 다르다. 이 상점에서 파는 것들 중에서 밭에 설치할 수 있는 오브젝트는 부엽토를 생산하는 부엽토함. 밭의 품질 상한을 끌어올리는 지렁이가 들어 있다는 웜 박스. 지하에 설치하는 차광밭. 하급 광석을 자동으로 생성하는 홈 마인까지 모두 4종류다.

모두 효과가 굉장히 재밌다. 그러나 하나같이 내 주머니 사정으로는 구입할 수 없는 물건들뿐이었다.

앞에 거론한 두 상품은 각각 30000G. 차광밭은 40000G. 홈 마인은 60000G나 한다.

정말로 아쉽다. 뭐, 정령문에 관한 정보를 아릿사 씨에게 팔면 나름 값을 쳐 줄 테니 하나 정도는 살 수 있겠지. 어쩌면 둘 정도는 살 수 있을지도 모른다.

오브젝트 상점은 추후에 다시 오기로 하자.

"그럼 가볍게 던전이나 확인하러 가볼까."

"무무~!"

무리를 할 생각은 없는데? 지팡이는 여전히 성능이 낮은 대여품을 들고 있고, 회복 아이템 재고도 윤택하다고 할 수 없다.

"탈출 구슬은 있으니 어떻게든 되겠지."

어디까지나 탐사가 목적이다.

"아, 던전에 돌입하기 전에 스킬 스크롤부터 확인해 두자."

어떤 스킬을 받았을까? 이번에도 수색하는 데 유용한 스킬이라면 기쁘겠는데.

나는 두근거리는 마음으로 선물 상자를 열었다.

"흐음? 이건……, 보석 발견? 들어본 적이 없는 스킬이네."

채굴 계열인가? 게시판을 잠시 살펴보니 베타 때 이 스킬을 획득한 플레이어가 있단다.

그 스킬을 소지하고 있으면 채굴했을 때 낮은 확률로 보석 계열 아이템을 획득할 수 있는 패시브 스킬이다. 확률이 많이 낮아서 이용 가치가 별로 없는 스킬이란다.

그래도 장기적으로 본다면 유용한 스킬이 아닐까? 나는 채굴을 계속할 작정이니 언젠가 발동하겠지. 기대하며 기다려 보자.

그런데 수령문에서는 수중 탐사를, 토령문에서는 보석 발견을 획득했다. 각각 속성과 관계가 있는 스킬들이네. 화령문에서는 불, 풍령문에서는 바람과 관계가 있는 스킬을 얻을 수 있으려나? 조금 흥미가 생긴다.

뭐, 화령문은 이미 개방되었으니 풍령문을 노려야겠지. 바람의 결정은 갖고 있지 않지만.

그보다도 지금은 던전을 탐색할 시간이다.

우리는 신중히 토령의 시련으로 돌입했다.

던전은 벽에 수정이 대량으로 박혀 있는 어두컴컴한 동굴 형태였다. 벽에 박힌 수정을 어떻게든 손에 넣으려고 애를 써봤지만 역시 무리였다. 벽은 파괴를 할 수 없는가 보다. 피켈 내구도만 쓸데없이 허비하고 말았다.

"자, 이 방에는 아무것도 없는 모양이니 더 가보기로 할까."

"무무!"

모두를 채근하여 다음 방으로 넘어가려고 했더니 오르트가 따라오지 않았다.

"왜 그래?"

"무~."

벽에 귀를 댄 채 복잡한 표정을 지으며 신음하고 있다. 그러고는 갑자기 벽을 파기 시작하는 게 아닌가.

"오, 오르트, 벽을 팔 수 있는 거야?"

"무무~!"

모든 벽을 파낼 수 있는 건 아니고, 숨겨진 방을 찾아낸 듯하다. 역시 노움. 땅 전문가답다.

"뭇무~뭇무~!"

파괴 불가능한 줄 알았던 던전의 벽이 그 부분만 깎여 나간다.

3분 뒤. 벽 너머에 2평쯤 되는 작은 방이 나타났다. 그 안에는 보물함이 놓여 있다. 함정은 없는 듯하여 열어 보니 밤눈 목걸이라는 액세서리가 들어 있었다.

명칭 : 밤눈 목걸이
레어도 : 3
품질 : ★9
내구도 : 200
효과 : 방어력+4, 밤눈 보너스.
중량 : 1

역시나 첫 번째 방에 숨겨진 보물함에는 던전을 공략하는 데 도움을 주는 아이템이 들어있는 모양이네.

곧바로 목걸이를 장비하자 마치 한낮처럼 동굴 안을 둘러볼 수가 있었다. 반짝이끼와 빛을 내는 수정 덕분에 나름 환하다고 느끼긴 했는데 역시나 바깥에 비해서는 상당히 어둡네. 비교해 봐야 알 수가 있다.

"좋은 아이템을 발견해 줬네! 대단해, 오르트!"

"뭇무~!"

이게 있다면 멀리 있는 적도 발견할 수 있겠지.

사기가 충천해진 우리는 오르트를 앞세우며 나아갔다.

두 번째 방에는 아니나 다를까 몬스터의 모습이 보였다.

"첫 적은…… 미쳐버린 토령인가."

미쳐버린 정령은 왜 하나같이 저렇게 무섭게 생겼을까?

"우와~, 엄청 무서워."

"무."

오르트처럼 아이인데 얼굴은 그렘린처럼 호러스럽다. 미쳐버린 수령 때와 똑같다. 그쪽이 은은한 공포를 안겨주는 귀녀라면 이쪽은 영화에 등장하는 살인유아인형 같다.

개인적으로는 이쪽이 더 싫은데?

사다코보다 처키가 더 무섭다.

밤눈 목걸이 덕분에 조금 낫긴 하지만, 더 어두운 곳에서 이 녀석과 느닷없이 맞닥뜨렸다면 심장이 멎었을지도 모르겠다. 적어도 처음 봤다면 상당히 놀랐겠지. 역시나 이 목걸이는 좋은 아이템이다.

"모두들, 집중 공격! 그리고 구멍 함정을 조심해!"

예전에 아릿사 씨에게서 모르면 죽는 몬스터라고 들은 적이 있다. 그때 노움이 만든 구멍 함정을 감지하지 못해 죽었다는 이야기도 함께 들었다.

아니나 다를까 한창 싸우던 도중에 미쳐버린 토령의 구멍 함정에 빠지고 말았어.

바로 내가!

그러나 오르트와 루프레가 어떻게든 구해 줬다. 결국 미쳐버린 토령을 쓰러뜨리는 데 성공하긴 했다. 물과 나무 속성이 약점이므로 수령보다는 토령에게 데미지가 더 잘 들어간다. 더욱이 오르트는 흙속성에 내성이 있어서 데미지도 적게 입는다. 우리 파티에게는 수령보다도 토령 쪽이 훨씬 더 싸우기 편하다.

"휴우. 어떻게든 됐네. 위험했어."

"무무."

"흠."

"도와줘서 고마워."

오르트와 종마들에게 감사를 표하면서 방을 탐색해 봤다.

방을 유심히 둘러보고 있으니 구석에 자라난 십자가 버섯을 발견했다. 밤눈이 없는 상태에서는 상당히 가까이 접근해야만 아이템이나 채굴 포인트를 발견할 수 있는 듯하다. 암흑 상태는 생각했던 것보다 더 성가실지도 모르겠다. 실제로 발밑이 보이지 않아서 한 번 넘어질 뻔도 했다. 오르트가 받쳐주지 않았다면 자빠졌겠지.

그런 사고를 겪으면서 우리는 다음 방으로 돌입했다.

어둠 속에서 우리를 기다리고 있었던 것은 몸길이가 4미터쯤되는 뱀이었다. 현실이었다면 맞닥뜨리자마자 엉덩방아를 찧을만큼 거대하다고 했겠지만, 이 게임 내에서는 저래 뵈도 소형에속하니 머리가 지끈거린다. 현재 확인된 것 중에서 가장 큰 뱀은몸길이가 10미터쯤 되는 필드 보스라고 한다.

"스톤 스네이크인가?"

"샤~!"

"뱀 몬스터이니 독이 있을지도 몰라. 조심해."

"쿳쿠마!"

"무무!"

격전이 벌어질 줄 알았는데 의외로 일찍 결판이 났다. 대단히날쌔고 공격력도 높았지만, HP와 방어력이 예상 밖으로 낮았다.

수령의 시련에서 싸웠던 거북보다도 싸우기가 아주 편했다.

역시나 우리에게는 토령의 시련이 더 잘 맞는 모양이다.

"고생했어."

"무!"

"흠!"

오르트와 루프레가 활짝 웃으며 엄지를 척 세워줬다. 으~음, 든든하네.

"자, 이 방은……. 엇, 채굴 포인트가 있잖아!"

"무~!"

"좋~아, 채굴하자~."

벽에 눈에 띄는 균열이 보이는데 그곳이 채굴 포인트였다. 토령의 도시에 광석 상점이 있을 정도니 이 채굴 포인트는 기대가 된다.

오르트와 함께 일사불란하게 벽을 팠다.

"요! 호오!"

"무무! 뭇무~!"

"이건……. 역시 철광석을 채굴할 수 있구나! 그리고 토광석도 나왔네."

둘 다 귀중한 광석이다. 이 광석들을 이렇게 얕은 계층에서 채굴할 수 있다니 콧노래가 절로 난다.

역시나 흙속성 던전답게 채굴 스킬을 우대해주고 있는 듯하다.

"수령의 시련에는 모든 방들이 수중 통로로 이어져 있는 듯했어. 그렇다면 토령의 시련에도 뭔가 숨겨진 기믹이 있을 가능성이 있는데……."

다함께 방을 샅샅이 탐색했다.

그리고 드디어 오르트가 내가 찾던 그것을 발견했다.

"뭇무~뭇무~."

"역시 숨겨진 통로나 방이 있었던 건가. 오르트, 힘내라!"

"뭇무무~!"

숨겨진 보물함을 발견했을 때처럼 오르트가 벽을 파기 시작했다. 1분쯤 파내니 구멍 끝에서 좁은 통로가 드러났다.

숨겨진 방이 아니라 숨겨진 통로였던 모양이다.

그나저나 좁다. 그리고 천장이 낮다. 어느 정도냐면 오르트가 간신히 걸을 수 있을 정도다. 내가 이 통로를 지나려면 허리를 꽤 숙이거나 네 발로 기어가야만 하겠지.

"우리 애들은 지나갈 수 있겠지만……."

내가 이 통로를 계속 나아가는 건 버겁다. 만약에 전투가 벌어진다면 속수무책으로 죽게 되겠지. 파티를 반씩 나누더라도 전력이 약화되어 양쪽 모두 위기에 빠질 것이다.

"별 수 없지. 오늘은 포기하자."

우리는 숨겨진 통로를 포기하고서 다음 방으로 넘어가기로 했다.

다음에 발을 내딛은 방은 광원의 숫자가 적어서 아주 어두웠다. 밤눈 목걸이가 없었다면 방 전체를 다 들여다보지 못했겠지.

"큐~?"

"흠?"

릭과 종마들이 경계하며 방을 둘러보고 있다. 그때 나는 황급히 릭과 아이들을 제지했다.

"잠깐! 적이 있어!"

방 구석에 미쳐버린 토령이 있었다. 더욱이 반대쪽 천장에는 처음 보는 몬스터가 매달려 있다. 아마도 박쥐형 몬스터인 듯하다. 이름은 다크 뱃이다.

"키키~킷!"

"파우, 화마소환으로 방을 더 환하게 밝혀줘!"

"야~!"

"사쿠라는 우선 박쥐부터!"

"——!"

"미쳐버린 토령의 구멍 함정을 조심해!"

박쥐는 싸우기가 엄청 까다로웠다. 움직임이 불규칙해서 공격을 적중시키기가 어려울 뿐더러 어둠 속으로 몸을 숨기기까지 한다. 우리 애들이 번번이 그 모습을 놓쳤다.

그때마다 나나 오르트가 그 위치를 알려줘야만 한다. 박쥐의 전투력이 낮은 게 유일한 위안이겠지. 은밀하게 움직이며 괴롭히는 게 이 박쥐의 전투 방식인 듯하다.

더욱이 다크 뱃에게 너무 집중하면 미쳐버린 토령에게 당할 수 있다. 모두에게 다크 뱃의 위치를 알려주는 데 정신이 팔려서 미쳐버린 토령을 미처 신경 쓰지 못했다.

돌팔매질을 당하고 나서야 녀석이 배후로 돌아 들어왔음을 깨달았다.

어떻게든 죽지 않고서 무찌르긴 했지만 꽤 위험했다.

"그래도 고생한 보람이 있었네."

"무~!"

그 방에는 채굴 포인트가 두 군데나 있었다. 당연히 토광석, 철광석을 얻었다.

더욱이 레벨이 낮은 나조차도 이렇게 많이 채굴했으니 레벨이 더 높은 사람이라면 고품질 광석을 더 많이 채굴 할 수 있지 않을까? 대장장이에게 꿈 같은 던전일지도 모른다.

여러 가지가 조금 소모되긴 했지만 나는 이대로 앞으로 나아가기로 했다.

솔직히 광석에 눈이 돌아갔다는 건 부정하지 않겠다.

"이건 아찔하네! 일제공격! 전력을 다하자고! 힘을 아끼지 마!"

크으~, 죽을 뻔했다.

미쳐버린 토령의 유니크 개체와 맞닥뜨리고 말았다. 돌을 전방 위로 던지는 스킬 때문에 HP가 마구 깎였다. 미쳐버린 토령의 유니크 개체는 전체 공격을 가해온다. 응, 기억했다.

더욱이 테임은 불가능했다. 노움이 두 마리 있더라도 상관없는데. 오히려 갖고 싶었는데.

그러나 애초에 테임할 겨를이 없어서 쓰러뜨릴 수밖에 없었다. 만약에 내가 테임을 시도하고자 조금이라도 공격을 늦췄다면 지금쯤 죽고서 부활했겠지.

그러나 나는 만족한다. 오히려 웃음을 참을 수가 없다.

바로 흙의 결정을 손에 넣었기 때문이다.

유니크 개체를 쓰러뜨리면 무조건 레어 드랍물을 떨어뜨린다.

이건 미쳐버린 토령뿐만 아니라 다른 몬스터도 마찬가지다. 노움의 경우에는 흙의 결정인 듯하다.

정말로 기쁘다. 이로써 문을 열 때 소모한 결정을 되찾았으니 본전을 확실히 되찾은 셈이다.

"으~음. 포션 재고도 아슬아슬한데 어떻게 할까……."

나아갈지 물러날지 망설이고 있으니 귓가에 전화 호출음 같은 소리가 울렸다.

프렌드 콜이다.

"여보세요?"

〈야호~. 아릿사입니다. 듣자하니 팔고 싶은 정보가 있다고? 루인한테서 들었어~.〉

"그래요."

〈그럼 시간이 나거든 꼭 팔러 와줘. 오늘은 동쪽 도시에 있거든. 아, 오기 어렵다면 시작의 도시로 갈까?〉

마침 잘 됐다.

할 일이 생겼으니 탐색은 이쯤에서 접도록 하자.

"아뇨, 동쪽 도시 괜찮아요. 지금 갈게요. 한 시간 이내에 도착할 겁니다."

〈라저~. 기다릴게~.〉

"그럼 이따가."

〈응. 기대하고 있을게~.〉

우선은 던전에서 나가야겠네.

토령의 시련을 탈출하는 건 간단했다. 몬스터가 아직 리젠되지 않아서 전투 없이 탈출할 수 있었다.

참고로 입수한 아이템을 확인하려고 인벤토리 안을 살펴봤더니 어느새 녹비취가 하나 늘어있음을 알아차렸다. 보석 발견의 효과 덕분인 줄 알았는데 그렇지 않았다. 보물함을 처음으로 연 플레이어에게 주는 보너스였다. 수령의 도시에서는 청비취를 받았는데 이곳에서는 녹비취를 주는 모양이다.

토령의 도시를 떠나기 전에 상점들을 가볍게 돌아봤다.

"아릿사 씨네 노점에 가기 전에 이곳 상점에서 어떤 상품들을 팔고 있는지 확인해둬야지."

아까 전에는 소지금이 부족해서 홈 오브젝트와 광석 상점밖에 구경하지 않았다. 그러나 도시에 관한 정보를 팔 생각이니 정확한 상품 정보를 파악해두는 편이 낫겠지.

상점을 구경하며 돌아다녔다. 다양한 농사용 도구를 파는 걸 보니 모조리 갖고 싶어졌다. 그런 생각을 하면서 도구점을 살펴보다가 나는 무심코 주저앉고 말았다.

"진짜냐……."

막 입수한 물뿌리개와 괭이를 이곳에서도 팔고 있다. 문제는 그 성능이다. 가격은 동일한데 이쪽 물건의 품질이 약간 더 높았다.

"알았다면 여기서 샀을 텐데! 게다가 이건……."

또한 고성능 괭이도 팔고 있었다. 흙의 결정의 괭이를 30000G에 팔고 있다. 아릿사 씨에게 정보를 팔고서 이것도 꼭 사고 싶다. 그런데 구입한 지 얼마 안 된 괭이가 썩히게 된다.

"즉, 이 괭이는 사지 않는 편이 나았다는 건가……."

"뭇무."

"위, 위로해 주는 거니?"

"무."

오르트가 내 허리를 툭툭 두드려 줬다. 돌이켜보니 내가 실패할 때마다 오르트가 늘 위로해 줬다. 정말로 고맙다.

"무."

"그렇지. 낙담해봤자 소용없으니 이걸 유효하게 이용할 수 있는 방법을 생각해 보자."

"무무!"

"좋아, 그럼 아릿사 씨한테 가볼까."

"무~!"

게시판

[요리] 여긴 요리에 관해 말하는 스레드 PART2 [좋아]

아직 취득자가 적은 요리 스킬의 지위를 향상시키기 위해서 다 함께 협력합시다.
지금이라면 금세 탑 플레이어가 될 수 있어요!

· 식재료 정보를 원합니다
· 레시피 정보도요!
· 실패담이라도 오케이.

: : : : : : : : : : : : : : : :

449 : 아스카
그럼 양조는 잘 풀리지 않는 느낌인가요?

450 : 이시다
여러모로 시행착오를 겪고 있는데 이벤트 마을에서 구할 수 있는 수준의 식품은 만들 수가 없어.
지금껏 만들어 낸 것 중에서 가장 품질이 높은 녀석조차 ★3짜리거든. 일단 어떤 방식으로 만들었는지 올려둘게.

소이콩 : 품질 ★8, 정화수 : 품질 ★8, 해초 소금 : 품질 ★7을 재료로 사용하여 동쪽 도시에서 구할 수 있는 가장 좋은 통을 이용. 재료를 다 갖추는 데 10만G 가까이 써버렸는데 고작 결과가 이렇다니……(눈물).

451 : 오캄
위로 드림. 그 재료로 품질 ★3? 이거 뭔가 근본적으로 문제 있는 거 아냐?

452 : 우사미
양조 얘기를 하는 건가요? 마침 잘 됐다~.
이벤트 마을을 자주 드나들다가 드디어 크누트 씨한테서 양조 이야기를 캐내는 데 성공했습니다!

453 : 아스카
오오~. 그거 굉장해. 난 완전히 포기했는데

454 : 에네르지
왜 포기한 건가요? 그렇게 힘듭니까?

455 : 이시다
이벤트 마을이 괴멸된 서버의 플레이어가 괴멸되지 않은 마을에 들어갈 수는 있긴 한데, 괴멸된 서버와 그렇지 않은 서버의 NPC

호감도가 다르대.

마을 사람들의 반응이 명백히 달라.

456 : 우사미

난 완전 괴멸된 서버에 소속되어 있는데 된장이나 간장을 파는 콩농가 크누트 씨가 블리자드처럼 차가워.

457 : 아스카

나도 그래요. 근데 상품을 팔아주기는 하니 방치해 뒀습니다.

458 : 우사미

말을 몇 번이고 걸고, 크누트 씨의 의뢰를 몇 번이고 수행하고, 선물을 몇 번이고 준 끝에 간신히 평범하게 대화를 나눌 수 있게 됐어요!

그 툴툴거리던 크누트 씨가 수줍어하는 그 순간은 진짜!

그쪽 취미에 눈을 뜰 뻔했습니다!

459 : 이시다

또 미움을 받지 않도록 열심히 해.

근데 무슨 정보를 캐냈다는 거지?

460 : 우사미

그게 말이죠~. 크누트 씨가 양조 스킬뿐만 아니라 발효 스킬도 갖고 있다고 하네요.

  된장이나 간장은 발효통을 사용하여 만든다고.

461 : 이시다

뭐……라고?

양조통이 아니라 발효통?

462 : 우사미

  그렇다니까요! 발효는 양조의 상위 스킬인 듯한데 그 스킬이 없으면 발효통은 사용할 수가 없대요.

  게다가 시작의 도시에서 팔고 있다고.

463 : 에네르지

  그럼 양조통으로 아무리 용을 써본들……?

464 : 아스카

더 이상은 말해선 안 돼!

465 : 오캄

가만히 좀 내버려둬!

466 : 이시다

따, 딱히 분하지 않거든!

새, 생산직한테는 흔한 일이니까!

시행착오 최고? 실패는 성공의 어머니?

어쨌든 하나도 안 분하다고!

467 : 아스카

응, 그렇지. 분명 뭔가 도움이 되긴 했을 거야.

뭐, 당분간 난 된장과 간장은 마을에서 살 작정이지만.

468 : 우사미

분명 언젠가 좋은 일이 있을 거야.

난 된장과 간장을 대량으로 쟁여두긴 했지만.

469 : 오캄

난 애당초 양조 스킬을 갖고 있지 않지만.

470 : 에네르지

파이팅입니다!

분명 이번에 헛수고를 하긴 했지만 언젠가 그 보답을 받을 테니.

471 : 이시다

젠자아아아아앙~!

: : : : : : : : : : : : : : :

[신요소에 관해 논하다] 정식 서비스 때부터 추가된 새로운 요소에 관해 이야기하는 스레드PART11

미확인정보를 마치 사실인 것처럼 말하지 않을 것.
정보 출처를 되도록 명확하게.
매너를 지켜서 서로 이야기 나눠요.

: : : : : : : : : : : : : : : :

107 : 삿큥
새로운 스킬 판명!

108 : 스케가와
오호호? 무슨 스킬?

109 : 삿큥
발효야!

110 : 시로
비슷한 스킬이 있었던 것 같은데?

111 : 스케가와

그건 양조겠지. 근데 뭐가 다른 거야?
문외한인지라 뭐가 뭔지.

112 : 삿큥
양조의 상위 스킬이라던데. 차별점이 뭔지는 아직 모르겠어.
이벤트 마을에서 콩농가 사람이 품질 좋은 된장을 파는데, 친해진 뒤 어떻게 만드는지 물어보면 발효 스킬과 발효통으로 만들 수 있다고 알려준대.

113 : 스케가와
아, 그거 들었던 것 같은데!
분명 이벤트 때 백은 씨가 그런 소리를 했었던 것 같아.
요리 플레이어한테 된장을 어디서 구했는지 설명했을 때일 거야.

114 : 솔다트
왜 대장장이가 요리인한테 하는 설명을 듣고 있었지?

115 : 스케가와
같은 서버였어.
우리 대장장이의 작업장 옆에 요리인들의 작업장이 있어서 자연스레 들렸지.
결코 요리인 중에 귀여운 여자애들이 많아서 엿들었던 건 아냐.

116 : 삿큥
뭐, 적당히 알겠죠?

117 : 스케가와
어라, 근데 그때는 발효가 아니라 양조 얘기를 한 것 같은데?

백은 씨 "콩농가 사람한테 들었는데 통으로 발효시키면 만들 수 있대."

요리인A "그러고 보니 제3에어리어에도 양조가가 있대요."

백은 씨 "오호, 그렇구나. 그럼 이벤트가 끝나더라도 된장을 구할 수 있겠네."

분명 이런 느낌. 그래서 그대로 양조 스킬과 양조통 이야기를 했던 것 같은데…….

118 : 삿큥
백은 씨가 발효 이야기를 들었다 → 모두한테 통으로 발효시킬 수 있음을 알려줬다 → 주변 사람들은 발효 스킬의 존재를 몰라서 양조통인 줄로 착각 → 백은 씨도 그 시점에 발효통을 양조통으로 혼동? 혹은 그렇게까지 굉장한 정보인 줄 몰랐다?

만약에 그때 백은 씨가 양조가 아니라 발효라고 말해 줬더라면 발효 스킬의 존재가 더 일찍 알려졌을지도?

119 : 시로
발효 스킬과 양조 스킬의 존재를 모르면 혼동할 수도 있지 않나?

나도 착각할 자신이 있습니다ㅋㅋㅋ

120 : 세루리안
근데 현실에서도 양조와 발효는 미묘하게 다른 듯한데?
뭐, 게임이니 깊숙이 파고들어 봤자 소용없긴 하지만.

121 : 스케가와
게임과 현실의 차이점은 숱하게 많지.
생산 쪽은 온통 지적할 것투성이야.
대장장이가 30분이면 무기를 뚝딱 만들어 내질 않나 청동을 만들 때 구리와 주석의 비율도 엉망이고.

122 : 세루리안
재료를 가볍게 섞기만 하면 금세 약이 만들어지죠.
농업에 흥미가 생겨서 검색해 봤어요. 베타 때 발견된, 쌀을 재배할 때 필요한 수경이라는 스킬이 있는데 말이죠.
현실에서는 흙을 사용하지 않고 물만으로 식물을 키우는 것을 가리킨대요. 근데 게임 안에서는 쌀이나 연근을 재배할 때에도 필요한 스킬이죠. 아마도 물을 사용한다는 이유로 스킬명을 수경이라고 정한 것 같아요.

123 : 삿큥
수경이 실제와 다르다며 항의하는 녀석이 있다던데?

124 : 스케가와

아아~, 있지. 그런 녀석이.

현실과 게임을 혼동하는 민폐 덩어리.

근데 여기 운영진들은 그런 항의에는 꽤 단호하게 대응하지 않던가?

125 : 솔다트

완전 싸울 태세지? 마음에 들지 않거든 하지 말라고 하는 아주 강경한 운영진이잖아.

애당초 처음에 나오는 이용 규약에 '게임은 어디까지나 픽션이니 현실과 차이가 있습니다'라고 적혀 있는데 말이야.

126 : 시로

어? 이용 규약을 전부 읽었어?

127 : 솔다트

당연하지? 안 읽었나?

128 : 스케가와

당연히, 읽을 리가 없지ㅋㅋㅋ

129 : 솔다트

내용이 길긴 하지만 막상 읽어보니 상당히 재밌던데.

130 : 스케가와
끄엑. 변태가 있다.

131 : 솔다트
와. 에로 대장장이라는 별명을 가진 플레이어한테 변태 소리를
들었다ㅋㅋㅋ
뭐. 지금은 운영진 이야기를 하던 중이야.
이번에 항의한 녀석한테도 '게임이랑 현실은 별개? 마음에 들지
않으면 그만둬? 애당초 발효와 양조는 완전한 상위 호환이 아닌
데? 양조 · 상급도 있는데?' 뭐 그런 느낌의 답변을 받았다나 봐.

132 : 세루리안
굿잡입니다.

133 : 시로
어느 쪽이?

134 : 세루리안
양쪽 모두라고 해야 할까요? 강경한 운영진도 굿잡.
그리고 자기 몸을 던져 무시무시한 운영진한테서 스킬 정보를
이끌어낸 플레이어도 굿잡.

135 : 솔다트
그렇군. 운영진이 그런 식으로 정보를 주는 건 드물지.
그런 의미에서 자칭 지식인ㅋㅋ한테 고마워해야겠어.

136 : 삿쿵
결국 양조와 발효는 농경과 수경 같은 관계겠네.
그러고 보니 백은 씨가 등장하면서 각광을 받았던 나무 기르기 스킬 말인데, 랜덤 스킬 박스로 취득한 사람이 나왔대.
파머가 아니라 서머너이긴 하지만ㅋㅋㅋ
본인은 쓸 데가 없다며 눈물.
파머는 추월당했다며 눈물.

137 : 시로
둘 다 불쌍해.
나무를 기를 수 있게 해주는 스킬이었지?
그렇다면 파머가 아닌 플레이어는 쓸 데가 없지.

138 : 삿쿵
아무래도 그뿐만이 아닌 모양이야.
농경의 상위 스킬인 나무 기르기를 소지하고 있으면 농경 스킬도 사용할 수 있대.
포기 나누기도 가능하다는 얘기야.

아마도 농경에서 농경 · 상급을 택하는 건 상위 호환.

나무 기르기 스킬을 택하면 농경 · 상급보다 농경 스킬로서의 효과가 떨어지겠지만, 나무도 기를 수 있게 되는 거겠지. 하지만 단순한 농경 스킬보다는 나무 기르기 스킬 쪽이 효과가 더 높은 모양이야.

139 : 세루리안

어? 파생된 경우에는 어느 쪽이든 택해야만 한다는 건가요?

선택하지 않은 스킬은 취득 못 해요?

140 : 스케가와

아니, 선택하지 않은 파생 스킬은 추후에 스킬 포인트를 소비하면 획득할 수 있다고.

나도 단야(鍛冶)에서 단야 · 상급을 택했는데, 고르지 않았던 마강단야(魔鋼鍛冶) 스킬이 목록에 실려 있더라.

뭐, 스킬 포인트가 20이나 필요해서 당분간은 취득하지 않을 것 같지만.

141 : 시로

20포인트? 그거 심하지 않아?

혹시 다른 스킬도 그런 느낌?

아차, 앞으로는 스킬 포인트를 허투루 쓰지 말고 모아두자.

142 : 세루리안

나도 그래야겠어요.

근데 그러면 공략이…….

체력에 꾸준히 포인트를 투자하여 드디어 한 방 맞더라도 빈사 상태에 빠지지 않을 수준이 됐는데…….

143 : 삿큥

생산직의 영원한 고민이지.

차라리 백은 씨처럼 전투를 버리면ㅋㅋ

144 : 세루리안

존경은 하지만 흉내 내는 건 좀.

그보다도 누가 백은 씨를 따라할 수 있겠어요.

145 : 솔다트

바보 녀석! 남자가 포인트를 모아둔다는 남자답지 못한 짓을 하면 어떡하나!

146 : 세루리안

여자이니 여성스러워도 상관없거든요. 하지만 앞으로는 포인트 투자를 자제하고서 모아두도록 해야겠어요.

147 : 스케가와

그럼 내 가게에 와!
부족한 능력치는 방어구로 보충해야지!
오더메이드로 싸게 해줄게!

148 : 삿큥
야, 에로 대장장이.

149 : 시로
오더메이드……. 치수 재기?

150 : 스케가와
잠깐, 그런 생각은 하지도 않았다니까!
정말로 단순히 친절을 베풀고 싶을 뿐이야!

151 : 세루리안
……친절만?

152 : 솔다트
야, 에로 대장장이.

153 : 스케가와
분명 난 여자애를 아주 좋아하긴 하지만, 작업 중에는 그런 요사
스러운 생각을 조금밖에 하지 않는다고!

애당초 그런 짓을 벌였다가는 BAN이야!
아무것도 못 한다니깐! 젠장!

154 : 삿큥
다 까발렸다ㅋㅋㅋ

155 : 세루리안
슈에라의 가게에 가볼래요.

156 : 스케가와
젠장! 여성 손님이!

157 : 솔다트
너, 진짜로 조심해라?
이미 늦었을지도 모르겠지만ㅋㅋㅋ

: : : : : : : : : : : : : : : :

"어라? 누구? 아니, 뭐야? 몬스터인가?"

토령문에서 시작의 도시로 돌아온 나는 밭 앞에서 무심코 멈추고 말았다.

"내 밭, 맞지?"

틀림없다. 오르트와 사쿠라가 정성을 쏟으며 돌보고 있는 내 밭이다.

그 밭에 무슨 영문인지 낯선 생물(?)이 있었다.

물음표를 단 이유는 정말로 그것이 생물인지 어쩐지 알 수가 없어서였다.

식물처럼 생겼는데⋯⋯.

"트리~!"

적의는 없는 듯하다. 사랑스러운 소리를 내며 내 다리에 엉겨 붙었다.

그 모습을 뭐라고 표현해야 좋을는지⋯⋯.

사쿠라가 나뭇잎으로 된 의상을 입은 소녀의 모습이라면 이 아이는 신체 자체가 식물성 파츠로 구성되어 있다. 나뭇가지와 이파리와 목재로 만들어진 피노키오 같다고 할 수 있을까?

전체적인 구조는 나무로 된 갈색 구체관절인형인데 머리와 흉부, 허리, 다리는 나뭇잎을 엮어서 만든 양배추처럼 생겼다. 그리고 코가 피노키오처럼 기다랗다.

크기는 아주 작다. 대략 80센티미터밖에 안 되는 것 같다.

"트리!"

그 인형이 반짝이는 눈으로 나를 올려다보고 있다. 감정해 보니 올리브 트렌트 · 분신이라고 표시되었다.

"어? 올리브 트렌트?"

"트리트리!"

내가 묻자 분신이 그대로 나를 이끌며 걷기 시작했다. 그 목적지는 올리브 트렌트 묘목이 심겨 있는 장소였다.

그곳에는 하루 만에 급격하게 성장한 올리브 트렌트이 있었다. 어제까지만 해도 1미터밖에 되지 않는 관목이었는데 오늘은 3미터쯤 되는 어엿한 나무로 성장한 상태였다.

사쿠라가 태어났을 때와 똑같다.

"트리~."

"아, 잠깐만……, 어? 사라졌다?"

분신은 그대로 올리브 트렌트로 돌진하더니 줄기 속으로 녹아들듯 사라졌다. 그리고 이름을 붙여달라는 안내음이 흘렸다.

"어, 뭐, 일단 이름부터 지을까. 훗훗훗, 올리브 트렌트에 이름을 붙일 때가 오리라 예상하고서 여러모로 고민했지. 네 이름은 오레아다!"

올리브의 학명(學名)에서 따오긴 했지만 나쁘지 않은데? 나쁘다고 하더라도 벌써 이름을 지어버렸지만.

이름 : 오레아

종족 : 올리브 트렌트 기초LV1

계약자 : 유토

HP : 8/8

MP : 30/30

완력 8

체력 8

민첩 2

솜씨 8

지력 6

정신 2

스킬 : 포기 나누기, 광합성, 수령(樹靈) 분신, 전투 불가,

　　소재 생산, 농지 관리

장비 : 없음

　본 적이 없는 스킬들이 많네. 그 데이터를 보면서 고민하고 있으니 작은 꼬맹이처럼 생긴 그 인형이 또 모습을 드러냈다. 더욱이 두 마리나. 감정해보니 이번에는 오레아 · 분신1, 오레아 · 분신2라고 표시되어 있다.

이름 : 오레아 · 분신1

종족 : 올리브 트렌트 기초LV1

계약자 : 유토

HP : 2/2

MP : 7/7

완력 : 2

체력 : 2

민첩 : 1

솜씨 : 2

지력 : 2

정신 : 1

스킬 : 포기 나누기, 전투 불가, 소재 생산, 농지 관리

장비 : 없음

분신1과 2도 능력치가 완전히 똑같다. 그리고 능력치가 대단히 낮다. 본체와 비교하여 광합성, 수령 분신 스킬도 없었다. 아마도 수령 분신은 그 이름대로 분신을 만들어내는 능력인 듯하다. 더욱이 여러 개를 만들어낼 수 있는 듯하다.

전투 불가, 농지 관리 스킬을 보아하니 밭에 남겨 두고서 관리를 맡길 수가 있는 듯하다. 수령 분신이 있으면 일손도 부족하지 않을 테니 재미난 능력이다. 완전히 밭 관리에 특화된 몬스터인 듯하다. 다만 소재 생산 스킬이 무엇인지 모르겠다.

"이 스킬은 뭐야?"

"트리!"

물어보니 어서 인벤토리를 열어보라는 듯한 제스처를 취했다. 시키는 대로 열어보니 무슨 스킬인지 자연스레 이해가 되었다.

인벤토리 안에 올리브 트렌트의 열매 3개, 올리브 트렌트의 가지, 수령(樹靈)의 영목이 들어 있었다. 이것들은 올리브 트렌트의 드랍템이다. 아마도 올리브 트렌트의 소재를 정기적으로 생산해 주는 스킬인 듯하다.

"고마워?"

본체가 평범한 나무처럼 생겼으니 분신과 본체 중 어느 쪽을 칭찬해야할지 모르겠네. 일단 본체의 줄기를 쓰다듬어 줬다. 그러자 나뭇잎이 사락사락 흔들렸다. 응, 기뻐하는 모양이다.

"트리~♪"

분신도 기뻐하는 것으로 보아 역시나 연결되어 있는가 보다.

"이거 아릿사 씨한테서 여러모로 정보를 사야만 하겠는걸. 때마침 만날 예정이니 굿 타이밍이네. 오레아, 밭 밖으로 나갈 수 있니?"

"트리……."

무리인 듯하다. 분신은 어디까지나 분신이라서 개별 행동을 할수 없는가 보다.

"그래? 난 나갔다 올 테니까 다함께 사이좋게 기다려 주겠니?"

"트리!"

"모두들 새로운 동료를 잘 부탁해."

"무무!"

"——♪"

"키큐!"

"쿳쿠마!"

오르트와 아이들이 오레아의 분신과 함께 오레아의 본체 주위를 춤추며 돌기 시작했다. 물론 파우가 배경음악을 깔아 줬다. 새로운 동료를 맞이하는 춤이겠지. 자주 봐서 이제 익숙하다. 동료가 늘어날 때마다 점점 떠들썩해진다. 오레아도 즐거워하는 듯하니 금세 친해지겠지.

"그럼 우린 동쪽 도시로 가자."

"흠!"

팔고 싶은 정보가 너무 많아서 설레는걸!

나는 루프레를 데리고서 동쪽 도시로 향했다.

"흠~무무~ ♪"

"오, 루프레도 신이 나니?"

루프레가 깡충깡충 뛰며 웃고 있었다. 단순히 여러 곳들을 돌아다니는 게 좋은가 보다. 콧노래는 파우의 영향을 받은 건가? 어느새 가창 스킬을 익힌 거 아냐? 아니, 역시 그건 아닌가.

그러는 사이에 벌써 아릿사 씨네 노점에 도착했다.

"안녕."

"야호~. 유토 군도 드디어 제3에어리어에 도달했네~."

"예. 그나저나 오랜만이네요."

"그러네! 현실에 일이 생겨서 어제부터 쭉 밤을 샜거든. 방금 전에 돌아왔어."

"엥? 저 때문에 로그인한 건가요?"

눈 좀 붙여야 하는 거 아냐? 아니, 내가 할 소리는 아니긴 하지만.

"됐어, 됐어. 오히려 게임을 해야만 힘이 솟는다니까."

"뭐, 마음은 알겠지만."

나 역시 아무리 지쳤더라도 게임만 시작하면 아드레날린이 퐁 퐁 솟아나 피곤이 싹 달아나버린다. 독감에 걸려 몸져누웠을 때도 게임이라면 문제없이 놀 수가 있다.

"그치~. 그래서 어떤 정보를 팔고 싶니? 기대하고 있어. 아이 참, 두근거림이 멈추질 않아!"

"엥? 왠지 허들이 엄청나게 높아진 것 같은데? 왜?"

"천하의 유토 군이 팔고 싶다고 먼저 말을 꺼낸 정보인걸. 당연하잖아. 라스트 보스라도 발견했어?"

라스트 보스라니. 대체 얼마나 기대를 받고 있는 거야? 아니, 립서비스인가? 그러나 칭찬을 듣고 기분 나빠할 사람은 없다. 젠장. 아릿사 씨의 술수에 빠져버렸네!

"아니, 아니, 너무 추켜세우지 말아요."

"근데 자신은 있잖아?"

"뭐, 그렇긴 하지만요. 잘 아시네요?"

"훗훗훗. 유토 군이랑 벌써 몇 번이나 거래를 할 줄 아니? 얼굴만 보면 딱 알아."

"못 당하겠네……."

"너무 놀랐나? 그 새로운 애 말이야. 그 애를 보기만 해도 굉장한 정보를 들고 왔다는 걸 알 수 있잖니. 엄청난 폭 · 탄 · 예 · 감 ♪"

폭탄이라는 단어를 입에 담으면서 왜 기뻐하는 것 같지? 정보상의 본성인가?

"아, 보이스챗을 사용해."

"그러고 보니 그런 기능이 있었죠."

보이스채팅이란 채팅하는 중에 외부로 목소리가 새어 나가지 않게 해주는 기능이다. 비밀 이야기를 할 때 적합하다.

"근데 지난번에 파우에 관한 정보를 팔았을 때는 목소리만 낮추라고 했잖아요? 그때는 왜 보이스챗을 안 쓴 겁니까?"

"그건 애를 태우려고."

"애를 태운다?"

"그래. 들릴 듯 말 듯한 목소리로 대화를 나눠서 애를 태우는 거지."

애를 태우다니, 누굴? 날? 의미를 모르겠는데…….. 뭐, 상관없나.

"그게 말이죠. 일전에 월드 아나운스로 정령문이 해방되었다는 사실이 알려졌잖아요?"

"응. 나도 정령문에 관한 굉장한 정보를 갖고 있어."

그러고 보니 그런 메일이 왔었지.

"아, 그럼 중복되는 정보일지도 모르겠는데."

"뭐, 일단 유토 군의 정보를 들려줘. 위치는?"

"제2에어리어인데요."

"혹시 지도가 도움이 됐어?"

"예. 잘 썼습니다."

"우와~, 유토 군한테 지도 정보를 넘긴 보람이 있었네~. 그래서 어떤 정보야?"

"예, 실은 말이죠…….."

나는 우선 수령문에 관한 모든 정보를 말했다. 샘에 도착하여 안내음이 시키는 대로 물의 결정을 던졌더니 수령문이 출현했다는 것. 그 안에는 운디네가 사는 수령의 도시가 있었다는 것. 그곳에서 다양한 아이템들을 살 수 있었다는 것.

또한 수령의 시련이라는 던전에서 출현하는 몬스터에 관한 정보와 각 방들이 수중 수로로 연결되어 있다는 것, 보물함 등이 배치되어 있다는 것도 모조리 들려줬다.

"그리고 이 아이는 운디네의 유니크 개체. 이름은 루프레고요. 이건 능력치입니다. 그리고 이건 수령의 시련에서 획득한 드랍물과 채취물입니다."

"……."

"게다가 미쳐버린 수령이 물의 결정을 드랍해요. 이거 대발견 맞죠?"

"…………."

으~음. 반응이 시큰둥하네. 혹시 벌써 나온 정보였나?

그렇다면 엄청 김이 샌다. 이게 무슨 대발견이니! 하고 실망하고 있을지도 모른다. 그러나 여기서 물러날 수는 없다.

나는 스크린샷도 보여주면서 정보를 전부 털어 놓았다. 그러나 여전히 반응이 없다.

"어라? 아릿사 씨?"

"…………."

"보이스챗이 끊어졌나?"

"…………저기 말이야."

"아, 연결되어 있었구나. 예?"

"이런 정보……."

아릿사 씨의 표정이 무섭다. 역시 진즉에 나온 쓰레기 정보였던가~!

"미, 미안……."

"이런 천지개벽할 정보를 그렇게 가볍게 말하면 어떡하니! 시, 심장이 떨어질 뻔했잖아!"

"하, 하아. 죄송합니다?"

"다음에는 자못 엄청난 정보를 갖고 있다는 표정을 지으며 말하라고! 아~ 깜짝 놀랐네!"

수령문에 관한 정보는 상상 이상으로 유익한 정보였나 보다.

무반응이었던 게 아니라 너무 놀라서 굳어버린 듯했다.

"이거, 메디컬 체크 기능을 이용하고 있었다면 틀림없이 알람이 울렸을 거야……."

아릿사 씨가 가슴을 누르며 거친 숨을 몰아쉬고 있다.

수령문만으로도 이 정도라니……. 토령문에 관한 정보를 말하면 어떻게 되는지.

그러나 수령문에 관한 정보는 역시나 좋은 정보인 듯하다. 정보료를 기대해도 되지 않을까? 어쩌면 50000G가 아니라 10만G는 받을 수 있을지도?

응, 그건 역시 아닌가. 그래도 50000G라도 받을 수 있다면 토령의 도시에서 파는 홈 오브젝트가 사정권 안으로 들어온다. 정보료를 얼마나 받을 수 있을지 아주 기대가 된다.

"바, 방금 그게 다야?"

"아뇨, 더 있습니다."

내가 말하자 아릿사 씨의 눈에 휘둥그레졌다. 몇 초쯤 지난 뒤

각오를 굳힌 표정으로 내 얼굴을 쳐다봤다.

"습~하~습~하~……. 됐어, 들려줘."

"그렇게 기합을 넣을 것까지야."

"이렇게라도 안 하면 평정심을 유지할 수 없을 것 같단 말이야! 됐으니 어서 들려줘!"

"그게 말이죠. 수령문에 이어 토령문도 발견했어요."

"……."

"근데 그안에 노움이 있더라고요."

"……."

"채굴로 철광석을 대량으로 캐낼 수 있어요."

"……."

"아릿사 씨?"

"헉! 위험해, 또 냉정을 잃을 뻔했어."

"괜찮습니까?"

"어, 어떻게든 버티고 있어……. 그나저나 수령문에다가 토령문, 운디네에다가 노움, 물고기 소재에다가 철광석……. 아아! 뭐가 뭔지!"

역시 냉정을 잃었다.

머리를 싸쥐고서 신음하고 있다.

"아릿사 씨! 보이스챗이 끊어져 있어요!"

"……헉! 내가 하마터면 위험천만한 짓을."

"아니, 이미 늦은 것 같은 기분이."

"어~음, 역시 그 이상은 없겠지? 그치?"

마치 들려줄 정보가 없는 편이 더 낫다는 듯한 말투네. 그런데 아직 더 있다.

"그게 말이죠……. 아아, 추측이 몇 가지 섞여 있긴 한데, 다른 정령문의 위치와 여는 방법도 알 것 같아요."

나는 운디네의 수장에게서 들었던, 요일과 정령문이 대응하고 있다는 정보를 알려줬다. 또한 제2에어리어에 있는 수수께끼의 오브젝트와 각 정령문이 대응하고 있는 게 아니냐는 추측도 들려줬다.

"실제로 토령문이 흙의 날에 스톤 서클에 흙의 결정을 바쳤더니 출현했거든요. 그러니 거대 횃불에는 화령문이, 소리가 나는 거대바위에는 풍령문이 있지 않을까 싶어요."

"과, 과연. 그건 확실해 보이네."

"그쵸? 근데 풍령문이 어떤 날에 대응하는지 모르겠어요. 불, 물, 흙은 아니잖아요?"

그렇다. 그 부분만은 아무리 생각해도 모르겠다. 나는 달의 날인 것 같은데. 이유는 없다. 그저 남아 있는 달, 나무, 쇠, 해의 날 중에서 달이 가장 바람과 어울린다고 생각했을 뿐이다. '달에는 떼구름, 꽃에는 바람'이라는 옛말도 있으니. 그런데 역시 아릿사 씨. 나보다도 지식이 풍부하다.

"글쎄……. 오행사상에 비추어 보면 바람은 나무에 속할 텐데."

"오오! 그럼 나무의 날이겠네요!"

오행사상을 거론할 줄이야 한방 먹었네. 그런 생각은 전혀 해보지도 못했다. 그러나 아릿사 씨는 자신의 추측을 납득하지 못하는 눈치였다.

"으~음……."

"어라? 왜 그럽니까?"

"나무의 날은 대수의 정령이 강림하는 날이잖아? 겹치는 게 아닌가 싶어서."

"아아, 그건 그렇군요."

그런데 오행사상이 아니라면 대체 뭐라는 거야? 내가 고민하고 있으니 아릿사 씨가 무언가를 떠올려낸 모양이다.

"아!"

"왜 그래요?"

"유토 군, 이 세계의 창세신화를 기억하고 있어?"

창세신화란 이 게임 세계에 전해지는 오리지널 신화를 말한다. 공식 홈페이지에 들어가면 모두가 볼 수 있도록 게재되어 있다. 게임을 시작하기 전에 꼼꼼히 확인해뒀다.

달의 날에 암신(闇神)이 세계를 만들었고, 불의 날에는 전신(戰神)이 불을 일으켰으며, 물의 날에는 해신(海神)이 물을 내렸고, 나무의 날에는 수모신(樹母神)이 녹음을 낳았으며, 쇠의 날에는 천신(天神)이 공기를 조성했고, 흙의 날에는 지신(地神)이 대지를 창조했으며, 해의 날에는 광신(光神)이 세계를 축복했다.

아마도 그런 내용의 신화로 알고 있다. 그런데 신화에 비추어 생각해 보니 쇠의 날과 바람이 대응하고 있는 것 같다.

"그럴 가능성이 높은 것 같네요."

"그치?"

즉 일주일 뒤인가. 시간이 그만큼 있으니 바람의 결정을 구할 수 있을지도 모르겠네. 그렇게 속으로 결론을 내리고 있으니 아 릿사 씨가 중얼거리고 있었다.

"그래서 흙의 결정이 간절히 필요하다고 했던 건가……. 그 녀 석도 예상을 한 모양이네. 근데 유토 군이 선수를 쳐버렸다……. 푸푸, 웃겨. 돈을 얼마든지 내겠다고 했으면서 직전에 값을 깎은 벌이네."

"왜 그래요?"

"아니, 암것도 아냐. 그냥 개인적인 얘기."

"그리고 다음에 팔고 싶은 정보 말인데요……."

나는 막 입수한 오레아에 관한 정보도 아릿사 씨에게 팔았다. 능력치와 스킬뿐만 아니라 어떤 방식으로 묘목을 키웠는지도 빼 놓지 않고 보고했다.

"이거……, 테임 스킬을 취득하는 파머가 폭발적으로 늘어날 것 같네……."

"그렇겠죠."

그래. 생각해 보니 올리브 트렌트는 테이머용이 아니라 파머용 몬스터다. 애당초 키우려면 나무 기르기 스킬이 필요하니 평범한 테이머는 입수하기 어렵겠지. 그보다도 레벨이 높은 파머가 저레 벨 테임 스킬을 유효하게 사용하기 위한 몬스터인 듯하다.

"소재를 생성하는 능력도 좋네. 게다가 레어 드랍물인 수령의 영목까지……. 하, 아까부터 너무 놀라서 진이 다 빠지네. 정보를 들었을 뿐인데 이렇게 지치다니. 정보상을 시작한 이래로 처음인지도."

"아, 예. 왠지 미안합니다."

"냐하하. 농담이야. 오히려 정보상의 영혼에 불이 붙었어! 그리고 뭔가 정보가 또 있니? 아니, 있지?"

"예? 아니, 뭔가 더 있었던가?"

마치 내가 정보를 더 갖고 있으리라 확신하는 듯한 말투다. 팔만한 정보가 더는 없는 것 같은데…… . 내가 고개를 갸웃거리고 있으니 아릿사 씨가 잠시 생각에 잠겼다.

"흐음…… . 유토 군은 게시판을 별로 안 보지?"

"뭐, 그렇죠."

"그럼 사람들이 유토 군에 관해 어떤 얘기들을 하는지도 모르겠구나~…… . 유토 군, 딱히 감추고 싶은 정보는 없지? 넌 그런 성격이 아니기도 하고."

역시 아릿사 씨, 잘 아는구나.

"그렇죠~. 독점하고 싶은 정보는 딱히 없고, 숨기고 싶은 정보도 없죠."

"그럼 내가 여러 질문들을 할 테니 대답해 줄래? 그 정보가 팔릴지 안 팔릴지는 내가 판단할 테니까. 안 될까?"

과연. 내가 대수롭지 않게 생각했던 것이 사실은 아직 알려지지 않은 정보였던 적이 몇 번 있었다. 아릿사 씨의 질문에 편하게 대답만 하면 되니 잘 됐다.

"오케이~! 우선은 몬스터들에 관해 여러모로 질문을 해볼게. 오르트 짱의 능력치부터 부탁할 수 있을까?"

"알겠습니다……."

나는 오르트부터 시작해 사쿠라, 릭, 쿠마마, 파우, 루프레의 능력치와 스킬을 알려줬다. 또한 스킬을 어떤 식으로 사용하고 있는지, 어떤 아이템을 생산할 수 있는지도 들려줬다.

"파우가 요리 스킬이 없는데도 연금 스킬로 허브티 찻잎을 만들었을 때는 깜짝 놀랐죠."

"아아, 그거 최근에 판명된 사실이야."

"그런가요?"

아쉽다. 조금만 더 일찍 알았더라면 이 정보를 팔 수 있었을지도 모르는데.

"지금껏 생산 플레이어들은 대여 생산장이나 집에서 혼자 생산하는 경우가 많았잖아? 혹은 같은 스킬을 가진 동료들끼리 함께 생산하거나. 근데 요즘에는 필드가 넓어져 채취물로 그 자리에서 포션 같은 걸 생산하는 경우가 늘어나게 됐어. 그래서 파티를 맺은 상태에서는 동료의 생산 스킬의 영향을 받는다는 사실을 자연스레 알게 됐지. 채취 포인트를 공유하는 것과 똑같네."

"그렇구나~."

"뭐. 몬스터의 스킬과 플레이어의 스킬이 완전히 동일한지는 모르겠지만."

"그야 그렇겠죠."

"그래. 생산 이야기가 나와서 말인데 목공품은 어때? 재미난 물건을 등록했다던데? 현물은 아직 손에 넣지 못했지만."

"이끼공 말이겠죠?"

"그래, 그래. 제작법을 알고 싶어 하는 사람이 꽤 있어."

이끼공이라⋯⋯. 어쩌지. 그건 내가 아니라 사쿠라가 만든 것이다. 제작법을 고안해낸 것도, 시행착오를 겪은 것도 사쿠라다. 그걸 파는 건 좀~.

"죄송합니다. 그건 사쿠라가 만든 거라서 독단으로 팔 수 없습니다."

내가 그렇게 말하고서 고개를 숙이자 아릿사 씨가 쓴웃음을 지으며 손사래를 쳤다.

"딱히 팔 마음이 없다면 괜찮아. 근데 이유가 유토 군답네. 뭐, 마음이 변하거든 내게 말해줘."

"그때는 꼭 그렇게 하죠."

"근데 목공이 안 된다면⋯⋯. 요리는? 다양한 요리들을 만든 모양이던데? 그 레시피나 혹은 조미료와 식재료의 입수처에 관한 정보라면 비싸게 사줄 수 있는데?"

"그건 좋아요."

"좋았어~!"

그뒤에도 나는 다양한 질문에 대답해 나갔다. 아릿사 씨가 이따금씩 생각에 잠겼다. 그 모습으로 보아 조금이나마 새로운 정보를 제공한 듯하다.

"대강 다 물어본 것 같네."

"어떤가요? 내 정보, 얼마에 사줄 수 있습니까?"

"자, 잠깐만 기다려 봐? 계산할 시간을 줘."

상당히 다양한 정보들을 팔았으니 시간이 조금 걸릴 듯하다.

아, 그전에 사고 싶은 정보가 몇 개 있었다. 기왕 정보를 팔기로 했으니 사고 싶은 정보의 비용을 제하고서 계산하는 편이 더 낫겠지.

내가 그렇게 말하자 아릿사 씨가 기뻐하며 고개를 끄덕였다.

"그러네. 그렇게 해준다면 아주아주 고맙겠어~! 그보다 그렇게 해주길 바랍니다!"

무슨 영문인지 그녀가 고개까지 숙였다. 좋아, 원하는 정보가 여러 가지가 있지.

우선 뭘 물어볼까?

"그럼 말이죠. 우선 운디네에 관한 정보는 없습니까?"

처음에는 루프레에 관한 정보를 사기로 했다. 스킬과 진화 정보도 필요하다. 그러나 아릿사 씨가 송구스럽다는 표정을 지으며 고개를 가로저었다.

"미안해. 운디네에 관한 정보는 없어. 오히려 앞으로 유토 군한테서 여러 정보들을 사고 싶을 심정이라고."

"아~, 역시 그런가요~."

역시나 미확인 몬스터였나 보다. 수령문 이야기를 했을 때 몬스터 정보를 듣고서 놀란 모습을 보고 반쯤 예상하긴 했지만.

"그럼 말이죠……. 아릿사 씨가 갖고 있다는 정령문에 관한 굉장한 정보는 뭡니까? 꼭 알고 싶은데."

"아아, 그거 말이구나……."

내가 말하자마자 아릿사 씨가 말끝을 흐렸다. 무슨 영문인지 그 눈에서 빛이 사라진 듯했다. 왜 그러지?

"아릿사 씨?"

"훗……. 유토 군한테 굉장한 정보가 있다고 했던가……. 나, 너무 우쭐댔나 봐."

"예?"

"뭐, 좋아. 알려줄게. 웃기면 사양하지 말고 웃어줘."

"아, 예."

"정령문에 관한 첫 월드 아나운스 기억해? '정령문이 해방되었습니다, 해방한 플레이어에게 정령문의 해방자라는 칭호를 수여합니다.'"

"예. 아마 누가 화령문을 해방시켰구나, 하고 생각하긴 했는데."

월드 아나운스가 나온 게 불의 날이었으니까.

"정답. 그 해방자가 정보를 팔러 왔어. 근데 전부 판 게 아니라 불의 결정을 어떤 곳에 바치면 화령문이 출현한다는 정보뿐이었어."

그래서 아릿사 씨는 그 파티의 활동 범위로 미루어 제4나 제5 에어리어 어딘가에 있으리라 예상했던 듯하다.

"설마 제2에어리어였을 줄이야. 뭐, 유토 군의 정보를 들은 지금은 아무 의미도 없는 정보가 돼버렸지만."

분명 내 정보는 상위호환이라고 해야 할까, 그 녀석들이 숨기려고 했던 정보까지 전부 드러낸 느낌이다. 미안해요, 얼굴도 모르는 해방자들. 다음 불의 날에 수많이 플레이어들이 화령문으로 몰려갈지도…….

"아, 그리고 화령문을 해방한 보너스로 스킬 스크롤을 받았다고 했어. 화염 조작이라는 스킬이래."

"그거라면 나도 받았습니다. 수중 탐사와 보석 발견이었죠."

"그랬구나. 무작위라고는 해도 각 속성에 대응하는 스킬을 받았다는 거지?"

역시 그랬다. 그럼 마지막에 남은 풍령문을 개방하면 바람 계열 스킬을 받을 수 있겠지.

"또 필요한 정보는 없니?"

"그럼 발효라는 스킬에 관한 정보는 있습니까?"

"아, 막 들어온 최신 정보가 있어. 양조 플레이어가 일자상전(一子相傳) 롤플레이어라서 캐내는 데 무진장 고생했어~."

"그럼 그걸 부탁합니다."

"발효는 양조의 상위 스킬이야. 양조 레벨이 오르면 양조 · 상급과 발효로 파생된대."

"발효는 어떤 효과가 있는 스킬인가요?"

"일반 양조 스킬과 비교하여 품질이 향상되고, 양조 기간이 단축돼. 그리고 제작 가능한 식품이 늘어나지. 예를 들어 요구르트나."

"그럼 발효 · 상급보다 발효가 더 좋은 스킬이라는 건가요?"

"그렇지는 않은데? 상급은 발효보다 품질이 더 향상되고 기간이 더욱 단축된대. 일장일단이 있지. 유토 군이라면 농경과 나무 기르기 스킬의 관계를 떠올려보면 쉽게 이해가 되지 않을까?"

"과연."

"발효통이라는 통도 있는데 그건 양조통의 상위 호환 같은 성능을 낸대. 양조제품은 양조통에 넣은 것처럼 동일하게 만들어

내고, 발효 스킬 전용 식품은 보다 고품질로 만들어지는 모양이야. 뭐, 발효 스킬이 있으면 양조통에서도 발효 스킬 전용 식품을 만들 수 있는 듯하지만."

그러나 그뒤에 이어지는 아릿사 씨의 이야기를 듣고서 나는 경악하고 말았다. 이럴 수가. 발효통이라는 물건을 시작의 도시에서 팔고 있고, 그걸 사용하면 보다 고품질 식품을 만들어낼 수 있단다. 내가 놀란 점은 그 정보의 출처였다.

이벤트 마을의 크누트 씨에게 자세히 알려 달라고 하면 여러 정보들을 알려준단다. 아니, 나, 그 NPC에게서 이야기를 들었는데? 돌이켜 보니 크누트 씨가 확실히 발효라고 말했는지도 모르겠다. 솔직히 양조와 착각했는지도…….

발효통은 시작의 도시에 있는 양조식품점에서 살 수 있다고 한다. 다만 양조 스킬을 갖고 있지 않으면 그 상점이 출현조차 하지 않는단다. 식물 지식이 없으면 출현하지 않는 허브 상점과 비슷하다. 위치를 알았으니 추후에 가보자.

"그나저나 요구르트라……."

꼭 만들어보고 싶다. 조미료로도, 식재료로도, 과자 재료로도 쓸 수 있는 만능 식품이다.

"아, 참고로 요구르트를 만드는 데 쓰이는 산양유는 북쪽 도시에서 입수할 수 있어. 우유는 현재 미확인."

"진짜요? 나중에 북쪽 도시에 가볼게요!"

"넘겨준 데이터에 정보가 실려 있어."

"알겠습니다."

아까 갔을 때는 전혀 몰랐다. 밭 같은 게 있는 농업구역에 가야만 있는지도 모르겠다.

어라? 그런데 이벤트 마을에 우유가 있었는데? 아릿사 씨에게 그 사실을 말했더니 놀랐다. 다른 서버에서는 발견되지 않았던 듯하다. 혹시 호감도와 더불어서 스킬 같은 게 필요할지도 모르겠다.

"그리고 도시 지도가 있었으면 좋겠는데요. 동쪽과 북쪽."

"있어~. 바로 이거야. 일단 우리 클랜이 파악한 정보는 거의 다 기재되어 있어. 이벤트 발생 장소도 빼먹지 않았고."

"어, 그렇게 굉장한 지도를 팔아도 됩니까?"

"대단한 것처럼 말은 했지만, 발견되지 않은 이벤트도 아직 많이 있을 테니 그렇게까지 굉장하지는 않아. 뭐, 숨겨지지 않은 상점이나 길드에 관한 정보는 전부 적혀 있으니 그쪽은 참고해 봐."

"알겠습니다."

데이터를 받은 순간 다양한 정보들이 내 스테이터스 창 속 새하얀 지도를 단번에 가득 메워 버렸다. 요리점에는 소문 듣는 고양이가 독자적으로 개발한 별점 평가까지 매겨져 있다.

이게 있으면 도시에서 헤맬 일은 없겠지.

"뭐, 일단 필요한 정보는 다 얻은 것 같네요."

"달리 필요한 건 없고?"

"예? 아니, 없는데."

"그래……."

"뭔가 문제라도?"

"그게 말이야……."

아릿사 씨가 심각한 얼굴로 중얼거렸다.

"지금 수중에 20만G밖에 없어."

"하아?"

방금 20만G밖에 없다고 들은 것 같은데 2만G를 잘 못 들은 거겠지?

"솔직히 유토 군이 가지고 온 정보는 날개 돋친 듯이 팔릴 거야. 지금 수중에 있는 돈으로는 그 정보료를 치를 수가 없어. 정보를 팔면 어느 정도 상쇄할 수 있을 줄 알았는데……. 뭐, 무리네. 당장 길드에 가서 돈을 인출해 와야겠어……. 아니, 그전에 검증도 해야……. 그럼 시간이 꽤 지체될 텐데. 아니, 그럼 차라리……."

아릿사 씨가 생각에 빠졌다. 심각한 얼굴로 중얼거리고 있다. 아마도 검증을 해야만 하는 듯하다. 아니, 그건 분명 그렇다.

"그럼 검증이 끝난 뒤에 보수를 지불받게 된다는 건가요?"

"으~응, 그렇게 되는 셈이지……."

지하 제단을 발견했을 때도 그랬다. 그러나 선금을 받더라도 홈 오브젝트를 구입할 수 있을지 알 수가 없다. 그렇다면 차라리 검증을 돕는 게 어떨까? 그러면 정보료를 더 일찍 받을 수 있을지도 모른다.

"저기, 만약에 괜찮다면 검증을 돕도록 할까요?"

"어? 진짜? 그렇게 해준다면 아주 고맙지!"

"아뇨, 그저 보수를 더 일찍 받고 싶어서."

"유토 군을 신뢰하니 확실할 테지만 검증을 안 할 수는 없는 노릇이니까. 그리고 말이 나와서 물어보는 건데 흙의 결정을 갖고 있지?"

"있긴 한데요?"

"팔아줄 수 없을까? 혹은 다른 속성 결정과 교환하면 안 될까? 지금 흙의 결정이 급하게 꼭 필요하니 불과 바람의 결정을 내줄 수 있는데? 어때?"

"어? 흙의 결정 1개와 다른 결정 2개를 교환하자는 건가요?"

"응."

그 조건은 나에게 너무 유리한 거 아닌가? 나는 이제 흙의 결정이 필요가 없고, 장차 필요해질 바람의 결정과 불의 결정을 입수할 수 있으니 고마운 거래다.

"근데 정말로 괜찮겠어요?"

"당연하지. 내가 먼저 부탁한 거니까. 오늘 한정으로 그런 조건으로 교환하더라도 문제없어."

"알겠습니다. 그럼 부탁합니다."

"고마워! 이로써 바로 검증하러 갈 수 있겠어!"

"아뇨, 아뇨."

"그럼 당장 멤버들을 모을게! 잠깐만 기다리고 있어!"

그뒤 아릿사 씨…… 아니, 소문 듣는 고양이의 행동력은 상상 이상이었다. 아릿사 씨가 집합을 건 지 20분 뒤에는 노점 앞에 멤버들이 도착했다.

더욱이 놀라운 점은 그뿐만이 아니다. 우와, 아릿사 씨가 소문 듣는 고양이의 서브 마스터였다. 그녀를 서브 마스터라고 불러서 순간 무슨 소리인지 이해하질 못했지. 뭐, 클랜의 자금을 자유롭게 사용할 수 있는 권한이 있는 서브 마스터이니 나에게서 고액의 정보를 사들일 수 있는 거겠지.

소문 듣는 고양이의 멤버가 호위해 준 덕분에 토령문에 금세 도착할 수 있었다. 평소에 더 상위 에어리어에서 싸우는 플레이어들이라서 이 부근에서 출몰하는 몬스터 따위 상대도 되지 않았다.

아아, 소문 듣는 고양이의 플레이어들은 다들 좋은 사람이었다. 나 같은 플레이어에게도 고맙다며 고개를 숙였을 뿐만 아니라 존댓말을 써주고 있다. 이래봬도 단골이니 깍듯하게 손님 대접을 해주고 있는 거겠지.

결국 정보를 팔려고 나선 때부터 아릿사 씨 일행과 토령문에 도착하기까지 한 시간도 걸리지 않았다.

도착하자마자 소문 듣는 고양이의 플레이어들이 검증을 개시했다. 일단 나를 파티 리더로 삼아서 문을 통과하기를 시도해 봤지만……. 문을 통과하니 파티가 해제되어 나만 안으로 들어왔다.

"역시 유토 군과 파티를 맺어도 안으로 들어갈 수 없나……."

"그러네요~."

"그럼 다음에는 우리들끼리 시도해 보죠."

"라저."

"과연 결정 하나로 모두가 들어갈 수 있을지, 아니면 한 사람만 들어갈 수 있을지……."

참고로 이곳에는 플레이어 11명과 몬스터 한 마리가 와 있다.

나를 제외한 열 사람은 모두 소문 듣는 고양이의 멤버인 듯하다. 대장장이 루인과 파머인 메이플의 모습도 보였다. 가게는 내버려 둬도 괜찮을까 싶긴 했지만, 이 정보를 검증하는 쪽이 훨씬 중요하단다.

아쉽지만 내 몬스터들은 현재 집을 지키고 있다. 소문 듣는 고양이의 검증반이 최우선이니까. 딱 한 마리 파티에 속한 몬스터는 소문 듣는 고양이의 테이머가 어깨 위에 태운 다람쥐다.

"결국 흙의 결정을 2개밖에 마련하지 못했으니 신중하게 가야겠어."

아릿사 씨가 인벤토리에서 흙의 결정을 꺼냈다.

내가 넘겨준 것과 루인이 개별적으로 갖고 있던 것까지 2개밖에 준비하지 못한 듯하다.

"그럼 우선은 팀을 맺고서 결정을 바쳐보도록 하죠."

"과연. 확실히 안내음이 들려요."

"이러니 좀처럼 알아차리기 어려울 수밖에. 요일과 결정이 트리거였을 줄이야."

"용케 발견해 냈네."

소문 듣는 고양이의 멤버들이 여러 방면에서 분석하면서 안내음에 따라 결정을 스톤 서클 중심에 놔뒀다. 그러자 빛의 기둥이 솟구치는 광경이 보였다. 우리가 문을 열었을 때와 연출이 똑같다.

"어? 거짓말?"

"왜 그럽니까?"

"문을 지날 수 있는 건 세 사람이래."

아릿사 씨 일행이 인원수를 제한된다는 안내음을 들었나 보다. 그나저나 파티 전원도, 한 사람도 아닌 세 사람? 어중간한 숫자네.

일단 아릿사 씨가 세 사람을 택하여 문을 지났다. 그중 한 사람은 여성 테이머였다. 아마도 몬스터는 제한에 걸리지 않는 듯하다. 몬스터와 함께 문을 지날 수 있었다. 그리고 이내 돌아오더니 여러 번 문을 드나들었다.

"역시 한 번만 문을 지나면 그 이후에는 문제가 없는 모양이네. 근데 왜 세 사람일까?"

"일단 나머지 결정도 바쳐보지 않겠어? 뭔가 알 수 있을지도 모르고."

"그도 그러네."

뒤이어 루인이 리더가 되어 결정을 스톤 서클에 바쳤다. 이 흙의 결정은 루인의 소유물이다. 아마도 이벤트 보수로 받았겠지.

이번에는 제한이 여섯 명까지로 설정된 듯하다. 내가 바쳤을 때는 그런 안내음을 듣지 못했는데. 아마도 플레이어가 나밖에 없어서 제한할 필요가 없어서겠지.

그나저나 왜 제한에 차이가 나는 걸까? 무작위? 나는 순간 그렇게 생각했지만, 아릿사 씨 일행은 금세 그 이유를 눈치챘다.

"품질이구나⋯⋯."

과연. 듣고 보니 내가 갖고 있던, 노움이 드랍한 흙의 결정은 품질이 ★3이고, 이벤트 보수로 받은 결정은 품질이 ★6이다.

"지금껏 결정 계열은 ★6짜리만 시중에 나돌았기에 품질은 그다지 신경 쓰지 않았어요."

"그러네. 근데 이로써 품질에 따라 가격이 꽤 변동되겠네."

역시 소문 듣는 고양이. 분석이 빠르다.

"이벤토 보수로 획득한 속성 결정 말이야. 플레이어 수중에 얼마나 남아 있을 것 같아?"

"사용하려고 교환한 녀석들은 대부분 무구를 제작하는 데 써버렸겠지."

"에어리어를 공략하려면 속성 무기가 필요하니까~."

"이거, 가격이 엄청나게 폭등할 것 같네……."

확실히 나처럼 쟁여둔 사람은 거의 없을지도 모르겠다.

보통은 속성 결정이 필요해서 교환했을 테니까.

"즉, 지금 문을 지나지 않으면 오늘 중에 기회가 또 찾아올지 알 수가 없다는 소리지?"

"뭐, 그렇겠지. 흙의 결정을 입수할 확률이 높지 않을 테니."

"문을 지나갈 권리는 내가 받겠어."

"아니, 아니, 나야."

같은 클랜의 멤버일지라도 양보할 수 없는 게 있는 듯하다. 서로가 서로에게 날카로운 눈빛을 날리고 있다. 이윽고 소문 듣는 고양이의 멤버들 사이에서 가위바위보 대회가 벌어졌다. 결정의 소유자인 루인은 제외하고, 나머지 다섯 자리를 걸고서 가위바위보로 공평하게 결정하려는 거겠지.

"올해 1년은 불행해도 좋아! 내 운이여, 지금 여기서 임무를 완수하도록 하세요!"

"울어라, 내 리얼 럭키!"

"운에 의지하다니 한심한 같은 녀석들! 가위바위보는 분석력 싸움이야!"

필살기를 쓸 것처럼 기합을 불어넣고서 가위를 낸 자. 이긴 직후에 바위를 하늘 높이 쳐든 자. 보자기로 패배하고서 그대로 손바닥으로 얼굴을 가린 자. 희비가 교차했다.

"우오오오!"

"어째서!"

"오늘 사수 자리의 운세가 최강이었건만!"

응, 즐거워 보이네.

가위바위보로 문을 통과할 멤버들을 결정한 뒤.

나는 일단 밭으로 돌아왔다. 우리 애들을 데리고서 던전을 탐색해도 좋다고 아릿사 씨가 말해줬다. 뭐, 남아 있는 파티 자리를 놀려두는 것도 아깝고, 우리 몬스터들의 능력을 수치로 확인하고 싶겠지.

아릿사 씨 일행이 토령의 도시를 탐색하는 동안에 나는 밭으로 후다닥 돌아왔다. 돌아가는 길에 호위를 맡아준 건 가위바위보 패자들이었다. 상심한 상태라 괜찮을지 조금 우려스러웠지만 쓸데없는 걱정이었다.

의욕이 별로 없는 상태였는데도 이 부근의 몬스터 따윈 전혀 상대가 되지 않았다. 역시 소문 듣는 고양이의 플레이어다. 낙담한 상태에서도 저렇게 강할 줄이야……

내가 데리고 돌아온 몬스터는 오르트, 사쿠라, 릭, 파우까지 넷이다. 전투력보다는 채취와 보조에 중점에 두고서 편성했다.

"기다리게 해서 미안합니다."

"무무~."

"오, 어서와~."

토령의 도시로 돌아오니 소문 듣는 고양이 사람들이 맞이해 줬다. 도시 맵핑 작업이 아직 끝나지 않은 듯하지만, 먼저 던전으로 가려는 듯하다. 도시 탐색은 나중에도 할 수 있어서겠지.

참고로 아릿사 씨 일행은 예상한 대로 스킬 스크롤을 받지 못했다. 그건 역시나 최초 해방자 한정 보너스인 듯하다.

"오오, 백은 씨의 노움이야!"

"운디네 땅이 없어……."

"요정 짱을 원해!"

"아니, 분명 노움과 나무 정령의 배혼으로 태어났다고 했지? 그렇다면 여기서 노움을 손에 넣으면 가능성이 있잖아?"

"과연!"

소문 듣는 고양이의 멤버들이 우리 애들을 보고서 웅성거리고 있다. 뭐, 귀여우니 어쩔 수 없긴 하다. 그런데 저들의 말대로 정령문에 관한 정보가 나돌게 되면 픽시를 자주 보게 될지도 모르겠다.

내 예상이지만 정령끼리 배혼시키면 태어날 가능성이 높을 듯하다. 노움과 화령문의 정령을 배혼시키는 게 가장 빠를까?

아니, 나무 정령은 초레어이긴 하지만 일반 필드에도 출현하기는 하는 듯하다. 어쩌면 나 말고도 테임한 플레이어가 있을지도 모른다. 그 사람이라면 노움만 테임하면 당장에라도 알을 얻을 가능성이 있을지도 모르겠다. 부디 힘내 주길 바란다.

그런 이야기를 했더니 소문 듣는 고양이의 테이머가 놀랐다.

"픽시 짱을 다른 플레이어가 손에 넣어도 되나요?"

"어? 그야 상관없는데. 그게 싫었다면 파우에 관한 정보를 팔지도 않았을 거고요."

"그, 그런가요……. 역시 백은 씨."

영문도 모르게 칭찬을 들었다. 어째서? 픽시가 또 나타나면 우리 파우와 어디가 다른지 비교해 볼 수 있고, 진화의 차이도 알수 있을지도 모른다.

무엇보다도 귀여운 종마가 늘어나는 셈이니 장점밖에 없잖아?

"자, 얘기는 그쯤 마무리 짓도록 하고 던전으로 가죠."

"라저."

"드디어!"

"광석을 캐자! 마구 채굴해 주겠어!"

던전 공략에 나서기 전에 여러모로 실험부터 할 테지만. 단독으로 따로 들어가기도 하고, 파티나 팀을 맺어 들어가기도 하는 등 다양한 방식을 시험해 본다.

그랬더니 파티마다 던전이 개별적으로 생성된다는 사실을 알게 되었다. 팀으로도 던전에 들어갈 수가 있으니 최대 1팀당 12명까지. 단독으로 돌입했더니 구조는 같으면서 별개인 던전으로 각각 보내졌다.

나는 딱히 별 생각이 들지 않았지만, 아릿사 씨 일행은 그 사실로부터 여러 가지를 고찰해 내고 있다. 우선 레이드 보스는 없는 것 같다는 것. 그건 그렇겠지. 최대 12명까지만 동일한 시련에 돌입할 수가 있으니까.

또한 내가 발견한 보물함 내용물은 인원수대로 들어 있는 듯하다. 파티를 꾸려 보물함을 열었더니 파티 인원수와 동일한 개수의 밤눈 목걸이가 들어 있었다. 그뒤에 파티를 해제하고서 홀로 보물함이 있던 곳으로 가보니 보물함이 사라져 버렸다. 파티를 편성한 상태에서 보물함을 열었다는 사실이 중요한 듯하다.

나도 하나 더 입수할 수 있을까 기대했는데. 보물함을 개봉하지 않은 세 사람과 우리가 파티를 편성한 상태에서 보물함을 열어봤더니 목걸이를 3개밖에 얻지 못했다.

그뒤에 아릿사 씨 일행과 함께 토령의 시련에서 전투를 치렀다. 내 데이터가 틀리지 않았음을 확인한 뒤에 검증이 끝났다.

일단 노움의 유니크 개체가 출현하긴 했지만 결국 우리는 테임하는 데 실패했다.

그 대신에 ★4짜리 흙의 결정을 획득해서 결과적으로 이득을 보긴 했지만. 이로써 남은 사람들도 안으로 들어올 수 있겠지. 유니크 개체를 만났을 수 있었던 건 내 유니크 테이머 칭호와 오르트의 행운 덕분이라며 격렬한 감사를 받았다. 다들 넙죽 절이라도 할 기세였다.

흙의 결정을 양보하는 대신에 다른 소재와 채취물들을 거의 다넘겨받기로 했다. 모자란 몫은 보수금에 얹어 주겠단다.

참고로 소문 듣는 고양이의 테이머인 카를로는 노움이 아니라다크 뱃을 테임했다. 스톤 스네이크는 역시나 서머너용 몬스터인지 테임할 수가 없었다. 박쥐처럼 어둠 속에서도 사물을 식별할 수 있는 비행 계열 몬스터는 꽤 귀중하다고 한다. 카를로가 엄청 기뻐했다.

노움을 노렸던 플레이어는 메이플이었다. 그녀는 밭을 가지고 있는데 노움을 손에 넣기 위해서 일부로 테임 스킬을 취득했단다. 뭐, 취득한 지 얼마 되지 않아서 유니크 개체는커녕 일반 노움조차도 테임할 수 없었지만. 역시나 종마술을 갖고 있지 않은 일반 플레이어는 테임을 써먹기가 어려운 듯하다.

한동안은 이곳에 틀어박혀 있는 모습을 목격할 수 있겠지.

토령의 시련에서 검증을 시작한 지 세 시간쯤 지났으려나.

전투는 거의 아릿사 씨 일행에게 맡기고서 나는 뒤에서 멍……아니, 응원 겸 지원을 하고 있었는데, 전투가 끝난 뒤에 사쿠라에게 이변이 일어났다. 그것을 가장 먼저 알아차린 사람은 아릿사 씨였다.

"잠깐, 유토 군?"

"어? 왜 그래요?"

"뒤, 뒤!"

"뒤가 왜애애애애애? 사, 사쿠라? 비, 빛을 내고 있어. 어떻게 된 거야?"

"──♪"

사쿠라가 찬란하게 빛나고 있다. 온몸에서 푸르께한 빛을 발하고 있다.

정작 사쿠라는 자신에게 벌어진 이변을 알아차리지 못한 듯하다. 우리가 놀란 표정으로 쳐다보자 고개를 갸웃거렸다.

"무, 무슨 일이……."

[종마 사쿠라의 레벨이 25가 되었습니다. 진화가 가능합니다. 스테이터스 창을 통해 진화를 해주세요.]

안내음이 들렸다.

나는 황급히 스테이터스 창을 확인했다.

방금 전투를 마치고서 얻은 경험치 때문에 사쿠라의 레벨이 올랐다. 현재 레벨이 25다.

진화가 가능해졌다. 진화를 시킬지 묻는 선택지가 출현했다.

"근데 진화 때문은 아닌 것 같은데?"

릭이 진화 가능한 레벨이 되었을 때 빛은 나지 않았다. 그러나 가능성이 없는 건 아닌 듯하다. 아릿사 씨가 알려준 미확인 정보에 따르면 비슷한 사례가 몇 건 보고되었다고 한다.

"아미밍 씨가 베타판에서 계승한 몬스터가 진화했을 때 빛이 났다고 들었어."

"그 조건이 뭔지 압니까?"

아미밍 씨는 게임 내에서 유명한 테이머 중 하나다. 베타테스터였으며 현재도 탑을 달리고 있다. 그 인물의 정보라면 꽤 신빙성이 높다.

"확실하지는 않은데……. 특수 진화하는 경우가 아닌가 싶어."

아미밍 씨의 몬스터는 베타 때 입수한 특수한 아이템 덕분에 일반 몬스터와는 다른 진화가 해방되었다고 한다. 또 다른 정보제공자의 경우에는 특수 이벤트를 완수하여 역시나 특수한 진화가 표시되었다고 한다.

"즉 사쿠라도?"

"그럴 가능성은 있어. 우선 진화 후보군부터 확인해보지?"

"아, 알겠습니다!"

사쿠라의 진화 후보군은 릭보다 하나 더 많은 4종류였다.

원체 정보가 적어서 모두 처음 보는 것이었다. 그런데 하나같이 흥미롭다. 아마도 통상 진화로 추정되는 드라이어드. 그대로 능력이 상승하는 느낌이다. 역할도 지금과 거의 달라지지 않겠지.

그다음에 표시된 하이 트렌트는 약간 편향된 진화였다. 나무 정령 분신, 전투 불가, 농지 관리 스킬이 추가된다. 아마도 오레아처럼 밭 관리전문 몬스터로 진화되는 듯하다. 트렌트 계열은 전부 그런지도 모르겠다. 일단 하이 트렌트는 제외해야겠지. 오레아가 있고, 애당초 사쿠라가 빠지면 전력이 굉장히 떨어진다.

하이 트렌트는 호감도가 최대치에 달했을 때 선택할 수 있는 진화인가? 진화 리스트는 분명 통상 진화, 호감도 최대 진화, 유니크 진화 순으로 표시될 텐데.

그리고 세 번째 약목(若木)의 정령이 유니크 진화겠지. 유니크 개체 몬스터에게는 통상 개체 몬스터가 선택할 수 없는 특별한 진화가 있다고 들었다.

통상 진화 드라이어드와 유니크 진화 약목의 정령을 비교해보면 이런 느낌이다.

이름 : 사쿠라

종족 : 드라이어드 기초LV25

계약자 : 유토

HP : 74/74

MP : 76/76

완력 : 14

체력 : 22

민첩 : 12

솜씨 : 16

지력 : 17

정신 : 20

스킬 : 나무 기르기, 나무 마술 · 상급, 광합성, 채취 · 상급,
　　　재생 · 상급, 인내, 채찍술, 물내성, 매료, 목공,
　　　숲의 파수꾼, 방패술, 소재 생산, 양봉

장비 : 수정령(樹精靈)의 채찍, 수정령의 옷, 나무 정령의 작은 방
　　　패

이름 : 사쿠라

종족 : 약목의 정령 기초LV25

계약자 : 유토

HP : 74/74

MP : 76/76

완력 : 15

체력 : 23

민첩 : 12

솜씨 : 15

지력 : 17

정신 : 19

스킬 : 나무 기르기, 나무 마술 · 상급, 광합성, 채취, 재생, 인내, 채찍술 · 상급, 물내성, 매료, 목공 · 상급, 숲의 파수꾼, 방패술, 이상 내성, 소재 생산

장비 : 수정령의 채찍, 수정령의 옷, 나무 정령의 작은 방패

드라이어드는 나무 마술, 채취, 재생이 상급으로 향상되고, 양봉과 소재 생산이 추가된다.

약목의 정령은 나무 마술, 채찍술, 목공이 상급으로 향상되고, 이상 내성과 소재 생산이 추가된다.

네 번째 선택지가 없었다면 망설이지 않고 약목의 정령을 택했겠지. 그러나 사쿠라는 통상도, 유니크도 아닌 제4의 선택지가 존재하고 있었다.

"어머니 약목의 정령?"

능력은 약목의 정령과 같다. 스테이터스도 다르지 않다. 다만 스킬이 하나 더 많다. 그것은 '신통(新通)'이라는 스킬이다.

능력란에는 신령과 통하여 힘을 빌릴 수 있다고 적혀 있다.

특수한 진화임이 틀림없다.

"근데 왜 이런 진화가……."

"짐작 가는 바가 없니?"

"으~음……. 사쿠라는 알아?"

"──♪"

모르는 모양이네. 애당초 자신에게 이변이 벌어진 것조차 알아
차리지 못했으니.

힌트는 새로운 종족명에 붙어 있는 '어머니' 부분과 신통이라는
스킬이겠지.

사쿠라와 어머니. 그 조합에서 가장 먼저 떠오른 것은 파우의
존재였다. 어머니가 되었기 때문에, 즉 배혼했기 때문에 특수한
진화가 가능해졌다? 그렇다면 다른 몬스터에게도 특수 진화가
해방되어야만 하잖아.

그렇다면 또 하나의 가능성은 대수의 정령님이다. 사쿠라에게
정령님은 어머니 같은 존재다. 더욱이 얼마 전에 그 정령님으로
부터 알 수 없는 축복을 받았다. 그 축복이 방아쇠가 되었을 가능
성이 충분하다. 그래서 신과 통할 수 있는 스킬을 취득할 수 있었
다고 한다면 앞뒤가 맞는다.

상상할 여지가 많긴 하지만 일단 지금은 사쿠라를 진화시켜 보
기로 했다. 그러면 뭔가 알 수 있을지도 모른다.

"그럼 어머니 약목의 정령을 택하겠어!"

"──!"

진화 연출은 릭과 다르지 않았다. 강한 빛이 순간 사쿠라를 감
싼 뒤에 모습이 바뀐 사쿠라가 조용히 서 있었다.

"키가 조금 커졌나."

"──♪"

키는 아슬아슬하게 150센티미터 정도는 되는 듯하다. 갓 중학교에 입학한 신입생이 중학교 3학년쯤으로 성장했다. 표정도 살짝 어른스러워진 듯하다.

그 이외에는 의상이 조금 화려해졌나? 지금껏 잎을 얽은 녹색 옷을 입고 있었는데, 진화하고 나니 군데군데에 연분홍색 꽃이 피어 있는 의상으로 바뀌었다. 또한 덩굴이 뒤얽힌 듯한 모양의 반지가 오른쪽 새끼손가락에 끼워져 있었다.

"＿＿."

"응응, 귀여워."

내가 머리를 쓰다듬어 주자 사쿠라가 눈을 가늘게 뜨고서 미소를 지었다.

그런데 나와 어깨를 나란히 할 만큼 커버렸네. 나보다 크지는 않지만, 눈높이가 거의 같아졌다.

"진짜 귀엽네~. 이거 모두가 무조건 갖고 싶어 할 거야. 어디 나무 정령이 대량 발생하는 장소가 없으려나? 유토 군은 몰라?"

"아뇨, 역시 모르는데요."

"발견하거든 반드시 알려줘!"

"그런 곳이 있기는 할까요?"

애당초 사쿠라 같은 나무 정령은 강력한 레어 몬스터잖아? 우리가 대량 발생한 장소에 갔다가는 순살이겠지.

"뭐, 발견하면 정보를 팔러 들를게요."

"꼭이야!"

그렇게 기대 어린 눈으로 쳐다본들 나에게는 무리래도.

"그럼 당장 사쿠라 짱의 능력을 검증하자!"

"아, 예. 그래야죠."

나보다도 아릿사 씨가 더 의욕을 내고 있잖아? 뭐, 도와준다니 고맙긴 하지만.

소문 듣는 고양이의 힘을 빌려 여러모로 시험해본 결과, 전체적으로 강화되었음을 알게 되었다.

특히 상급 스킬이 꽤 강력하다. 범위 공격과 상태 이상의 위력이 명백히 향상되었다.

다만 신통 스킬에 관한 건 아무것도 알아내지 못했다. 애당초 발동 자체가 되지 않았다. 아마도 사용하기 위한 조건이 있는 듯하다.

"언젠가 사용할 수 있게 되면 알려줘. 스스로 판단하여 사용해도 되니까."

"──!"

결국 아릿사 씨 일행과의 탐색은 한나절 만에 끝났다.

토령문 출구 앞에서 나는 아릿사 씨 일행에게 인사했다.

"감사했습니다."

"우리야말로 큰 도움이 됐어. 고마워."

"아뇨, 아뇨. 우리들도 편하게 전투를 할 수 있었어요. 덕분에 사쿠라도 진화했고."

"우리야말로 몬스터가 특수 진화하는 귀한 장면을 보게 해줘서 고마워. 사쿠라 짱의 정보도 살 수 있었고 말이야. 정보료에 추가해 둘게."

오오. 아싸! 그런데 이내 아릿사 씨가 미안해하는 듯한 표정을 지었다.

"근데 아까도 말했다시피 수중에 돈이 부족해. 미안하지만 조금만 기다려 줄래? 돈을 인출해 올 테니까. 뭐, 일단 도시로 돌아갈까."

돈을 인출한다? 그거 은행 같은 시설이 있다는 뜻인가? 아릿사 씨에게 묻자 기겁을 했다. 아마도 상식인가 보다.

이럴 수가. 모험가 길드에서 돈이나 아이템을 맡아 준다고 한다. 그러고 보니 초기에 몇 번 들르고서 요즘에는 통 발걸음을 하지 않았다.

이벤트 기간 중에 잠깐 들어가긴 했지만 정말로 잠깐뿐이었으니까. 그래서 알아차리지 못한 듯하다.

"유토 군, 모험가 길드 랭크는?"

"2입니다."

"2? 낮네~. 그래도 그 레벨이라면 돈을 최대 20만G까지 맡길 수 있어. 아이템은 20종류를 각각 99개까지 맡길 수 있고."

"그렇군요."

생각해 보니 당연히 있어야하는 시스템이야. 돈은 제쳐 두고서라도 죽었을 때 레어한 아이템을 잃어버릴 위험성을 낮출 수 있으니까. 여태껏 그런 생각을 하지 못한 내가 얼간이다.

"뭐, 유토 군이 그 사실을 몰랐던 덕분에 수령문에 관한 정보를 획득할 수 있었겠지만."

"드, 듣고 보니."

보관 시스템을 알았더라면 속성 결정 같은 귀중품을 반드시 맡겼겠지. 그랬다면 수령문을 발견할 수도 없었다는 건가.

그보다도 그 시스템 때문에 여태껏 발견되지 않은 거 아냐?

"화령문을 발견한 사람들은 어떻게 알았답니까?"

"아아, 그냥 맡기는 걸 까먹었던 모양이야."

얼간이들. 조금이나마 동질감이 든다.

토령의 도시의 광장에서 그런 대화를 나누고 있으니 입구 쪽에서 이쪽으로 걸어오는 발소리가 들려왔다. 처음에는 노움의 수장인 줄 알았지만, 그렇다고 하기에는 발소리가 여럿이다.

"아아~! 역시 추월당했다!"

"진짜냐!"

"스킬 스크롤을 받지 못해서 혹시나 싶었더니…….."

"역시 그 스크롤은 초회 특전이었잖아!"

4인조가 머리를 싸쥐고서 끙끙거리고 있다. 아릿사 씨가 그 모습을 히죽거리며 보고 있었다.

"아아, 저 녀석들이 왔네."

"아는 사람들인가요?"

"응. 바로 화령문을 연 파티거든."

"아, 그런가요."

그렇다면 불의 결정을 맡기는 걸 까먹은 얼간이들이로구나. 또한 그들이 독점하려고 했던 정보를 내가 소문 듣는 고양이에게 팔아버렸다. 즉 내가 여러모로 방해를 한 셈이다.

이 자리에서는 허튼 소리를 하지 않는 편이 낫겠지.

"흙의 결정이 필요하다고 해서 기껏 찾아줬더니만 비싸다며 값을 깎지 뭐야? 믿겨지니? 애당초 돈은 얼마든지 내겠다고 하길래 다른 플레이어와 흥정하여 겨우 넘겨받았는데 말이야. 뭐, 초회 특전은 유토 군한테 빼앗긴 거나 마찬가지지만. 푸푸풋."

아릿사 씨가 화가 났다는 건 알겠습니다. 어깨를 축 늘어뜨린 채 한탄하고 있는 플레이어들을 통쾌하게 웃으며 쳐다보고 있었다.

"아, 아까 아나운스 얘기는 거짓말이 아니었던 건가……."

"로그를 확인했으니 당연하지!"

"애당초 네가 로그인을 늦게 한 바람에 이런 사단이 벌어진 거잖아!"

"시끄러~! 전철이 강풍 때문에 연착해서 늦은 거라고! 어쩔 수 없잖아!"

아마 그들도 토령문의 초회 특전 스크롤을 노리고 있었던 듯하다. 안내음으로도 해방자에게 주는 보너스라고 했으니 화령문을 연 파티라면 당연히 스크롤 획득법을 알고 있었겠지.

그러나 흙의 결정을 소지하고 있던, 리더로 추정되는 전사가 현실에서 전철이 연착한 바람에 로그인이 늦어진 듯하다. 운이 지지리도 없다.

그 덕분에 내가 최초 해방자가 될 수 있었지만.

"애당초 왜 녀석들이 이곳을 알고 있는 거야!"

"수령문을 연 녀석이 정보를 팔았겠지?"

"대체 어떤 바보야! 이런 엄청난 정보를 정보상한테 팔아 버리면 순식간에 퍼져나갈 거 아냐!"

"한동안 여기서 나오는 소재를 독점하여 한몫 단단히 잡으려고 했는데!"

미안합니다. 그 바보가 바로 납니다. 나쁜 짓은 한 적은 없지만 본의 아니게 그들을 방해한 것 같아 조금이나마 미안한 마음이 들었다.

물론 면전에서 사과할 생각은 없지만. 나쁜 짓을 한 것도 아니니.

"이봐! 당신, 소문 듣는 고양이의 서브 마스터 맞지! 여기 정보를 어떻게 안 거냐!"

"비밀엄수의무가 있어서 대답할 수 없습니다~."

"됐으니까 어서 알려주기나 해! 아니면 그 정보를 사버린다?"

"개인정보는 팔 수 없어. 그랬다가는 내가 단번에 밴 당할걸? 애당초 그 정보를 사서 어쩔 셈인데? 그 플레이어한테 불만이라도 토로하려고? 당신들, 그런 짓을 했다가는 신고를 당해 끝장날걸?"

"으……."

"애당초 정보를 사겠다? 흙의 결정의 가격을 깎으려고 한 주제에 무슨 잘난 척이야? 이번에도 가격을 또 깎을 셈이니?"

"큭……!"

우와~, 남자가 엄청 째려보고 있다. 개의치 않고 똑같이 째려 봐주는 아릿사 씨는 굉장해~. 그러나 이건 전적으로 남자들의 잘못이다.

"네, 네가 값을 깎으려고 한 게 잘못이야!"

"맞아! 저 서브 마스터는 엄청 무섭다고!"

"하지만 예산을 2배 가까이 초과했잖아?"

"너, 너희들이 시가가 50000G쯤 된다고 해서……!"

"애당초 그 자리에서 왜 그딴 말투로 흥정을 벌인 거냐고!"

"내, 내가 한 일에 트집을 잡을 셈이냐?"

엄청 다투고 있다. 앞으로 저 파티원들의 관계가 괜찮을지 걱정이 된다. 그러나 역시 아릿사 씨다. 채찍뿐만 아니라 당근도 잊지 않았다.

"자자, 화령문은 다음 불의 날까지 당신들이 독점할 수 있으니 그쪽에서 벌면 되잖아. 불의 결정 말고도 소재나 식재료 등도 값을 후하게 쳐줄 텐데? 그리고 몬스터 정보도."

"으……."

"게다가 역시 불쌍하니 다른 문에 관한 정보도 싸게 알려줄게."

"어? 진짜냐?"

"응. 그 대신에 화령문에 관한 정보도 빠짐없이 우리한테 팔아야 한다?"

"아, 알겠다고!"

역시 교섭의 천재. 아니, 상대가 너무 단순한 것뿐인가? 아까 전까지 흐르던 험악한 분위기를 싹 날려버리고서 서로 정보를 교환하기로 약속했다. 성가신 일에 휘말리지 않게 되어 다행이다. 이로써 미련 없이 도시로 돌아갈 수 있겠다.

그뒤에 우리는 북쪽 도시로 돌아갔다.

"돈을 맡겨본 적이 없다면 함께 모험가 길드에 가볼래?"

"부탁해도 될까요?"

그래서 나는 아릿사 씨 일행과 함께 북쪽 도시의 모험가 길드로 향했다.

"오랜만에 왔네~."

"서, 설마 이 시기에 그런 말을 하는 플레이어가 있을 줄이야. 역시 유토 군이야. 본받아야겠네."

왠지 묘한 감탄을 듣고 말았다. 아니, 그냥 올 필요가 없었을 뿐이에요.

아릿사 씨 일행이 모험가 길드에서 돈을 인출하기를 기다리는 동안에 오랜만에 내부를 들여다봤다. 그러자 달성 가능한 퀘스트가 상당히 많았다. 보스 드랍템 납품, 레어도3 이상의 소재 납품 등등.

"모처럼 왔으니 달성할 수 있는 퀘스트는 전부 해두자."

그 결과. 길드 랭크가 3이 되었고, 보수로 10000G 정도를 벌었다. 역시나 종종 길드에 얼굴을 비쳐야할 것 같다.

온 김에 보관 시스템에 관해 물어봤다. 방금 길드 랭크가 올라서 돈은 30만G까지, 아이템은 30종류를 각각 99개까지 맡길 수 있다고 한다.

정말로 편리한 시스템이다. 그보다도 이걸 알았더라면 보스전을 치르기 전에 무조건 맡겼겠지. 이제와 생각해 보니 위험천만했다. 필드에서 죽었다면 결정을 잃어버릴 수도 있었다.

새삼스레 식은땀이 흐른다.

"어쩌지. 물의 결정과 비취, 종마의 마음만 맡겨둘까?"

솔직히 그 이외에는 생산에 쓰이는 소재나 금세 캐낼 수 있는 광석들뿐이지. 뭐, 귀중품만 맡겨두자. 돈을 얼마나 맡길지는 필요한 물건들을 다 구입한 뒤에 생각해보기로 할까.

길드를 어떻게 이용할지 여러모로 궁리하고 있으니 아릿사 씨
가 돌아왔다.

"기다렸지?"

"아, 인출했나요?"

"응. 자, 보수야."

"예, 감사합니다."

아릿사 씨가 보낸 금액을 확인했다.

"하? 어? 하?"

무심코 숫자를 두 번이나 보고 말았다!

왜냐면 내 소지금이 50만G 정도 불어났다. 믿기지가 않는다.

"아, 아릿사 씨! 금액 자릿수가 틀린 것 같아요!"

"어? 진짜 5만G밖에 안 보냈니?"

"아뇨, 아뇨! 50만G나 송금했잖아요!"

10만G쯤은 예상했는데 50만G라니. 아무리 희소한 정보를 팔
았다고 해도 너무 과다. 분명 실수로 잘 못 보냈겠지.

그러나 아릿사 씨가 어리둥절한 얼굴로 고개를 갸웃거렸다.

"어? 제대로 보냈는데?"

"아니, 아니! 50만G인데요?"

"응. 이번에 알려준 정보는 엄청난 가치가 있으니 당연해. 아
니, 오히려 그 액수로도 모자란 것 같아서 미안할 지경이라고."

아릿사 씨가 말하기를 정령문을 여는 법을 비롯해 정령의 도시
에 관한 네 가지 정보에다가 추측이 섞여 있긴 하지만 거의 확실

한, 테이머는 물론이거니와 테임 스킬을 보유하고 있는 플레이어라면 모두가 원하는 운디네나 노움 등 정령 계열 몬스터 정보까지 한 세트다. 몬스터 드랍템 정보와 던전에서 획득할 수 있는 소재 정보까지 있어서 모두가 원하는 정보라고 한다.

더욱 중요한 점은 오늘이 흙의 날이라는 것이다. 즉, 일주일을 더 기다리지 않고도 노움을 입수할 수 있을 가능성이 있다는 게 가장 크다고 한다.

그 이외에도 레시피나 생산, 몬스터에 관한 다양한 정보들도 값어치가 있다고 한다. 그냥 적당히 물음에 답했을 뿐인데 말이야. 아릿사 씨의 입장에서는 팔릴 만한 정보가 꽤 있었던 듯하다.

"정령문에 관한 정보만으로도 20000G, 아니, 30000G를 매겨도 날개 돋친 듯 팔릴 거야. 며칠 뒤면 본전을 되찾을 수 있겠지. 운이 좋으면 오늘 하루 안에 본전을 되찾을 수 있을지도."

"어? 진짜로?"

"응. 하지만 이번 주는 내가 50만G까지밖에 지불할 수가 없어. 제한이 걸려 있거든."

"제한?"

"어머, 몰라? 이 게임은 아이템이나 돈을 양도할 때 제한이 있다니까?"

아릿사 씨가 말하기를 일정 기간 동안 상대에게 양도할 수 있는 금품의 가치에 제한이 걸려 있다고 한다.

그렇겠지. 제한이 전혀 없다면 굉장한 아이템 등을 현실에서 현금을 받고서 양도하는, 이른바 RMT(Real Money Trade)가 횡행할 테니.

그래서 당연히 상한을 정해 놨겠지.

일반 플레이어는 기초 레벨에 따라 그 상한이 결정되는 듯하다. 상인이 되면 그 상한이 조금 변화한다고 한다.

50만G는 현재 아릿사 씨가 양도할 수 있는 거의 최대치라는데.

"뭐, 이번 주는 이제 가게에 못 나가갔네~."

"왠지 미안합니다."

"아냐, 아냐, 나야말로 좋은 정보를 팔아 줘서 큰 이득인걸? 검증까지 도와줬고."

아릿사 씨가 말하기를 내가 가져온 정령문 관련 정보는 80만G의 가치가 있다고 한다. 다른 정보와 합치면 총액이 족히 100만G는 나갈 거란다. 그러나 아릿사 씨는 이제 이번 주에 돈을 양도할 수가 없다. 그보다도 소문 듣는 고양이의 금고가 거의 바닥이란다.

금액이 워낙 커서 이제 뭐라고 해야 좋을지 모르겠다.

50만G도 터무니없이 과분하다고 생각했는데 50만G를 더?

놀라움을 넘어 어안이 벙벙해졌다.

"그래서 메이플와 클랜원들을 데리고 온 건데."

"후후후. 나와 루인 씨가 나머지 50만G를 지불할게요."

"음."

그래서 메이플과 루인이 따라왔던 건가? 그런데 괜찮을까? 금고가 거의 바닥이 났다고 했지? 걱정하며 물어보니 괜찮다고 하긴 했지만, 그 표정이 어딘지 난처해하는 듯 보였다. 사실은 지금 사정이 여의치 않겠지.

"저기, 잔금은 조금 기다려 줄 수도 있는데요? 내 정보가 비싸게 팔릴 거라고 했죠? 그러니 내일 밤까지라면."

"어? 괜찮겠어?"

"야, 메이플!"

메이플이 기뻐하며 목소리를 높이자 아릿사 씨가 나무랐다.

"하지만 이 자리에서 100만G를 한꺼번에 지불해 버리면 정말로 주머니가 텅텅 비잖아요~?"

"모두의 포켓머니를 싹싹 긁어모으면 어떻게든 돼. 최악의 경우에는 내 비장의 물품을 팔 테니까."

"아니, 아니, 사정이 그렇다면 지불을 조금 미루도록 해요. 나, 밭을 구입한 직후라 돈을 한 푼도 낼 수가 없다니까요?"

"하지만……."

"오늘은 호의를 받아들이도록 하자고요~? 예?"

"……원래 지불을 미루는 건 정보상으로서 실격이긴 하지만."

아릿사 씨가 그렇게 말하며 미안해하는 표정으로 제안했다. 우선 메이플이 건네는 25만G는 이 자리에서 받아달라고 했다.

그리고 모레에 잔금 명목으로 최소 25만G를 지불받기로 했다. 최소, 라는 표현을 쓴 이유는 오늘 내가 제공한 다양한 정보들을 팔고서 거둔 매상의 10퍼센트를 나에게 넘겨주기로 제안해서였다. 잘 팔리면 25만G 이상이 될 거라고 한다. 솔직히 믿기지 않지만 거의 확실하단다.

그리고 만에 하나 매상의 10퍼센트가 25만G에 미치지 못했을 경우에도 최소 보증액인 25만G는 지불해주겠다고 했다.

좋은 조건 아닌가? 오히려 25만G를 초과할 가능성도 있다고 하니 횡재 아닌가? 나에게는 전혀 손해가 없다.

그런데 정말로 그렇게 잘 팔릴까? 원래 소문 듣는 고양이는 이익을 도외시하고서 장사를 벌이고 있다. 적자를 보지 않을 수준으로만 정보를 팔고서 본전을 되찾은 뒤에는 그 정보를 게시판에 올린다. 이번에는 나에게 줄 보수를 얹어서 가격을 10퍼센트 인상하여 팔 예정이라고 한다. 솔직히 비싸서 안 사겠다는 사람이 나올 것도 같은데…….

뭐, 아릿사 씨 일행은 그 방면의 프로이니 내가 걱정해 본들 소용없겠지. 나는 그녀의 제안을 받아들이기로 했다.

"알겠습니다. 그럼 부탁합니다."

"진짜? 우와~, 살았어."

"아뇨, 나야말로 정보를 비싸게 사줘서 감사합니다."

"그리고 속성 결정을 입수하면 꼭 우리한테 가져와! 비싸게 사줄 테니까! 루인이."

"남는 게 생기거든 가져올게요."

"기다릴게. 어쨌든 오늘 좋은 정보를 알려줘서 고마워! 또 새로운 정보가 생기거든 잘 부탁할게!"

"예, 나야말로 또 부탁하죠."

"훗훗훗, 어떻게 팔아볼까? 문 관련 정보와는 별개로 다른 정보들은 세트로 묶어서 조금 저렴하게 팔고, 그리고…….”

의욕이 흘러넘치는 아릿사 씨를 보고 있으니 보수를 기대할 수 있을 듯하다. 부디 열심히 잘 팔아주기를.

예기치 않게 부자가 되고 말았다. 그래, 지금 나는 초부자다.

"으아~, 이 돈으로 뭘 사야하나?"

내가 살 수 없는 물건은 거의 없겠지.

"좋아, 우선은 홈 오브젝트를 획득하자!"

처음에는 수령의 도시로. 그다음에는 토령의 도시에 가서 던전을 탐색한다. 뭐, 탐색보다는 흙의 결정이 주목적이긴 하지만.

"방침을 정했으니 바로 아이들 곁으로 돌아가자. 밭일을 다 마친 뒤 출발이야!"

뭐, 그전에 일단 로그아웃을 해야겠지만 말이야. 내일……, 아니, 오늘 재로그인을 한 뒤에는 분주해질 것 같구나!

이튿날.

로그인을 하자마자 귀에 익은 안내음이 들렸다.

딩동.

[업데이트 공지입니다.]

전부터 고지했던 업데이트 소식이었다. 조금 큰 업데이트인지 게임 내 시각으로 모레 2시~10시까지는 로그인을 할 수가 없다고 적혀 있다.

여러 내용이 변경되는 것과 더불어 앞으로 매주 달의 날에 개최될 옥션 기능이 이번 업데이트의 핵심이겠지. 그러나 아직 플레이어는 출품할 수가 없다고 한다. 이번 주는 NPC가 출품한 아이템을 낙찰 받을 수만 있다나.

얼마 전까지만 해도 빈털터리였기에 별로 기대하지 않았지만, 지금 내 자금 사정이라면 꽤 높은 확률로 원하는 아이템을 낙찰받을 수 있겠지. 이거 기대가 된다.

"옥션용으로 자금을 조금 남겨 둬야겠네."

어쩌면 진귀한 물건을 싸게 건질 수 있을지도 모른다.

모레에 개최될 옥션은 두 종류. 하나는 시작의 도시에서 개최되는, 그 자리에서 입찰액을 제시하여 단기간에 낙찰자가 결정되는, 이른바 경매라는 단어를 들었을 때 머릿속에서 떠오르는 경매.

나머지 하나는 옥션 사이트 안에서 각자 자신이 원하는 물건에 입찰해 나가다가 제한 시간이 끝난 뒤에 가장 높은 금액을 입찰한 플레이어가 낙찰 받는 인터넷 경매에 가까운 형태.

둘 다 기대가 된다.

"재미난 물건을 살 수 있으면 좋겠네."

옥션 방식을 확인하며 밭으로 가니 이미 몬스터들이 밭일을 시작한 뒤였다.

"애들아, 좋은 아침!"

"뭇무~."

"──♪"

"키큐!"

"쿠마!"

"야~."

"흠~."

"트리~!"

으~음, 새삼스럽긴 하지만 내 종마들도 늘어났네.

이제는 연례행사가 되어버린 경례 인사에 오레아도 가세했다. 나는 모든 종마들이 한 줄로 쭉 늘어서 경례하는 장관을 바라보고 있었다. 무심코 스크린샷도 찍어 버렸어.

그뒤에는 시작의 도시와 동쪽 도시, 이벤트 마을을 오가면서 밭일과 조합, 매입을 끝내뒀다.

이제 익숙해져서 두 시간이면 모두 끝난다. 뭐, 오늘은 발효통과 양조하는 데 사용할 소재를 매입하느라 시간이 조금 더 걸리긴 했지만. 치즈와 요구르트가 어떻게 완성될지 지금부터 기대가 된다.

"좋아, 준비 완료! 오늘도 정령의 시련에서 돈 벌자!"

"트리?"

"오레아는 함께 갈 수 없지만, 밭 관리를 잘 부탁한다?"

"트리리!"

"경례가 마음에 든 모양이네. 그리고 무인판매소 보충도 부탁할게?"

"트리!"

무려 오레아는 무인판매소 보충 업무도 가능하다. 뭐, 이 역시 밭 관리의 일환이라고 한다면야 그럴 수도 있겠지만. 시작의 도시에 무인판매소가 설치되어 있다면 오레아에게 보충을 맡길 수가 있다. 그러므로 앞으로는 되도록 시작의 도시에 쭉 놔두는 편이 나을 듯하다.

오레아에게 밭을 맡기고서 우리는 정령문을 향해 출발했다. 전투하기가 성가셔서 출현한 몬스터를 무시했다. 전속력으로 도망치면서 우선은 수령문을 목표로 삼았다. 도망친 보람이 있었는지 30분도 채 걸리지 않고 수령문에 도착했다.

"전투를 하지 않고 전속력으로 이동하면 이렇게나 빠르구나."

"흠!"

"알겠어, 알겠어. 지금 갈 테니 잡아당기지 말래도."

루프레가 참지 못하겠는지 내 손을 잡고서 홱홱 잡아당겼다. 아마도 한시라도 빨리 수령의 도시에 가고 싶은가 보다. 루프레에게는 태어난 고향 같은 곳이라서 가만히 기다릴 수가 없는 듯하다.

루프레에게 질질 끌려가다시피 수령문을 지났다.

"또 신세를 지겠습니다."

"잘 오셨습니다."

"흠~♪"

사쿠라를 대수의 정령님과 만나게 해줬더니 호감도가 상승한 것처럼 루프레나 오르트도 마찬가지일지도 모른다. 실제로 루프레는 운디네의 수장이 머리를 쓰다듬어 주자 기뻐하는 눈치였다.

다만 수령문에서 할 일은 그리 많지 않다.

식재료와 홈 오브젝트를 구입하는 정도?

"스프링클러는 사두자. 우물은…… 어쩔까."

우물물보다 조금 등급이 높은 청수(淸水)라는 물이 무한으로 솟아나는 우물인데……. 밭에는 이미 평범한 우물이 있다. 밭에 사용해도 괜찮을 듯하지만, 우리 밭은 오르트 덕분에 품질이 거의 상한에 이르렀다. 수경용 풀도 아직 사용하지 못한다.

"우물은 다음에 사도록 하자. 그렇다면 지금 필요한 건 스프링 클러뿐이겠네."

시작의 도시에는 오레아가 있으니 스프링클러는 동쪽 도시의 밭에 설치하기로 했다. 30000G라. 생각보다 싸게 구입했다.

"헛돈을 쓰는 것보다는 낫지."

자, 다음은 드디어 토령의 도시 차례다. 나에게는 이쪽이 주목적이다. 기합을 불어넣고서 쇼핑을 하자.

이쪽 역시 전투를 무시하고서 이동한 덕분에 한 시간도 채 걸리지 않고 도착하고 말았다.

문을 지나 노움의 수장에게 인사했다.

"여, 어서 와."

"무무~!"

"응응. 오늘도 활기차서 좋구나."

"무~!"

아이가 아이의 머리를 쓰다듬는 장면으로밖에 보이지 않지만 오르트가 활짝 웃고 있다. 냉정하고 침착한 초등학교 고학년 형과 형을 좋아하는 남동생을 보는 느낌이라고 해야 할까?

이것만으로도 온 보람이 있었다.

"토령의 도시에서 파는 홈 오프젝트는 전부 필요해."

특히 가장 갖고 싶었던 건 밭의 품질 상한을 향상한다는 웜 박스다. 그런데 하나당 밭 10면에밖에 효과가 없다는데⋯⋯. 현재 내가 소유하고 있는 밭은 모두 60면. 잡초용 밭 20면을 제외하더라도 40면이다. 웜 박스 4개분이다.

"아니, 살 수 있긴 한데 어쩌지……."

다른 물품을 구입하고 나서 생각해볼까? 20000G짜리 부엽토 함을 시작의 도시와 동쪽 도시에 각각 설치할 예정이니 2개가 필요하다. 40000G짜리 지하용 차광밭은 하나면 충분한가? 60000G나 하는, 하급 광석을 자동으로 생성해 주는 홈 마인도 일단 하나면 족하겠지. 어디까지가 하급에 속하는지 모르니까.

웜 박스를 4개 구입한다고 치면 합계 22만G다. 흙의 결정의 괭이를 3만G에 구입하더라도 수중에 50만G쯤 남는다.

"문제없네."

어차피 옥션 말고는 돈을 쓸 데가 없으니 갖고 싶은 물건들을 모조리 구입하기로 했다.

돈을 펑펑 쓴 뒤에 금전 감각을 원래대로 되돌리느라 고생할 것 같다.

"당장 이 오브젝트를 밭에 설치하러 가자!"

"무~!"

"근데 그전에 던전을 한 번 들어가 볼까."

"무!"

그뒤에 던전을 탈출하여 자연 회복을 기다리는 동안에 밭으로 돌아가 오브젝트를 설치하면 효율이 좋겠지. 오늘은 노움의 드랍 템인 흙의 결정을 노리고서 던전에서 시간을 쓸 작정이다. 효율적으로 행동하지 않으면 순식간에 날이 저물고 말겠지.

"좋아, 오늘 첫 번째 시도."

"뭇무~!"

우리는 순조롭게 던전을 나아갔다. 미쳐버린 토령, 스톤 스네이크, 다크 뱃을 쓰러뜨려 소재도 그럭저럭 얻었다. 흙의 결정은 입수하지 못했지만.

"사쿠라, 굉장하네!"

"——♪"

"이 상태로 가자!"

진화한 사쿠라의 나무 마술 · 상급이 꽤 강력했다. 땅에서 굵은 덩굴을 여러 가닥 생성하여 채찍처럼 휘둘러 여러 적들을 공격하는 스킬인데, 위력도 그럭저럭 강하다. 나무 속성은 흙 속성 몬스터의 약점이기도 해서 상당히 잘 먹혔다.

또한 꽃가루를 흩날리는 꽃 30송이 정도를 소환하여 독, 마비, 혼란을 복합으로 걸리게 하는 스킬 역시 앞으로 여러 상황에서 활약해 주겠지. 각각의 상태 이상에 걸릴 확률 자체는 낮지만, 각 상태 이상의 확률이 개별적으로 계산되므로 세 가지 상태 이상 중 하나에 걸릴 가능성은 꽤 높아진다. 또한 아군은 영향을 받지 않는다는 점 역시 장점이다.

"그나저나 꽃가루 알레르기가 있는 플레이어가 봤다면 온몸이 근질근질해질 것 같은 광경이네."

"——?"

사쿠라 덕분에 전투 시간이 절반 가까이 단축되어 진격 속도가 크게 올라갔다. 다만 사쿠라의 MP 소비도 커져서 무턱대고 마술을 난사했다가는 마나 포션이 금세 필요해지긴 하지만.

"비록 포션이 소모되더라도 우리로서는 전투가 편해지는 쪽이 더 낫지. 힘내줘."

"——♪"

사쿠라 덕분에 여유가 생겨서 탐색도 보다 편해지긴 했지만, 계속해서 숨겨진 통로만 발견되고 있다. 더욱이 각 방마다 나오고 있다. 그러나 그 안으로 들어가지는 않았다. 입구의 위치만을 확인해두고서 통과했다. 레벨이 조금 더 오르면 탐색하려고 한다.

"좋았어! 철광석 획득! 아릿사 씨 일행의 이야기에 따르면 아직도 귀하다고 하니."

제4, 제6에어리어 일부에 있는 채굴 포인트에서 레어 채굴품으로 등장하는 듯하다. 그러나 아직은 안정적으로 공급되지 않는다고 한다. 고레벨 플레이어들이 독점하고 있는 느낌인 듯하다.

"우린 철광석이 필요 없으니 팍팍 채굴해서 마구마구 팔아 버리자."

"무~!"

나는 철제 무구 따윈 무거워서 장비할 수 없고, 몬스터들에게도 필요 없다. 채굴하고서 전부 팔아 버려도 상관없다.

"오르트 군, 열심히 해줬구만."

"뭇무~!"

멋진 경례와 함께 오르트가 다시 채굴을 시작했다. 오르트가 채굴 스킬로 캐낸 철광석은 나보다도 물량도, 품질도 한 수 위다. 스킬 레벨의 차이 때문이겠지. 열심히 채굴해 주길 바랍니다.

나 역시 가만히 놀고 있는 게 아냐. 나에게는 보석 발견 스킬이 있다. 아직 한 번도 발동되지 않았지만 언젠가 틀림없이 보석을 얻을 수…… 있을 것이다.

그런 생각을 하고 있으니 순간 채굴 포인트가 빛이 난 듯했다. 특수한 아이템이라도 획득했나? 황급히 인벤토리를 확인해 본다. 그러자 청수정이라는 아이템이 들어 있었다.

명칭 : 청수정
레어도 : 3
품질 : ★2
효과 : 소재. 관상용.

아주 적절한 때에 보석 발견 효과가 발동한 듯하다. 꺼냈더니 그 이름처럼 파란 수정 결정이었다. 크기는 엄지손가락 정도. 안에 불순물이 들어 있는 이유는 품질이 낮아서일까? 그래도 충분히 아름답다.

"좋아, 좋아. 이 기세를 이어서 좋은 아이템을 획득하는 거야~!"

"무무~!"

사기가 오른 우리는 순조롭게 던전을 나아갔다. 데미지를 입으면서도 회복하며 나아간다. 포션을 다소 소모하더라도 획득하고 있는 아이템의 가치가 더 크다. 전혀 문제없다.

그렇게 다섯 번째 방에서 미쳐버린 토령 두 마리, 다크 뱃 두 마리와 격전을 치른 직후였다. 루인이 메일을 보냈음을 깨달았다.

아마도 부탁한 지팡이가 완성된 듯하다.

"전투도 슬슬 버거워지니 다음 방을 살펴본 뒤 일단 탈출할까."

"무무!"

"좋아, 모두 가자!"

그런데 다음 방에 녹색 머리를 한 토령이 있는 게 아닌가! 틀림없이 유니크 개체다. 아무리 그래도 조우 확률이 너무 높지 않나? 그렇게 생각했지만 이런 건 순전히 운이다. 다른 게임에서도 드랍률이 1퍼센트도 안 되는 아이템을 잇달아 입수한 적이 있었다. 인생, 원래 그런 법이다.

"좋아, 좋아! 이거 운이 좋은데! 우선은 테임부터 시도할 테니 쓰러뜨리지 않도록 조심해줘. 특히 사쿠라, 릭, 쿠마마. 무슨 말인지 알지?"

"──!"

"쿳큐!"

"쿳쿠마~!"

성가시게도 그 이외에 미쳐버린 토령이 하나 더 있긴 하지만 이 기회를 놓칠쏘냐!

우리는 데미지를 입으면서도 먼저 통상 개체를 쓰러뜨린 뒤 유니크 개체의 HP를 간신히 아슬아슬한 지점까지 깎는 데 성공했다.

나는 그 상태에서 테임을 연발했다.

"테임! 테임! 크악! 테임! 테임! 커헉!"

미쳐버린 토령의 반격을 받으면서도 테임을 계속해서 시도했으나…….

"젠장, 틀렸나!"

결국 테임은 성공을 거두지 못했다.

우리 쪽 HP가 슬슬 위태로운 상태이니 그만 해치워야겠다. 흙의 결정은 입수할 수 있으니 손해 보는 건 아니긴 하지만……

"후다닥 해치워 보실까."

여유를 부린 게 실수였나 보다. 나는 미쳐버린 토령의 구멍 함정에 빠지고 말았다. 구멍 바닥에 깔려 있는 가시 때문에 HP가 또 반이나 깎였다. 오르트와 종마들의 도움을 받아 어떻게든 탈출하려고 안간힘을 썼지만 미쳐버린 토령이 무시무시한 얼굴로 돌진해 왔다. 아니, 저 녀석은 저 모습이 기본 설정이긴 하지만.

어쨌든 위기다. 앞으로 한 번만 더 공격하면 쓰러뜨릴 수가 있는데, 테임을 시도하고자 녀석을 쓰러뜨리지 말라고 명령을 내려둔 상태다. 그것이 화근이 되어 사쿠라와 릭도 공격을 하지 않았다.

종마들이 벽이 되고자 움직이고는 있지만, 미쳐버린 토령을 포위하려고 시도한 바람에 도리어 나와 멀어지고 말았다.

아차~! 죽는다! 역시 유니크 개체, 얕잡아봐서는 안 되는 거였나! 우쭐대다가 그대로 거금을 들고 왔는데! 이럴 줄 알았으면 맡기고 올걸!

마음속으로 그렇게 외치고 있으니 나와 미쳐버린 토령 사이로 누군가가 끼어들었다.

"흠!"

"루프레!"

루프레가 미쳐버린 토령의 돌진을 몸으로 받아내고서 빛의 입자가 되어 사라져갔다.

"흠~⋯⋯!"

"젠장! 이 자식!"

루프레가 벌어준 시간이 허사가 되지 않도록 나는 지팡이로 토령을 때려 쓰러뜨렸다. 이렇게 우리는 목숨이 간당간당한 상태로 던전을 탈출했다.

"루프레를 데리러 가자. 아~, 무서웠어."

참고로 유니크 개체에게서 얻은 흙의 결정은 ★4짜리였다. 루인에게 갈 예정이니 그때 팔아 버리자.

그전에 우선은 루프레를 데리러 가야겠지만. 여기 오기 전에 북쪽 도시의 비석에서 부활하도록 설정을 해뒀기에 금방 합류할 수 있었다.

"흐무~!"

"착하다, 착해. 기다렸지."

"흠~."

"네 덕분에 살았어. 고마워."

"흐무무!"

몬스터는 죽고서 부활하면 굉장한 어리광쟁이가 된다. 역시 쓸쓸해서일까? 나에게 달라붙은 루프레가 만족할 때까지 머리를 쓰다듬어 줬다.

그다음에는 늘 그렇듯이 줄을 세운 뒤 모두의 머리를 차례대로 쓰다듬어 줬다. 주변 플레이어들이 미적지근한 눈으로 바라보고 있는 것 같은데?

이건 어쩔 수 없습니다! 몬스터들과의 커뮤니케이션은 중요하니까! 그러니 '뭘 하고 있는 거야?'라는 의미가 담긴 눈으로 쳐다보지 마!

"그, 그럼 루인이 북쪽 도시에 있다고 했으니 이대로 가볼까."

"흠~."

부활한 루프레를 다시 파티에 넣은 뒤 우리는 루인의 가게로 향했다. 오늘은 아릿사 씨와 함께 북쪽 도시의 광장에 노점을 폈다고 한다.

"안녕."

"오. 빠르군."

"뭐, 토령문에 틀어박혀 있었거든. 이야~, 북쪽 도시에 있어줘서 다행입니다."

"요즘에는 제5에어리어에서 가게를 열고 있지만, 요 며칠은 북쪽 도시에 있을 것 같은데?"

"왜죠?"

"이봐, 이봐, 당연히 토령문 때문이지. 이게 다 네가 계기를 만들어준 거잖나?"

나뿐만 아니라 토령의 시련에 도전한 플레이어에게서 효율적으로 소재를 사들이기 위해서인 듯하다. 몬스터 드랍템과 철광석은 대장장이가 목이 빠져라 기다릴 정도로 유용하다고 한다.

"자, 이 녀석이 부탁받았던 지팡이야."

루인이 데이터 주고받기 방식이 아닌 일부러 인벤토리에서 꺼내서 건넨 아이템은 아름다운 지팡이 한 자루였다.

손잡이는 마치 대지에서 막 솟아난 맑은 물처럼 시원스럽고 밝은 청색을 띠고 있다. 머리 부분은 녹색 나뭇가지와 흐르는 물이 한데 얽힌 듯한 모양새였다. 파란 부분은 손잡이와 동일한 목재가 쓰였고, 녹색 부분은 다른 목재가 쓰였겠지. 목재를 깎았을 뿐만 아니라 구부리기까지 한 것이 마치 얼기설기 얽혀있는 죽공예품 같다. 그리고 그 끝에는 파란 보석이 달려 있다.

탄식을 나올 만큼 신비롭고 아름다웠다. 루인이 의기양양해할 만도 하네.

명칭 : 블루우드 지팡이
레어도 : 4
품질 : ★7
내구도 : 240
효과 : 공격력+8, 마법력+49, 물계열 마술 위력상승(중),
　　　　나무계열 마술 위력상승(소), 물내성(소).
중량 : 2

게다가 꽤 강하다! 물계열 마술 소비경감이 없어졌지만, 대신에 위력상승(중)으로 바뀌었다. 더욱이 나무계열 마술 위력상승도 요청한 대로 붙어 있다.

마법 공격력도 강해서 최고다!

"기본은 수수(水樹)를 사용했지만, 수광석과 아대어의 어금니와 비늘을 연금 스킬로 조합하여 내구성을 끌어올렸다. 끝에 달린 보석은 수령의 파편과 내가 마련한 구슬을 합성한 거지."

"과연."

자세한 건 모르겠지만 단순한 나무 지팡이는 아니라는 소리네.

"무게가 1 늘었는데 괜찮나?"

"아아, 그건 괜찮아요."

"그럼 다행이다. 그리고 이건 남은 재료들을 사들인 돈이다. 넘겨준 소재를 대부분 사용해 버려서 액수가 얼마 안 되지만."

"아뇨, 아뇨, 이렇게 강한 지팡이를 만들어줬으니 충분해요!"

루인이 3000G 정도 건넸다. 그러나 이렇게나 강한 지팡이를 만들어 줬을 뿐만 아니라 돈까지 돌려줬으니 불만은 없다. 이로써 더욱 수월하게 탐색을 진행할 수 있겠다!

"아, 그럼 이건 반납할게요."

"오우. 또 뭔가 필요해지거든 와라."

"예!"

나는 빌렸던 떡갈나무 지팡이를 돌려주고서 루인의 가게를 뒤로 했다. 어서 이걸로 싸우고 싶다!

그러나 그전에 막 구입한 홈 오브젝트부터 설치해야 한다. 처음은 시작의 도시부터.

"오레아, 다녀왔어."

"트리~!"

"이 녀석을 설치하고 싶은데 어디 괜찮은 곳 있니? 오르트는 어디가 좋을 것 같아?"

"트리~?"

"무무~?"

"트리."

"무."

오레아와 오르트가 무릎을 맞대고서 대화를 나누고 있다. 무슨 의논을 벌이고 있는 건가?

이윽고 둘이서 함께 나를 이끌고서 걸어나갔다. 아마도 좋은 장소가 있는 듯하다.

"트리트리~."

"여기?"

"무무."

나는 오르트와 오레아가 안내해 준 곳에 오브젝트를 설치해나 갔다.

웜 박스는 얼핏 단순한 나무함처럼 생겼는데 막상 설치해 보니 효과 범위를 선택하라는 창이 떴다. 문제없이 작동되는 거겠지.

차광밭은 지난번에 만들어 뒀던 손으로 판 지하밭을 메우듯이 설치했다. 이게 있으면 지하밭은 이제 필요 없으니. 이 오브젝트가 대단한 이유는 밭 하나를 못 쓰는 대신에 20면 전부를 지하밭으로 조성할 수가 있다. 자력으로 만든 지하밭이 우습게 보일 정도로 성능이 뛰어나다.

홈 마인은 잡초밭을 10면이나 헐어서 설치했는데 막상 채굴한 건 구리 광석 하나뿐이었다. 이거 대체 얼마나 지나야 다시 채굴할 수 있는 거지? 만약에 하루에 하나밖에 채굴할 수 없다면 본전을 되찾기까지 얼마나 걸릴지 모르겠다. 밭을 10면이나 헐어 버릴 만한 가치가 있는 건지…… 이 역시 며칠 사용하면서 상황을 지켜보는 수밖에 없을 듯하다.

다음은 동쪽 도시의 밭 차례다. 이쪽에는 스프링클러, 웜 박스, 부엽토함을 설치했다. 스프링클러는 물을 자동으로 뿌려 줄 테니 밭일이 조금은 수월해지겠지.

"자, 던전으로 돌아가자. 아, 그전에 길드부터 가서 돈을 맡겨 야지."

또 잊을 뻔했다.

나는 당장 쓸 돈만 남겨두고서 나머지를 길드에 맡겼다.

이제는 죽더라도 괜찮다. 아니, 죽을 마음은 없긴 하지만 아까 전처럼 불의의 사태가 벌어질 수도 있으니까.

"다시 한번 던전으로 가자~!"

"흠~!"

"루프레는 아직 스테이터스가 회복되지 않았으니 앞으로 나서 면 안 된다?"

"흠~……."

의욕을 보이던 루프레가 아쉬워하며 높이 쳐들었던 주먹을 내 렸다. 이봐, 대체 왜 그렇게 의욕이 넘치는 거야? 죽고서 부활한 지 얼마나 지났다고?

죽고서 부활했기 때문에 루프레는 일정 시간 동안 스테이터스 가 깎인 채로 지내야 한다. 각종 데미지가 줄어드는 것은 물론 방 어력도 감소하여 받는 데미지도 상승한다. 이 상태로 벽 역할을 맡겼다가는 순식간에 또 죽고 말겠지.

한동안 생존을 우선하게 하면서 후방 지원을 맡길 작정이다.

루프레는 회복도 가능하니 그쪽이 더 적합한지도 모른다. 그런 생각을 하면서 토령문 앞에 도착했을 때 나는 중요한 사실을 떠올렸다.

"아! 루인한테 흙의 결정을 안 팔았어."

그뿐만이 아니라 철광석과 몬스터 소재도 조금 있었는데. 지팡이가 너무 훌륭해서 기분이 들뜬 나머지 깜빡 잊어버렸다.

"뭐, 하는 수 없지. 다음 휴식 때 팔러 가자."

"오르트, 또 바지런히 채굴하는 거다?"

"무!"

"사쿠라와 릭은 공격을 부탁해?"

"──!"

"큐!"

"그리고 방패역인 루프레가 없으니 파우는 앞에 너무 나서면 안 된다?"

"야~!"

"쿠마마는 굳이 말하자면 공격보다는 방패 역할을 의식해 줘."

"쿠마!"

모두가 힘차게 손을 들어주니 지시하는 입장에서 기분이 좋다. 응응, 루프레의 빈자리는 다함께 메워야지.

"좋아, 가자~."

오늘 두 번째로 도전하는 토령의 시련이다. 우리는 던전을 신중히 나아갔다. 초반 채굴 포인트 위치를 알고 있어서 탐색하는 데 시간이 걸리지 않았다.

더욱이 새로운 지팡이가 꽤 강하다. 물마술 위력이 확연히 올라갔다. 아쿠아 힐의 회복량도 늘어서 공략이 꽤 편해졌다.

여태껏 내가 전투 때 가장 큰 활약을 한 적이 없었는데.

루인에게 정말로 고맙네. 그런데 힘에 취해 마법을 난사했더니 마나 포션이 금세 필요해졌다. 이거 증산할 필요가 있겠다.

그런데 이번에는 운이 조금 없었다. 아니, 누군가가 죽고서 부활한 것은 아니다. 다만 미쳐버린 토령의 유니크 개체가 출현하지 않았고, 한 방에서 출현하는 몬스터 숫자가 많았다. 더욱이 레어 드랍템이 거의 나오지 않았다. 아니, 흙의 결정이 나오지 않았다고 말하는 편이 더 정확하려나.

이게 당연한 거겠지? 오히려 여태껏 운이 너무 좋았다고 봐야겠지. 그렇게 생각하니 이 정도는 보통인지도 모른다. 그러나 한 번 맛본 행운의 맛은 좀처럼 잊기 어려운 법이다. 인간이란 탐욕스러운 생명체이니까.

"으음, 결과가 그닥 달갑지는 않지만 슬슬 밖으로 나갈까……."

힘없이 타박타박 걸어서 토령의 시련 입구로 돌아가고 있으니 불현듯 프렌드 콜이 걸려왔다.

"오? 아메리아인가."

이벤트 때 같은 서버였던 테이머 아메리아다.

"그러고 보니 프렌드 코드를 교환했었지."

그녀의 인상을 간단히 말하자면 인상이 조금 찌푸려질 정도로 노움을 사랑하는 테이머다.

콜을 받을지 말지 조금 망설여진다. 왜냐면 아메리아가 노움 애호가인 걸 알면서도 그 정보를 알려주지 않고 아릿사 씨에게 팔아 버렸으니까. 이미 팔아 버린 이상 이제는 아메리아에게 멋대로 정보를 알려줄 수가 없다.

나는 조금 조마조마한 마음으로 프렌드 콜을 받았다.

"여보세요?"

〈아, 백은 씨? 오랜만~.〉

"오, 오랜만이네. 무슨 일이야?"

〈흙의 결정을 찾고 있거든~. 그래서 지인들한테 프렌드 콜을 마구 걸어 보려고. 백은 씨가 그 첫 번째야.〉

"어, 왜?"

〈왜냐면 내 지인들 중에서 흙의 결정을 갖고 있을 가능성이 가장 높을 것 같아서.〉

대체 나는 어떤 이미지인 거야? 아니, 아메리아는 내가 이벤트 포인트를 대량으로 얻었음을 알고 있을 것이다. 그러니 그때 교환해 둔 결정을 아직도 갖고 있을 가능성이 높다고 충분히 짐작할 수 있겠지.

"근데 갑자기 무슨 일이야?"

아무리 그래도 시기가 너무 절묘하지 않나? 어쩌면 혹시?

〈그게 말이야. 이벤트 때문에 좀 필요해. 혹시 알고 있을지도 모르겠지만. 아니, 알고 있지? 왜냐면 운디네 짱을 데리고 다니니까!〉

"어떻게 아는 거야?"

〈요즘에 얼마나 눈에 띄는 줄 알아~. 수령문 정보와 아울러서 생각해 보면 금세 알 수 있다구!〉

"휴우. 맞아. 수령문과 토령문은 내가 발견했어."

〈역시나!〉

혹시 소문 듣는 고양이에게서 정령문 정보를 구입한 플레이어 모두에게 내가 정보제공자임이 들통 난 거 아냐? 아니, 딱히 상관없긴 하지만. 화령문을 찾아낸 파티도 알아 버렸겠구나~.

그때는 내가 몬스터를 데리고 있지 않아서 알아차리지 못했지만, 다음에 만나면 볼멘소리를 들을지도 모르겠다. 뭐, 새삼스러운 것도 없나. 이미 정보가 널리 퍼졌을 테니. 이상한 헛소리를 한다면 바로 GM콜을 해버리자.

그보다도 지금은 아메리아부터.

〈그래서 말이야 토령문에 꼭 들어가고 싶어! 그리고, 그리고 노움 쨩을! 노움 쨩을 이 손에! 우꺄아~!〉

"우오!"

느닷없이 커다란 외침이 들렸다. 으~음, 너무 흥분해서 제정신이 아니구나, 아메리아. 뭐, 노움 애호가인 아메리아가 토령문 정보를 얻으면 이렇게 되는 거겠지.

흙의 결정을 갖고 있긴 한데 어떻게 할까? 넘겨줘도 딱히 상관없긴 한데?

나는 딱히 쓸 데가 없다. 애당초 흙의 결정이 없다고 숨겼다가 나중에 들킨다면 훗날 무시무시한 일이 벌어질 수 있다. 이 세상에서 여성들을 적으로 돌리는 것보다 더 한 공포는 없다. 과장이 실세 고참 여직원에게 '차나 끓여와!' 하고 호통을 쳤다가 몇 달 뒤에……. 히이이익! 생각하기만 했는데도 절로 오싹해진다! 그런 꼴은 당하고 싶지 않다!

"으, 응. 흙의 결정이 있긴 한데?"

〈진짜? 아싸!〉

아직 팔겠다는 소리는 안 했는데…….

〈그거, 내게 팔아 줄 거지? 그치?〉

어? 마음이 읽혔나? 아니, 팔기야 팔 테지만.

"어, 어어."

〈고마워! 아, 그거 품질은?〉

"★4짜리인데?"

〈꺄아~! 역시 백은 씨, 최고! 사랑하지는 않지만 진짜 좋아해!〉

느닷없이 고백을 받았습니다. 아주 감격했나 보네. 이른바 분위기를 타고서 내뱉은 말일 테지만, 미움을 받는 것보다는 단연코 낫겠지?

〈얼마면 될까?〉

"현재 시세를 잘 모르는데……."

〈으음, 현 시세가 품질×20000G쯤 하려나? 하지만 정보가 퍼져 나가면 가격이 더 오르겠지.〉

"그렇구나."

〈그러니 우린 품질×30000G를 지불하도록 합니다! 따라서 12만G가 어떨까 싶습니다만?〉

갑자기 말투가 이상해졌다. 그만큼 흥분한 듯하다.

"그, 그 정도면 좋아. 어디서 거래를 할까?"

〈지금, 어디에 있어?〉

"토령의 도시에 있는데."

〈어~? 부럽다, 부러워~! 나도 어서 빨리 노움 천국으로 가고 싶어~!〉

"그럼 속히 흙의 결정을 거래하는 게 어때?"

〈그럼 당장 토령문으로 갈 테니 그 앞에서 만나는 게 어떨까?〉

"좋아."

아메리아는 아릿사 씨에게서 정보를 산 지 얼마 안 되었을 테니 북쪽 도시에 있겠지. 그렇다면 기다리면 금방 올 것이다.

"그럼 기다리고 있을게."

〈응. 초특급으로 갈게!〉

루인에게 흙의 결정을 팔지 않은 것이 도리어 다행인지도 모르겠다. 지인이 토령문에 들어갈 수 있도록 돕는 편이 나도 기쁘니까. 어차피 금세 우리를 추월해 버릴 테니 나중에 다양한 정보를 알려 달라고 부탁하자.

"애들아, 던전에서 어서 나가자!"

"무무!"

꾸물거리다가 아메리아를 기다리게 할 수는 없으니까.

그렇게 토령문에서 밖으로 나가니 여러 파티들이 일제히 나를 주목했다.

"저기 봐, 백은 씨다."

"역시 백은 씨였나."

"그야 백은 씨니까."

"저기, 남는 흙의 결정이 없는지 물어볼까?"

아마도 아릿사 씨에게서 정보를 산 파티인 듯하다. 토령문으로 들어가지 않는 것으로 보아 흙의 결정을 갖고 있지 않은 듯하다. 위치만 확인하러 온 건가?

그렇게 생각하고 있는 사이에 여러 플레이어들이 순식간에 에워싸고 말았다. 다만 악의나 분노 같은 감정은 느껴지지 않았다. 오히려 모두들 엄청 저자세였다.

손이라도 비비며 알랑거릴 것 같은 태도로 말을 걸어왔다.

"저기~, 백은 씨 맞죠?"

"어? 예, 그렇긴 한데."

"혹시 흙의 결정을 가지고 계신지요?"

역시나 토령문 정보를 구입한 플레이어들이었다. 그러나 이미 흙의 결정을 아메리아에게 넘기기로 약속했으므로 지인에게 넘기기로 약속했다며 거절할 수밖에 없었다. 플레이어들은 더는 끈질기게 부탁하지 못하고 어깨를 축 늘어뜨린 채 흩어졌다.

가엾긴 하지만 어쩔 수 없지. 잘못한 게 없는데도 묘한 죄책감을 느끼고 있으니 멀리서 나를 부르는 소리가 들려왔다.

"백은 씨~!"

"오오, 아메리아! 잘 와줬어!"

"에엥? 무슨 영문인지 모르겠지만 열렬하게 환영받았다!"

때마침 아메리아가 도착했다. 무심코 그녀의 손을 쥐고서 붕붕 흔들어 버렸다. 아메리아가 그런 행동을 신경 쓰지 않는 녀석이기에 망정이지 다른 여성들에게 그랬다면 신고를 당했을지도 모른다. 앞으로는 주의해야겠다.

"오래 기다렸어요?"

"아니, 방금 나온 참이야."

"다행이다!"

"저들은 함께 들어갈 멤버?"

"예. 테이머 동료예요."

오늘은 몬스터와 함께 오지 않고, 세 명의 플레이어와 함께 4인 파티를 맺고 있다. 그들 중 한 사람이 낯이 익었다.

"오랜만이네, 이완."

"오랜만입니다."

"이완과 아메리아가 지인이었구나?"

"테이머 업계는 좁은걸."

"게시판에서도 서로 알고 있고, 또 테이머들끼리 정보교환회 같은 것도 하거든요."

과연. 테임 스킬을 취득한 사람은 제법 있지만, 순수한 테이머 직업 보유자는 적으니 서로 교류가 있을 법도 하겠지. 나는 정보교환회에 참석해 달라는 초대를 받은 적은 없지만!

아니, 나는 게시판을 별로 보지 않고, 애당초 아는 테이머도 적다. 더욱이 테이머이긴 하지만 테이머스럽지 않으니 요청을 받지 않은 것도 당연한가? 조금 삐쳐 있으니 이완이 내 속내를 읽은 것처럼 적절한 순간에 입을 열었다.

"다음에는 백은 씨도 참가하지 않겠습니까?"

"괘, 괜찮겠어?"

"어? 예. 물론이죠. 지난번 정보교환회 때는 백은 씨 연락처를 아는 테이머가 없어서 초대하지 못했을 뿐이라서."

"다음번에는 연락할게요! 잘 부탁해, 백은 씨!"

아마도 초대를 하지 않은 것이 아니라 단순히 연락을 취할 수단이 없었던 듯싶다. 응응, 반드시 참가하고말고.

다음에는 묘령의 여성이 고개를 꾸벅 숙였다. 흑발 미인 테이머다.

"처음 뵙겠습니다. 우루슬라라고 해~요."

배꼽과 몸매가 확연히 드러나는 아슬아슬한 장비를 착용하고 있다. 악의 조직의 여간부가 자주 입는 본디지 패션이다. 더욱이 채찍까지 장비하고 있다.

어떤 의미에서 마물을 부리는 자로서 근본이라 할 수 있는 패션인지도 모르겠다. 다만 시선을 어디에 둬야 할지 곤혹스러웠다. 망토를 입고 있어서 그나마 다행이다.

더욱이 성격이 아주 명랑하다. 경박하다고 할 수 있을지도 모르겠다. 나를 보고 활짝 웃은 채로 손을 살랑살랑 흔들며 다가왔다. '오~호호호호' 하고 새되게 웃을 것 같은 우루슬라가 그런 태도를 취하니 당황하고 말았다. 그 갭이 엄청나다.

"오, 응. 유토야."

"얘얘, 우루슬라 짱. 백은 씨가 당혹스러워하잖아? 그 옷차림은 역시나 자극이 너무 강하다구."

"멋있죠? 마물사처럼 생겨서."

"뭐, 본인이 좋다면야. 난 딱히 민폐라고 여기지 않으니⋯⋯. 오히려 눈호강이고. 자, 안녕. 난 오일렌슈피겔이라고 합니다. 편하게 오일렌이라고 불러 주시면 기쁘겠슴다."

오일렌슈피겔은 파란 머리 청년이었다. 종족은 하프 엘프다. 이 녀석도 미형 캐릭터이긴 하지만, 왕자님처럼 입고 있는 옷차림과는 달리 묘하게 가볍고 촐랑거린다.

"하~. 백은 씨. 진짜 부럽슴다."

"뭐가?"

"나무 정령 짱과 운디네 짱에다가 픽시 짱까지! 귀여운 몬스터들 뿐이잖슴까! 나도 여성형 몬스터를 갖고 싶어!"

욕망에 충실한 녀석이라는 건 알겠다. 다만 그 말투에서 거부감은 느껴지지 않았다. 아이돌이나 귀여운 캐릭터를 동경하는 마음에서 비롯된 발언인지도 모르겠네.

"여긴 토령문이니 저 안에서 테임할 수 있는 몬스터는 노움뿐인데 괜찮겠어?"

"예. 요정 짱을 입수하기 위해서는 노움의 힘이 필요하니까!"

욕망에 충실하면서도 그것을 달성하기 위한 노력도 아끼지 않는 남자인 듯하다. 뭐, 싫어하는 건 아니라고?

나는 우루슬라, 오일렌슈피겔과도 프렌드 코드를 교환하기로 했다. 크으~. 테이머 동료가 늘어났어.

"그럼 각설하고 당장 그 아이템을 살 수 있을까요?"

아메리아가 그렇게 말하며 생긋 웃었다. 음음. 나도 이런 분위기를 싫어하지 않는다구?

"후후후. 이걸 말하는 건가?"

노랗게 빛나는 흙의 결정을 꺼내어 손으로 가려 살짝 숨긴 뒤 아메리아에게 슬금슬금 내보였다. 내가 불법적인 물품을 다루는 듯한 시늉을 하자 아메리아도 호응해 줬다.

"고거 참! 빛깔이 참 좋네요~. 크흐흐흐."

"아무리 못해도 10만G는 족히 나가는 순도 100퍼센트 흙의 결정이니까."

"이, 이것만 있으면…… 나도…… 헤헤헤헤."

"그, 그게 낙원의 열쇠구나…… 하악하악."

어느새 우루슬라도 가세했다. 아니, 우루슬라의 연기력이 굉장한데? 눈에 묘하게 광기가 서려 있고 숨결도 거칠다. 자꾸만 진심으로 말하는 것처럼 보이는데.

오히려 오일렌슈피겔의 시선이 차가웠다. 분위기에 어울릴 줄모르네.

그런 상황극을 마친 뒤 나는 흙의 결정을 아메리아에게 보냈다. 아메리아 일행은 그것을 확인하고 나서 각자 30000G씩 보냈다. 또 큰돈이 손에 들어왔다.

"이제 안으로 들어갈 수 있겠네…… 우후후후."

"드디어 왔구나! 크흐흐! 노움 수색대의 비원이 드디어 달성되는 순간이 왔어!"

아메리아와 우루슬라가 최대로 흥분했다.

아, 연기가 아니었구나.

그나저나 노움 수색대? 그런 게 있나? 이완에게 물어보자.

"저기, 노움 수색대가 뭐야?"

"아아, 그 이름처럼 노움을 찾기 위한 모임을 가리켜요."

"백은 씨의 귀여운 노움에 매료된 여성 테이머들이 중심이죠."

이완과 오일렌의 말을 듣고서 무심코 되물었다.

"어? 우리 오르트가 창설 계기라고?"

"그야 당연하죠. 대체 팬이 얼마나 많은 줄 압니까."

오일렌, 그렇게 기가 막힌다는 눈으로 쳐다보지 마.

그가 말하기를 인간형 몬스터들은 노움, 운디네, 나무 정령, 픽시를 제외하고 별로 귀엽지 않은 고블린 등 몇 종류밖에 발견되지 않았다고 한다. 그래서 우리 애들이 꽤 주목을 받고 있다나.

그러나 앞으로는 정령문이 차례대로 열리면서 노움, 운디네가 늘어나겠지. 화령문에는 남성형 몬스터가 나온다고 하니 이 흐름대로라면 풍령문에는 여성형 몬스터가 나올 듯하다.

지금은 모르겠지만 일주일쯤 지나면 사람들의 관심에서 벗어날 수 있겠지. 테이머뿐만 아니라 테임 스킬을 취득한 생산직도 테임하러 올 테니까.

"자, 모두들 가자!"

"응!"

최대로 흥분한 아메리아와 우루슬라가 토령문을 열었다. 주변 플레이어에게도 그 연출이 보이는 듯하다. 웅성거리고 있다.

"오오! 이게 해방 연출인가! 굉장해~!"

"아아! 스크린샷을 깜빡했어!"

오일렌슈피겔도 눈빛을 반짝이며 토령문을 쳐다보고 있다. 모처럼 모였으니 내부를 안내해 주도록 할까.

"일단 나랑 팀을 맺자."

"어? 백은 씨, 괜찮아요?"

"어, 모처럼 만났으니까."

"아싸! 나무 정령 짱, 물의 정령 짱과 함께!"

요란하게 떠드는 오일렌 일행과 함께 토령문을 지났다.

그러나 정말로 시끄러워진 건 이 뒤였다.

"우~와!"

"귀, 귀여워……!"

노움의 수장과 조우한 아메리아와 우루슬라가 처음 내뱉은 소리가 그것이었다. 이 녀석들, 정말로 노움을 좋아하는구나. 수장이 조금 당혹스러운 얼굴로 환영 인사를 했다.

이완과 오일렌은 진지하게 이야기를 듣고 있는 데 반해 아메리아와 우루슬라는 스크린샷을 찍는 데 여념이 없다. 이거, 도시로 데려가도 되려나? 노움들에게 위기가 닥치는 거 아냐? 선량한 노움 씨를 스토킹하지는 않겠지?

NPC 촬영이 스크린샷 시스템상 허용되어 있기는 하지만……. 감정이 들끓은 나머지 납치하거나 하지는 않겠지? 그래도 범죄 행위를 저질렀다가는 위병에게 붙잡힐 테니 자업자득인가.

"우우. 수장 짱의 엉덩이 귀여워."

"맞아, 그 머리카락에 얼굴을 묻고서 킁킁거리고 싶어…….'

수장이 도시까지 안내를 하는 동안에도 이러고들 있다. 정말로 괜찮겠지?

"저기, 이완, 오일렌. 여차할 때는 너희들이 만류해야 한다?"

"예? 왜 우리가 합니까?"

"무리임다."

"왜냐면 너희 파티 멤버잖아? 여차할 때는 연대책임이잖아?"

"이, 임시 파티라서."

"맞아, 맞아."

"그래도 지금은 같은 파티잖아? 난 파티도, 팀도 맺지 않았으니 관계없어."

여차하면 못 본 척할 테니 그리 알아둬?

"아, 치사해! 책임 회피!"

"훗훗훗, 이게 바로 어른의 마음가짐이지."

"어른은 치사해!"

"치사하지 않으면 사회에서 버틸 수가 없어."

오일렌과 그런 대화를 주고받는 사이에 토령의 도시에 도착했다. 그곳에서 아메리아와 우루슬라의 흥분이 폭발했다. 여태껏 최대치인 줄 알았는데 그게 아니었나 보다.

"우꺄아아아아~!"

"노움 천국이야! 우리들은 드디어 도착한 거예요! 약속된 땅으로!"

"여기저기여기저기에! 노움 짱이 한가득! 노움 파라다이스!"

"아아아! 이 낙원에서 영원히 살고 파! 집은 안 파나? 얼마든지 지불할 테니!"

"아와와와와, 어디서부터 스크린샷을 찍어야 좋단 말이냐!"

"하악하악…… 노움 땅, 만지고 싶어……."

예, 우루슬라의 마지막 그 말은 아웃! 나는 오일렌과 이완에게 눈빛을 보냈지만, 둘 다 고개를 가로저으며 싫은 내색을 했다. 나도 아메리아와 우루슬라를 만류할 자신은 없지만, 어떻게든 애좀 써봐.

"저기저기! 처음에는 어디부터 가요?"

"안내해 주겠다고 했죠?"

"되도록 귀여운 노움 짱이 있는 곳이 좋은데!"

"무슨 소릴 하는 거야, 아메리아. 노움은 모두 귀엽다구!"

"마, 맞는 말이야!"

"모두를 평등하게 습하습하 해줘야지!"

괜히 가벼운 마음으로 안내를 자청했나 보다. 그보다도 우루슬라가 선을 넘기 직전이다. 가벼운 애인 줄로만 알았는데, 노움을 쳐다보는 눈빛이 범죄자처럼 보인다.

"어, 뭐, 차례대로 안내할게."

"부탁합니다~!"

"오르트 짱, 누나랑 손잡을까?"

"무?"

프렌드 코드를 교환해 버렸으니 우루슬라도 오르트와 접촉할 수가 있다! 야, 야단났다. 괜찮으려나?

"아아아아! 귀여워……!"

"치사해, 우루슬라! 나도, 나도!"

"무무~!"

"난 오른쪽? 고마워~! 오르트 짱은 진짜 신사!"

"앙증맞은 손…….'

오르트가 두 여성 사이에 끼어 손이 잡혔다. 마치 사로잡힌 외계인 같은 신세이긴 하지만, 오르트가 즐거워하는 듯하니 상관없나. 우루슬라도 남의 노움에게 허튼 짓을 벌일 만큼 부도덕한 사람처럼 보이지는 않고……. 오르트를 쳐다보는 눈은 완전히 맛이가 버리긴 했지만.

"아, 그럼 난 루프레 짱이랑……."

"각하!"

"그렇겠죠~."

오일렌 녀석에겐, 방심도, 틈도 금물.

쿠마마와 릭, 애니멀 페어로 만족해 줬으면 한다.

"쿳쿠마."

"키큐."

"너희들, 위로해 주는 거니……. 아, 근데 이건 이것대로 치유받는 듯한 느낌이."

릭의 복슬복슬 꼬리털 매력에 흠뻑 빠진 듯하구나! 뺨에 닿는 저 매혹적인 복슬복슬 앞에서는 그 누구도 저항할 수 없지!

"란라~ ♪"

파우가 이완의 어깨 위에 올라 류트를 켜고 있다. 이완은 음흉함이 전혀 느껴지지 않으니 이 정도쯤은 용납해 주자. 오일렌, 그렇게 부러워하는 듯한 눈으로 보지 마! 너는 손가락 하나도 댈 수 없거든!

"그럼 우선 가볍게 상점부터 안내할게."

"부탁합니다."

테이머 4인방을 각 점포로 데려가 상품들을 설명했다. 마지막으로 홈 오브젝트 판매점에 데려갔는데, 다들 의외로 반응이 좋았다.

"저기, 설치할 공간은 있어?"

나는 문득 그런 의문이 들었다. 밭을 갖고 있는 나라면 모를까 다들 오브젝트를 설치할 곳이 있기나 하나?

"지금은 없지만 집을 빌릴지 말지 고민하고 있거든요."

"테이머는 특히."

자세히 들어보니 제3에어리어 이후에는 집이나 아파트를 빌릴 수가 있다나. 특히 테이머 사이에서는 마당이 있는 집이 인기라고 한다. 목장에 맡기지 않고도 몬스터와 늘 함께 지낼 수 있어서인 듯하다.

내 헛간과 달리 공간을 빌리는 것이긴 하지만, 초기부터 내부 장식이 호화로울 뿐만 아니라 개조도 허용되어 있어서 쓰기 편하다고 한다. 자신만의 거점을 만들고 싶어 하는 플레이어나 창고 대용으로 사용하려는 플레이어가 있어서 수요가 그럭저럭 있는 듯하다.

헛간은 인테리어 용품을 조금 장식해 둘 수 있을 뿐 구획하거나 초기 가구들을 옮길 수가 없으니까. 현실과 달리 빌린 집이 더 자유도가 높은 듯하다.

나는 사용할 수가 없어서 전혀 관심이 없었는데 실내용 홈 오브젝트를 여러 종류 팔고 있었다.

아메리아와 우루슬라가 흥미를 보인 것은 노움 모형이었다. 포즈는 다양하지만 효과는 없다. 완전히 미술품 취급이다. 너희들, 앞으로 진짜 노움을 테임할 예정이잖아? 그 모형이 정말로 필요하니?

아메리아 일행에게 도시 내부를 거의 다 안내해준 뒤에 토령의 시련 앞까지 왔다.

"으~음. 괜찮을까……?"

"괜찮아요! 우리의 이 불타오르는 마음만 있다면! 그 어떤 몬스터든 지지 않아요!"

"그 의욕이 도리어 불안한데……."

던전 앞에서 의욕을 보이는 우루슬라를 보며 왠지 알 수 없는 불안감이 솟아오른다.

원래는 도시를 둘러본 뒤에 해산할 예정이었다.

왜냐면 전원이 테이머다. 일단 돌아가 몬스터를 데리고 온 뒤에 본격적으로 공략에 나서는 편이 더 효율적이겠지.

그러나 아메리아와 우루슬라가 참지 못했다. 당장에라도 노움을 갖고 싶어 하는 듯하다. 몬스터도 데리고 오지 않았으면서 던전에 꼭 들어가고 싶다고 떼를 쓰기 시작했다.

"……뭐, 별 수 없지. 하지만 무슨 일이 벌어지더라도 책임 안 진다?"

"고마워요!"

"백은 씨와 함께 하는 당일치기 노움 테임 투어가 개최되었네!"

"왠지 버스 투어 같네요."

"돈이라도 내야지 않겠슴까?"

"소재를 얻을 수 있으면 그걸로 충분해."

"수고를 끼치게 됐습니다."

"아냐, 아냐."

가장 상식이 있는 이완이 고개를 숙였다. 도중에 획득한 드랍템은 흙의 결정을 제외하고서 모두 나에게 넘겨주기로 했고, 전력도 크게 향상되었다. 불만이 있을 리가 없다. 흙의 결정이 나왔을 경우에는 다른 테이머 동료에게 팔아 그 대금을 나누기로 했다.

노움을 테임하는 순서는 정하지 않았다. 미쳐버린 토령이 나오면 다함께 테임을 시도하고, 테임하는 데 성공한 사람은 다음부터는 참가하지 않는 식이다. 네 사람이 모두 테임하는 데 성공할 때까지 던전을 돌 예정이다.

밭도 없으면서 정말로 노움이 필요한가 싶었는데 모두들 노움을 갖고 싶어 하는 눈치다. 아메리아와 우루슬라는 귀여워 해주기 위해서.

오일렌은 나무 정령이나 요정을 얻기 위해서다. 참고로 올리브 트렌트를 심었더니 여자애가 나오지 않았다고 하자 소리 내어 울었다. 역시나 노리고 있었던 듯하네.

"젠장~!"

"자자. 나무 기르기 스킬을 취득하기 위해서는 키워야만 하고, 또 그 무렵에는 다른 길이 발견될지도 모르잖아?"

"그, 그렇겠죠?"

발견되지 않을지도 모르지만.

이완은 연금술과 조합을 하기 위해서 자신의 밭을 갖고 싶어한다.

"백은 씨의 방식대로 가보려고 생각해서."

"어? 백은 방식? 나?"

"예. 백은 씨는 몬스터의 힘으로 밭을 충실히 키워내 약을 대량으로 생산하는 데 성공한 선구자이니까요."

"너, 너무 추켜세우지 마~."

전부 오르트 덕분이고, 초기 몬스터 운이 좋았을 뿐이다. 그래도 그동안 해왔던 일을 칭찬받으니 기쁘긴 하다.

"요즘에는 고블린한테 농경 스킬을 익히게 해서 밭일을 돕게 하는 플레이어도 있고 말이죠."

"고블린이라. 얘기는 듣긴 했지만 아직 만난 적이 없어서."

겉모습이 상당히 사실적이라서 인기 없는 몬스터인 듯하다. 다만 판타지스러움이 물씬 느껴져서 일부 남성 플레이어들 중에는 애호가가 있다고 한다. 더욱이 진화하면 더 강해질 것 같기도 하다.

라노벨 영향으로 슬라임이나 고블린이 진화하면 강해진다는 이미지가 있다. 왠지 언젠가 최강의 종마가 될 것 같지 않아?

더욱이 고블린은 플레이어가 디자인할 수 있는 폭이 넓어서 인기를 끄는 듯하다. 초기 스킬이 상당히 불규칙적으로 분포되어 있을 뿐만 아니라 10레벨 때마다 몬스터로 하여금 어떤 스킬을 익히게 할지 10종류의 스킬 중 택할 수 있다나? 초기 스킬 한정이긴 하지만, 플레이어가 자유롭게 결정할 수 있어서 분명 재밌을 것 같긴 하네.

"오호, 고블린이라."

내가 이런저런 생각을 하며 중얼거리자 아메리아가 민감하게 반응했다.

"안 돼! 안 돼, 안 돼! 고블린은 안 된다니까요!"

"어? 왜?"

"어쨌든 백은 씨가 고블린을 테임하는 건 금지! 제발 부탁이니!"

"엥~?"

"그 밖에도 귀여운 몬스터들이 잔뜩 있으니까 그쪽을 테임해 주세요!"

그녀가 애원했다. 어, 뭐, 테임 한도가 여유롭다고는 하기 어려우니 굳이 고블린을 노릴 생각은 없긴 하지만. 이거 나를 진심으로 귀여운 몬스터 전문 테이머라고 여기는 녀석이 있을 것 같네.

뭐, 그 오해는 토룡의 알이 부화하면 해소되겠지. 용을 데리고 다닌다면 그 누구도 나를 귀여운 몬스터만 노리는 변태로 여기지는 않을 것이다.

"잠깐, 우루슬라 씨! 왜 때리는 건가요! 아프지 않긴 하지만 깜짝 놀랐잖아!"

"당신이 쓸데없는 소리를 했으니까 그래요!"

이완, 미안. 날벼락을 맞았네.

"자자, 고블린을 테임할 예정은 없어."

"진짜?"

아메리아, 그렇게 안도할 필요까지는 없잖니?

"어. 오르트와 사쿠라, 쿠마마도 있으니까."

"그러고 보니 허니 베어의 재배 스킬에 기대를 거는 플레이어도 있다고 함다. 포기 나누기는 불가능해서 효율은 떨어지는 모양이지만요. 블러드 스킬로 허니 비의 유니크 개체로부터 농경 스킬을 물려받은 허니 베어가 있다는데, 그 녀석의 주인은 게임을 꽤 잘 풀어나가고 있습다."

"근데 블러드 스킬을 노리고서 알을 사는 건 너무 도박이야."

알에서 부화한 몬스터는 부모로부터 스킬을 물려받는다. 이걸 블러드 스킬이라고 하는데, 최소 1개에서 최대 3개까지 이어받는다고 하니 도박성이 상당히 높네.

더욱이 유전되는 스킬은 무작위다. 물론 그 몬스터가 이용할 수 없는 스킬이나 초기 스킬에 포함되어 있지 않은 스킬은 유전되지 않는다. 올리브 트렌트인 오레아처럼 이동할 수 없는 몬스터가 건각(健脚) 스킬을 물려받아봤자 의미가 없지. 그럼에도 노리는 스킬을 유전시키는 건 꽤 운이 필요하다.

우리 쿠마마는 운이 상당히 좋은 편에 속한다. 허니 베어의 초기 스킬은 애교, 대식, 재배, 손톱 공격, 향기, 양봉까지 여섯 종류다. 즉, 쿠마마의 경우에는 부모로부터 후각, 등반, 독내성을 물려받은 셈이다. 최대치를 이어받았을 뿐만 아니라 모두 나름 괜찮은 스킬들이다.

"다시 말해 우리 쿠마마가 꽤 특별한 허니 베어라는 뜻이네."

"그런 셈이죠. 대박은 아니더라도 중박쯤은 되지 않을까요?"

"대박? 중박?"

무슨 의미인지 모르겠네.

"예, 각지 종마 길드에서 구입할 수 있는 알 중에는 평범한 알과 태어나는 몬스터가 조금 강해지는 행운의 알이 있슴다."

오일렌의 지인이 검술, 창출, 궁술을 모두 갖춘 대박 고블린이 당첨된 적이 있다고 한다.

"그리고 이완도 대박이 당첨된 적이 있었지?"

"예. 불과 얼마 전에 대박의 혼 래빗을 뽑았습니다!"

혼 래빗은 그 이름대로 이마에서 뿔이 솟아난 토끼 몬스터라고 한다. 귀여운 모습에 매료되어 구입했다는데, 일반적으로는 익힐 수 없는 수중 행동이라는 스킬을 취득한 채로 태어났다고 한다.

대박의 정의가 무엇인지 모호하긴 하지만, 기초능력치가 크게 높은 개체가 태어난 경우나 일반적으로는 취득할 수 없는 블러드 스킬을 소지하고 있는 경우를 가리키는 듯하다. 부모가 유니크 개체에다가 특수 스킬을 익히고 있을 뿐만 아니라 그 스킬이 계승되어야만 자식이 그 특수한 블러드 스킬을 취득할 수 있다는 소리다.

생각해 보니 확률이 꽤 낮겠지. 우리 몬스터 중에는 파우가 그에 해당하는 것 같긴 한데, 특수한 스킬은 물려받지 않은 듯하네.

중박은 능력치가 통상 개체보다 조금 높거나, 세 가지 스킬을 물려받았는데 모두 쓸 만한 경우를 가리키는 듯하다. 분명 쿠마마는 중박이겠네.

아니, 그래도 귀여우니 좋아! 그 이상의 대박이 어디 있겠어.

"아! 있다! 미쳐버린 토령!"

"귀, 귀엽지 않아……. 저게 진짜 노움이 되는 거야?"

"무, 무서워~."

"징그럽슴다……."

오일렌, 이완과 대화를 나누는 사이에 어느새 첫 번째 방에 이르렀다. 운 좋게도 미쳐버린 토령이 한 마리 있다.

그 모습을 보고서 아메리아 일행도 당혹스러워했다. 그러나 결심을 굳히고서 테임을 사용하기 시작했다. 우리는 녀석의 HP를 깎는 역할을 맡았다.

"노움 짱을 내 손에! 테임!"

"내 품속이 더 달콤하단다! 테임!"

"우리도 시작해 볼까."

"그래야지."

최대로 흥분한 상태에서 테임을 거듭하는 아메리아와 우루슬라, 그리고 일단 해보자는 느낌으로 가세한 남성들. 그러나 물욕 센서*가 제대로 작동했다.

이 방과 그다음 방에서 테임하는 데 성공한 사람은 바로 이완과 오일렌이었다. 그것도 두어 번 만에 성공했다.

테임 스킬 레벨도 아메리아와 우루슬라보다 낮다면서.

"크윽~! 어째서야!"

"다음에야말로……, 다음에야말로 내가…….."

미쳐버린 토령과 꼭 닮은 그 질투에 미쳐버린 표정 좀 어떻게 해봐! 내 등골까지 다 오싹해졌다고!

아메리아와 우루슬라가 뿜어내는 엄청난 압박감을 견뎌내며 던전을 나아가기를 두 시간째.

우리는 해냈다.

"그럼 우린 돌아갈게요!"

"감사했습니다! 이 은혜는 언젠가 갚겠어요!"

"아, 응. 또 봐."

"기다리고 있어, 내 노움 짱!"

---

*게임 유저 사이에서 사용되는 용어로, 간절히 바라는 마음을 감지하는 센서가 있어 간절히 바라는 사람에게 오히려 원하는 물건이 나오지 않는다는 이야기.

"곧 돌아갈 테니까!"

노움을 테임하는 데 성공한 아메리아와 우루슬라가 깡충깡충 뛰며 떠나갔다.

테임은 성공했지만, 파티 멤버에 이미 이완과 오일렌의 노움이 추가되어 있어서 상한인 6명이 차버렸다. 그래서 아메리아와 우루슬라가 새롭게 테임한 몬스터는 종마 길드의 목장으로 보내졌다.

한시라도 빨리 자신의 노움과 만나고 싶겠지. 결국에는 모두가, 그보다는 아메리아와 우루슬라가 웃게 되어서 다행이구나. 이완과 오일렌의 노움을 보는 눈빛이 여러모로 위험했거든.

"너희들은 어쩔 셈이야?"

"우리들도 돌아가려고 합니다."

"몬스터를 데리고서 바로 돌아올 것 같긴 하지만요. 뭐, 조금 쉬고서."

정신적으로 피폐해진 이완과 오일렌도 일단 돌아가려는 듯하다.

그뒤에 준비를 철저히 마치고서 다시 던전에 도전할 작정이겠지.

돌아가는 길에 아메리아나 우루슬라의 동류와 맞닥뜨리지 않았으면 좋으련만.

"자……, 아메리아 일행 덕분에 아직은 거의 소모되지 않았으니 다시 한번 던전에 가볼까."

그 넷은 나보다도 훨씬 강했다. 그 덕분에 던전 내부를 탐색했는데도 적게 소모되었다. 내 MP가 아직 절반 이상이나 남아 있다.

몬스터를 대동하지 않았다고 해도 역시나 상위 플레이어답다.

"다들 괜찮지?"

"뭇무!"

오르트가 모두를 둘러본 뒤 대표로 경례했다. 문제없는 듯하다.

"그럼 곧바로……."

그렇게 생각하고 있으니 느닷없이 누군가가 뒤에서 불렀다.

"저기~."

"헉!"

지금껏 이곳에서 NPC가 말을 건 적은 없었고, 플레이어가 있을 줄은 생각지도 못했다. 누군가가 말을 걸 줄 전혀 몰랐기에 깜짝 놀라서 펄쩍 뛰고 말았다. 아~ 창피해라.

"예? 음, 누구신지?"

말을 건 사람은 활을 등에 메고 있는 금발 엘프 미소녀였다. 튜브톱 위에 작은 재킷을 걸쳐 입었고, 아래는 퀼로트를 착용했다. 베이지색을 기조로 한 팬츠 차림이 대단히 잘 어울린다.

마카 색깔이 파랗다. 플레이어구나. 누구지? 어디선가 본 적이 있는 것 같은데 떠오르지 않는다. 초면일까? 혹시 이벤트나 다른 곳에서 함께 활동한 적이 있었나?

아마도 이 소녀도 테이머인지 여러 몬스터들을 데리고 있다. 그런데 테이머라면 더더욱 기억이 날 텐데…….

"어디서 만난 적이 있었던가? 아니, 작업 멘트는 아니니 오해하면 안 돼?"

"응, 만난 적이 있어! 그때는 커다란 거북과 독수리 몬스터를 데리고 있었는데. 기억 안 나?"

거북, 독수리. 거북과 독수리?

"아!"

어렴풋하게 떠오르는 듯도 하다. 경차만한 육지거북과 멋지게 생긴 흰머리독수리!

"이름이 뭐였더라……."

"거북은 나가마사고, 독수리는 타다타카야."

"맞아! 생각났어. 꽤 오래 전에 길드 앞에서 만난 적 있었지?"

내가 백은의 선구자 칭호를 획득한 지 얼마 지나지 않았을 때였다. 수마 길드 앞에서 그녀가 말을 건 적이 있었다. 결과적으로 그 덕분에 미레이의 매너 위반을 일찍 알아차릴 수 있었으니 어떤 의미에서 은인이라고 할 수 있을지도 모른다.

"맞아, 맞아! 기억해 줬구나!"

"그때는 급한 사정이 생겨서 자기소개도 제대로 못했네. 미안했어."

"됐어, 됐어. 자신의 개인정보가 유포된 상황에서는 그 누구든 초조해하기 마련이니까."

다행이다. 화가 나지는 않은 듯하다. 그때는 대화를 도중에 끊고서 방치한 채 도망친 거나 다름없는 짓을 했다. 더욱이 내 사정도 알고 있었던 듯하다.

"게다가 나도 사과하고 싶었고."

"어? 뭘?"

"그때 처음 만났는데 느닷없이 백은의 선구자라고 불렀었잖아? 설마 칭호를 싫어하는 줄은 몰랐거든. 나중에 그 얘기를 듣고서 미안한 짓을 저질렀구나 싶었어."

그랬던가? 나조차 잊어버렸는데. 참 예의 바른 사람일세.

"뭐, 개의치 말아 줘. 이제 익숙해졌으니까. 새삼스럽게."

"응. 고마워."

"난 유토. 요즘에는 많이들 백은 씨라고 부르네."

이 소녀가 말한 대로 예전에는 백은 씨라고 불리는 게 싫었다. 그러나 요즘에는 익숙해졌다. 어차피 만나는 사람들마다 죄다 그렇게 부르니.

"알고 있어. 난 테이머인 아미밍이에요."

"어?"

그 이름을 들은 순간 나는 너무 놀라서 굳어버렸다.

왜냐면 그 아미밍 씨라고? 초유명 플레이어이자 탑 테이머. 그녀가 만든 몬스터 정보 웹페이지는 모든 테이머들의 바이블이다.

"아미밍 씨?"

"예."

"……어?"

"저기~. 왜 그러는 거야?"

"…………엇! 미, 미안합니다. 너무 놀란 나머지. 아미밍 씨는 그 아미밍 씨 맞죠?"

"누굴 말하는 건지 모르겠는데……."

"베타테스터이자 몬스터 정보 웹페이지를 만든 탑 테이머 아미밍 씨?"

"탑이라는 소리를 하니 부끄럽긴 한데. 일단 그 아미밍이 나인 것 같긴 하네?"

"괴, 굉장해~! 초유명인과 만났어! 웹페이지를 늘 잘 보고 있어요!"

이렇게 유명한 탑 플레이어와 만난 건 처음 아냐? 아니, 아릿사 씨와 아시하나도 유명한 듯하지만 실감이 나지 않았다. 그러나 아미밍 씨는 다르다. 게임 개시 전부터 유명했던 사람이고 같은 테이머다.

"고마워. 나도 게시판에서 백은 씨 정보를 체크하고 있어. 나야말로 이런 데서 유명인과 만날 수 있어 기쁘네."

지, 진짜로 나를 알아봐 준 건가? 처음으로 백은의 선구자 칭호를 획득하길 잘 했다는 생각이 드네!

"무슨 소리를 하는 겁니까! 그쪽이야말로 엄청 유명하다고요! 나 같은 건 조금 별난 플레이나 하는 불명예 칭호자일 뿐인데!"

"나 역시 조금 오랫동안 플레이했을 뿐인 일개 테이머야."

"아니, 아니."

"아뇨, 아뇨."

"아니, 아니, 아니."

"아뇨, 아뇨, 아뇨."

"이봐."

나와 아미밍 씨가 서로에게 고개를 숙이고 있으니 뒤에서 어이없어하는 목소리가 들려왔다.

뒤를 돌아보니 아미밍 씨와는 방향이 다른 미녀가 있었다.

서부극에서 나오는 건맨 같은 장비를 착용하고 있는, 장신의 멋쟁이 여성 플레이어였다. 피부가 윤기가 흐르는 카카오색이다.

아마도 종족이 다크 엘프인가 보다.

손질을 하지 않은 듯한 짙은 회색 머리칼과 긴 앞머리 사이로 엿보이는 아몬드 모양의 녹색 눈동자가 그녀가 지닌 야성미를 보다 강조하고 있다.

"너희들, 뭐하고 있는 거야?"

아미밍 씨와 함께 문을 통과한 사람인 듯하다. 아미밍 씨의 실제 친구이자 서머너인 맛츤 씨라는 플레이어였다. 남성스러운 말투와 입에 문 담배가 멋있다. 그래, 담배. 설마 게임 내에 있을 줄은 몰랐다.

"아아, 이거? 내가 만든 거야. 도저히 참을 수가 없어서 말이지."

"맛츤은 골초거든."

"괴, 굉장하네요."

설마 피고 싶다는 일념으로 담배를 만들어 낼 줄이야. 애연가의 집념은 무섭도다.

"이렇게 만나게 된 기념으로 한 개비 피울래?"

"아뇨, 난 안 피우거든요. 게다가 우리 애들이 어떻게 될지도 모르고."

"아아, 테이머 씨인가? 그렇겠네. 일단 무독무해하고, 아미밍의 몬스터도 싫어하지 않는 것 같지만, 조심해서 나쁠 건 없겠군. 만약에 피우고 싶어지거든 꼭 말해줘. 뭐, 지금은 물량이 달려서 많이 주지는 못하겠지만."

실제와 달리 니코틴이 함유되어 있지 않은 듯하지만, 골초들 사이에서는 기분만이라도 맛볼 수 있다며 호평을 받고 있다나.

아미밍 씨가 말하기를 애연가 플레이어 사이에서 맛츤 씨는 초유명인이고, 담배 신이라고 불린다고 한다. 나보다도 부끄러운 별명을 가진 사람은 오랜만에 보네.

참고로 20살 미만의 플레이어가 피우려고 시도하면 순식간에 소멸할 뿐만 아니라 지옥 같은 헛기침을 유발한다. 술과 마찬가지로 법률을 준수하겠다는 의지가 느껴진다.

"난 테이머 유토입니다. 일단 백은이라고 불립니다."

나도 자기소개를 하자 맛츤 씨가 눈을 크게 뜬 채 놀라워하며 목소리를 높였다.

"오오! 진짜 백은 씨였나? 이거 굉장한 순간을 목도했잖아? 아미밍과 백은, 탑 테이머들이 한 자리에서 만난 장면이잖아?"

탑 테이머라니…… 호들갑이 심한 사람이네. 아니, 아미밍 씨를 놀리는 거겠지. 친구 사이라고 했으니 말이야.

"무슨 바보 같은 소릴 하는 거니. 나 같은 건 탑도 뭣도 아냐. 로그인도 불규칙하고 공략 최전선에 있는 것도 아닌걸."

"맞아요. 나 역시 평범한 테이머와는 조금 다른 별난 플레이를 하고 있을 뿐이거든요. 게다가 처음부터 노린 게 아니라 우연히 그렇게 됐을 뿐이고."

"너, 너희 그거 진심으로……? 아니, 그래서 더더욱 그런 건가?"

"갑자기 뭘 혼자서 납득하고 있는 거야?"

"개의치 말아 줘. 게임 내에서 활약하는 비결을 깨달았을 뿐이니까."

우리를 번갈아 보고서 고개를 끄덕이고 있다. 이상한 사람이네.

뭐, 그보다도 지금은 아미밍 씨에게 관심을 기울여야지! 이번 기회를 잘 살려서 프렌드가 될 수 있다면?

"아, 혹시 괜찮다면 이 도시를 안내해 드릴까요?"

우선은 친해져야겠지! 속셈을 감추며 안내를 해주겠다고 제안했다. 그러자 아미밍 씨가 기뻐하는 듯한 얼굴로 고개를 끄덕여 줬다.

"아, 고마운 얘기네~. 근데 괜찮아?"

"괜찮고말고요. 몹시 한가하거든요!"

"그럼 부탁할까?"

"응. 그러자."

토령의 도시를 세 번째 안내하는 것이라 동선도 완벽히 파악하고 있다. 나는 아주 능숙하게 아미밍 씨 일행을 안내했다. 도중에 잡담을 나누며 친분을 쌓는 걸 잊지 않았다.

그러는 동안에 한 가지 사실을 알게 되어 놀랐다. 예전에 내 정보를 멋대로 팔았던 미레이라는 플레이어가 운영진으로부터 제재를 받았던 사건 때 신고를 해줬던 사람이 바로 아미밍 씨였다. 맛츤 씨가 알려줬다.

광장에서 미레이로부터 약을 샀을 때 내 이야기를 처음 들었다나? 그런데 그때는 노골적으로 매너를 위반한지라 도리어 내 허가를 받았으리라 여겼다고 한다. 다만 유포되는 내용에 악의가 담겨 있어서 그때는 운영진에게 매너 위반자가 있다고 알리기만 했단다.

그뒤에 우연히 나와 만나 백은의 선구자임을 확신한 아미밍 씨는 같은 테이머이기도 해서 나에게 말을 걸었다. 당연히 내 이름을 몰랐기에 백은의 선구자 씨라고 부르며 말을 걸었던 것이다.

아미밍 씨는 불명예 칭호일지라도 유니크 칭호는 기쁜 것으로 인식하고 있었던 듯하다. 또한 미레이가 정보를 퍼뜨리도록 허락했으니 당사자도 그 칭호가 널리 알려지기를 바라는 게 아닌가, 하고도 생각했던 듯싶다.

그런데 내가 황급히 뛰어가는 모습을 보고서 미레이가 무단으로 저지른 일이었음을 깨닫게 되었다. 그리고 아미밍 씨는 다시금 운영진에게 규칙 위반자가 있다고 신고했다. 앞서 연락을 받았던 운영진은 이미 대응에 나선 상태였고 그 후에는 내가 아는 것처럼 미레이에게 순조롭게 제재가 내려졌다.

"그럼 진짜 은인이잖습니까!"

"아니야. 플레이어로서 당연한 일이니까."

"그래도. 백은 씨가 테이머 동료가 아니었다면 그렇게까지 일찍 신고했을까 싶어. 이 녀석은 낯가림이 워낙 심해서 운영진과 대화할 때도 횡설수설하거든."

나를 위해서 그렇게까지……! 착한 사람! 그런데 낯가림이 심하다고 했던가? 도저히 그렇게 보이지 않는데 말이야. 그러나 사실인 듯하다. 흙의 결정을 사용했는데 단 둘이서 토령문을 통과한 걸 보면 아미밍 씨는 낯가림이 심한 듯하다.

동료 테이머와는 친근감이 느껴져 편하게 대화를 주고받을 수 있지만, 나머지 플레이어 앞에서는 말이 잘 나오지 않는다나? 너무 긴장한 나머지 플레이에까지 영향을 끼친다고 한다. 이건 진짜네.

"그래서 몇몇 테이머를 제외하고는 프렌드가 나밖에 없지."

"이렇게라도 플레이할 수 있으니 됐잖아."

입을 삐죽 내밀고서 반박하는 아미밍 씨. 으~음, 귀여워. 키가 조금 작아서 보호욕구를 자극하는 타입이다. 여자판 소야 군이라고 할 수 있겠다. 그래서 맛츤 씨도 아미밍 씨를 내버려 둘 수 없는 거겠지. 그보다도 엘프는 이런 사람들뿐인가? 무심코 남심을 자극하는 매력들이 있다는 의미인데.

"그렇다면 그 테이머 친구를 부르면 되잖아요?"

"연락했더니 아메리아와 우루슬라 모두 벌써 문을 통과한 뒤였어."

"이 아이는 문 앞에 있는 녀석들과 변변히 대화도 못 나눴으니까, 아깝긴 해도 우리끼리만 들어온 거야. 나 참, 프렌드를 더 늘리면 좋을 것을."

"맛츤도 사돈 남 말 못하잖아?"

"난 친구가 많다고. 다만 네가 소심해져서 말수가 줄어드니까 연락을 하지 않았을 뿐."

"흥~."

혹시 이거 프렌드가 될 수 있는 기회 아냐? 나는 애써 무심한 척 프렌드 코드를 교환하자고 권해보기로 했다.

"그럼 난 테이머이니 프렌드가 될 수 있지 않을까요?"

"응? 좋아~."

빨라! 그리고 가벼워! 진짜 테이머 이외의 사람에게는 낯을 가리는 거 맞아? 뭐, 어쨌든 아미밍 씨가 수락해 줬다. 마음이 바뀌기 전에 프렌드 코드를 보내자.

나는 아미밍 씨, 맛츤 씨와 프렌드가 되었다. 아니, 그래서 뭐가 달라졌냐고? 솔직히 말하자면 그저 팬심이 채워졌을 뿐이야. 그래도 기쁜 건 어쩔 수 없잖아!

"그럼 도시도 대강 돌아봤으니 던전에 가보겠어요?"

"응. 유토 군과 함께라면 든든해."

"아니, 아니, 나야말로 두 사람이 함께여서 든든합니다."

"아뇨, 아뇨."

"아니, 아니."

"이봐, 또 서로들 고개를 숙이고 있잖아."

아미밍 씨, 사회인이 확실하네. 낯가림이 심해서 잘 헤쳐 나갈 수 있을지는 모르겠지만.

자, 이로써 오늘 세 번째로 던전에 들어가게 되었다. 조금 소모가 된 상태이긴 한데 어떻게 될지……. 그런 생각을 했던 때가 나에게도 있었습니다.

아니, 아미밍 씨와 맛츤 씨, 역시나 탑 플레이어답게 둘 다 엄청 강했다. 너무 성큼성큼 나아가서 놀랐다. 유린이라는 단어가 이보다 더 잘 어울리는 장면은 없겠지.

긴장을 풀면 금세 버스 타게 될 것만 같다. 기합을 불어넣지 않으면 위험하겠어. 아미밍 씨는 던전에 맞춰서 소형 몬스터만 데리고 왔지만, 세 마리 모두 진화를 마쳤을 뿐만 아니라 놀라울 만큼 화력이 셌다.

또한 서머너 맛츤 씨가 소환한 몬스터도 대단히 강하다. 서머너가 싸우는 모습을 처음 봤는데, 늘 상황에 맞춰 적확하게 몬스터를 소환해 내어 적의 약점을 파고들었다. 순식간에 내가 가장 깊이 도달했던 지점을 넘어 더욱 안쪽으로 나아갔다.

그런데 도중에 맛츤 씨가 노움과 계약을 맺으려고 했다. 그러나 애당초 계약 자체가 허용되지 않는 듯하다. 노움은 테이머 전용 몬스터인 듯하다.

"그럼…… 운디네도? 하, 하하."

맛츤 씨가 데미지를 입었다. 아무래도 노움보다는 운디네파인 듯하다. 가엾긴 하지만 어쩔 도리가 없다. 그뒤에 스톤 스네이크와 계약을 맺긴 했지만 정신적인 데미지는 치유되지 않은 듯하다. 한동안 말이 없었다.

노움은 테이머 전용. 스톤 스네이크는 서머너 전용인가.

테이머의 승리네!

다만 아미밍 씨는 노움을 테임하려고 하지 않았다. 소재만 필요할 뿐 노움은 원치 않는 건가? 그러나 내 예상이 틀린 듯하다.

"오, 머리카락 색깔이 다르네. 혹시 유니크 개체인가?"

"드디어 왔네! 유토 군, 저 아이는 내가 테임해도 돼?"

아미밍 씨는 유니크를 노리고 있었던 듯하다. 그렇구나. 위로 올라가기 위해서는 몬스터를 선별하는 것도 중요하다는 거지. 좋은 공부가 되었다.

"예, 마음대로."

"고마워. 그럼 애들아, 쓰러뜨리면 안 된다?"

"꼐국!"

"쿠에!"

"샤~!"

두꺼비 무사시, 꼬꼬닭 코아사, 바이퍼 도산이 힘차게 대답했다. 아미밍 씨는 동물을 좋아하는가 보다. 그래도 동물만 고집하는 건 아닌 듯하다. 노움을 갖고 싶어 하는 걸 봐서는.

그리고 HP를 어느 정도 깎았을 즈음에 내가 나설 차례가 되었다. 아미밍 씨 덕분에 MP가 남아돌고 있다. 봐주기 스킬을 아낌없이 구사하여 죽이지 않도록 세심하게 주의하면서 노움을 공격했다.

이제는 아미밍 씨가 테임을 하면 끝이다. 스킬이 상당히 단련되어 있는지 유니크 노움이었는데도 약 10번 만에 테임이 성공했다. 역시 아미밍 씨네.

오르트와 어떤 차이점이 있는지 궁금하여 능력치를 보여달라고 했다. 그리고 나는 놀라서 무심코 목소리를 높이고 말았다. 그저 차이가 있구나, 하고 넘어갈 수 있는 수준이 아니었다.

이름 : 토르케

종족 : 노움 기초LV15

계약자 : 아미밍

HP : 45/45

MP : 49/49

완력 : 10

체력 : 10

민첩 : 7

솜씨 : 13

지력 : 16

정신 : 10

스킬 : 포기 나누기, 중봉술, 수경, 흙마술, 농경, 채굴, 밤눈

장비 : 토령의 팽이, 토령의 머플러, 토령의 옷

나무 기르기 대신에 수경을 갖고 있다. 아마도 유니크 몬스터가 지닌 특수 스킬은 개체마다 차이가 있는 듯하다.

부, 부럽다. 내가 가장 원하는 스킬이잖아. 아미밍 씨에게 오르트와 스킬이 다르다고 했더니 이미 알고 있었던 듯하다. 오르트가 나무 기르기 스킬을 갖고 있다는 사실은 꽤 알려져 있는 듯하니까.

더욱이 유니크 몬스터는 개체마다 소지 스킬이 다르다는 정보는 아미밍 씨가 발견하여 소문 듣는 고양이에게 팔았다고 한다. 그러니 알고 있을 수밖에.

다음에 노움 유니크 개체가 나오면 내가 테임해야지! 그러나 수경을 갖고 있는 노움이 반드시 나오리라는 법은 없지. 나무 기르기를 또 소지하고 있을 가능성도 있고……. 그래도 수경 스킬은 절대로 필요하니 테임을 최대한 시도하도록 하자.

그렇게 결의를 새로이 했으나 목표물이 나오지 않았다. 일반 노움을 너무 많이 쓰러뜨려서 오르트의 레벨이 올라 버렸다.

[종마 레벨이 25가 되었습니다. 진화가 가능합니다. 스테이터스 창을 통해 진화를 해주십시오.]

노움은 레벨25 때 진화를 하는 모양이다.

"미, 미안해요. 잠깐만 기다려 줄 수 있겠어요?"

내가 양해를 구하자 아미밍 씨와 맛츤 씨가 웃으며 대답했다.

"진화는 중요하니까. 몇 시간이든 기다릴게!"

"그럼 난 한 개비 피워볼까."

"아니, 아니, 10분쯤이면 끝나요. 다만 조언을 조금 해주면 좋겠는데."

"좋아. 맡겨둬!"

담배를 피우기 시작한 맛츤 씨를 남겨두고서 아미밍 씨가 내 스테이터스 창을 들여다봤다. 이거 든든하다. 자, 오르트가 무엇으로 진화할 수 있으려나.

"흠흠. 노움 파머, 놋커, 노움 파이터, 노움 리더라."

"우와, 많네."

아미밍 씨의 웹페이지에 실린 정보가 떠올랐다. 분명 파머와 놋커는 통상 진화로 알고 있다. 다만 베타 때와 비교하여 취득하는 스킬이 달라졌다. 상급으로 향상되는 스킬은 동일하지만, 제품판에서는 새로이 취득하는 스킬이 변경된 듯하다.

노움 파머로 진화하면 능력치 상승과 더불어서 농경 스킬이 상급으로 향상되고 중봉술, 흙마술이 특화된다고 한다. '특화'라는 단어는 게임에서 처음 듣는 듯하다. 아마도 밭일에 완전히 특화된 스킬로 향상되는 모양이다.

또한 스킬을 두 가지 선택하여 취득할 수가 있다고 한다. 베타 때는 재배 촉진, 물 뿌리기로 고정되었던 듯한데, 정식판에서는 다른 스킬도 고를 수 있는 모양이다. 목록을 확인해 보니 화분 갈이, 나무 기르기, 재배 촉진, 수경, 토양 개선, 농지 조성을 택할 수 있다. 수, 수경 스킬이 있다니! 이건 파머를 고를 수밖에 없나?

"자자, 다른 것도 보도록 해요."

"그, 그래야죠."

위험했다. 무심코 파머를 누를 뻔했다.

아미밍 씨가 있어줘서 다행이다.

그다음에 놋커라는 종족은 광산 요정을 뜻한다. 그 이름처럼 발굴 계열에 특화된 능력을 획득하는 듯하다.

채굴, 중봉술, 흙마술이 상급으로 향상되고 채굴 변질, 보석 발견 스킬을 취득하는 듯하다. 채굴 변질이란 일반적인 방식으로는 발견할 수 없는 특별한 광석을 채굴할 수 있는 스킬이다. 보석 발견은 내가 지니고 있는 스킬과 동일하다. 양쪽 모두 극저확률로 특수한 아이템을 채굴할 수 있는 스킬이다.

더 중요한 것은 전투 행위가 해금된다는 거겠지. 흙마술과 중봉술을 전투 때 사용할 수 있게 되는 듯하다. 무척 매력적이긴 하지만 오르트에게 이 길은 걸맞지 않겠지.

"다음은 파이터네."

"아마도 호감도가 최대치일 때 선택할 수 있는 진화일 거야~. 능력치는 어때?"

"으~음, 완력이 8이나 상승하고, 전투 기능을 익히네요."

노움 파이터로 진화하면 흙마술, 중봉술이 상급으로 향상되고 방패술·상급, 힘모으기, 인내를 익힐 수 있다. 이쪽도 재미있긴 하지만, 나는 오르트가 전투를 해주길 바라지 않으니까. 이 길도 아닌가.

마지막으로 유니크 개체 전용 루트인 노움 리더다. 가장 기대가 되는 진화다.

"오호라."

"굉장하네~. 역시 유니크 진화."

농경, 채굴 두 가지 스킬이 상급으로 향상되고, 흙마술은 역시나 특화된다. 추가 스킬은 일단 수호자가 확정되어 있고, 나머지 하나는 화분 갈이, 나무 기르기, 재배 촉진, 수경, 토양 개량, 농지 조성, 채굴 변질, 보석 발견 중에서 택할 수 있는 듯하다. 역시나 직접 공격을 할 능력은 없는 듯하지만 수호자라는 스킬이 꽤 재미있다. 플레이어도 방패술사 등으로 전직하면 익힐 수 있다고 한다.

수호자 : 무기로 받아내는 능력이나 방패 기능에 보너스. 파티 멤버가 많을수록 방어력 상승. 수호자 사용 시 도발 효과 있음. 나자빠짐, 움츠러듦 효과에 내성.

다시 말해 방패 역할로서의 능력이 상승한다는 뜻이겠지.

더욱이 나머지 추가 스킬로 수경까지 익힐 수 있으니 이 진화를 택하는 편이 훨씬 낫지 않나?

전투 능력은 없지만 파머와 놋커의 장점만 추려 놓았다. 뭐, 이도 저도 아닌 어중간한 능력이라고도 할 수 있겠지만……. 능력치도 가장 많이 상승되므로 나는 노움 리더로 진화시키기로 결정했다.

아미밍 씨도 리더를 추천하는 것 같고 말이야.

"그럼 노움 리더로 진화!"

"뭇무무~!"

오르트의 몸에서 빛이 나더니 진화가 개시되었다.

이름 : 오르트

종족 : 노움 리더 기초LV25

계약자 : 유토

HP : 71/71

MP : 79/79

완력 : 16

체력 : 16

민첩 : 13

솜씨 : 19

지력 : 20

정신 : 15

스킬 : 나무 기르기, 포기 나누기, 행운, 수확 증가, 중봉술, 흙마술 · 특화, 농경 · 상급, 채굴 · 상급, 밤눈, 재배 촉진EX, 수호자, 수경

장비 : 토정령(土精靈)의 괭이, 토정령의 머플러, 토정령의 옷

스테이터스는 이런 느낌이다.

겉모습은…….

"별로 바뀐 게 없네. 의상은 조금 멋있어지긴 했지만."

"무?"

사쿠라와 달리 키를 비롯한 외모가 거의 바뀌지 않았다. 굳이 묘사하자면 지금까지는 농촌 소년이었다면 지금은 상인의 차남 정도로 바뀌었다고 할 수 있으려나? 머플러나 옷이 조금 근사해졌고, 옷깃이나 소매에 살짝 자수가 수놓아져 있다.

"상태는 어때? 오르트 군."

"뭇무~!"

조금 세련된 무늬가 새로이 새겨진 괭이를 휘두르는 모습이 잘 어울리네. 유들유들한 성격도 건재하다. 진화하더라도 성격 같은 건 그대로인 듯하다.

의상이 조금 바뀐 것 말고는 차이점을 알 수가 없지만, 밭으로 돌아간 뒤에 그 진가가 발휘되겠지. 그래, 염원했던 수경 스킬을 획득했다. 어서 수경용 풀을 사야겠어!

"뭐, 채굴 스킬이 상급이 됐으니 오늘은 토령의 시련에서 활약을 좀 해줘야겠어."

"무무!"

그뒤에 전투를 치르면서 오르트의 능력을 확인했다. 그런데 진화한 오르트는 한 마디로 말해 압권이었다.

우선 수호자 덕분에 파티의 방어력이 비약적으로 상승됐다. 도발 효과 때문에 적의 공격이 집중되기 일쑤였지만, 방어력 상승 효과가 강력한 듯하다. 적의 공격을 괭이로 능숙하게 받아낼 수 있게 되었다. 눈에 보일 정도로 받는 데미지가 줄었다. 더욱이 나자빠짐 효과에 내성이 생겨서 전혀 물러서지 않는다. 공격은 불가능하지만 방패로서 대활약을 펼쳤다.

또한 채굴·상급이 대단했다. 채굴량이 늘고 품질도 상승되었다. 수량과 품질 모두 향상되었으니 입수할 수 있는 광물의 가치가 2배 가까이 늘어나겠지. 이거 농경·상급도 기대가 된다.

"오르트, 아주 든든해졌구나!"

"뭇무~!"

안정감이 더욱 늘어난 우리 팀은 기세를 몰아 던전 안을 힘차게 나아갔다.

그러자 지금껏 보지 못한 커다란 방이 나왔다.

넓이가 체육관 정도는 되는 듯하다. 천장과 벽에서는 빨강, 파랑을 비롯한 형형색색의 수정들이 튀어나와 있고, 방 안쪽에는 가장 거대한 백수정이 자리하고 있다. 아무리 봐도 평범한 방은 아닌 듯하다.

"여긴 뭘까요?"

"으~음. 예쁘구나~."

"무무!"

"잠깐, 너희들. 섣불리 나아가면……."

쾅!

미안합니다, 맛츤 씨. 이미 늦은 듯해요.

오르트가 방 가운데까지 타타닷, 하고 달려간 직후였다. 방 입구가 갑자기 막혀 버리고 말았다.

분명 무슨 일이 벌어진 거겠지?

그렇게 생각하고서 바짝 긴장을 하고 있으니 벽에 박혀 있는 거대한 백수정이 미세하게 진동하기 시작했다. 그리고 점차 그 진동이 커져가더니 결국에는 수정이 붉게 빛나기 시작했다.

그대로 빛이 수정 안에서 준동하기 시작했다. 내부에 커다란 마법진이 그려졌다.

몇 초 뒤 마법진이 완성되자 한순간 커다란 섬광이 일었다.

"으앗!"

무심코 눈을 감고 말았다. 그러자 내 귀에서 짐승이 으르렁거리는 듯한 중저음이 들려왔다. 아니, 진짜 짐승 울음소리?

"가로로로로——!"

빛이 멎은 뒤 그 자리에 한 마리의 거대한 짐승이 출현했다.

사족보행을 하는, 개미핥기를 닮은 짐승이다. 다만 등과 다리 일부가 게 같은 갑각류처럼 딱딱한 회색 갑각으로 뒤덮여 있다. 또한 도마뱀처럼 꼬리가 긴데 그 끝이 마치 메이스처럼 크게 부풀어 있다.

이름은 토령의 가디언. 머리 위에 빨간 마커가 떠 있네.

"보스다! 어쩔 수 없지. 다들 한 번 붙어보자고!"

"모두들, 가요!"

맛튼 씨와 아미밍 씨가 곧장 전투태세로 전환했다. 두 사람보다 약간 늦긴 했지만 나 역시 지팡이를 들고서 몬스터들에게 지시를 내렸다.

"오르트, 이번 전투도 부탁할게!"

"무무!"

오르트가 대담하게 웃고서 괭이를 들었다. 든든한걸. 보스와의 전투가 시작된다.

"쿠마마, 릭, 사쿠라는 각자 알아서 공격을 가하도록 해!"

오르트 덕분에 쿠마마와 다른 종마들이 보다 안심하고서 공격을 할 수 있게 되었다.

"쿳쿠마!"

"키큐!"

"——!"

우선은 마술이 아니라 직접 공격부터. 그러나 역시 단단했다. 데미지가 아예 통하지 않는 건 아니지만, 아미밍 씨 파티에 비해서는 미진하다.

"우리 공격력으로는 데미지를 기대할 수 없나……. 모두들 지원에 주력해 줘! 파우, 루프레는 아미밍 씨와 맛츤 씨를 지원!"

"야~!"

"흠!"

보스는 단단할 뿐만 아니라 힘도 세다. 더욱이 기다란 혀와 꼬리를 이용하여 변칙적인 중거리 공격도 가능하다. 또한 흙마술을 사용할 뿐만 아니라 움직임이 둔하지 않다.

오르트가 없었더라면 우리는 진즉에 죽고서 아미밍 씨 파티가 승리하기를 도시에서 기원하고 있었겠지.

"가로로로오오오!"

"무무~!"

오르트가 진화해 준 덕분에 정말로 살았다!

나는 오르트의 보호를 받으면서 끈질기게 살아남아 아미밍 씨와 맞츤 씨를 계속 지원했다. 사쿠라의 나무마술 · 상급이 꽤 도움이 되고 있다. 데미지를 그럭저럭 입히는 동시에 움직임을 저해하는 효과로 보스의 공격을 번번이 차단해주고 있다.

"HP를 절반까지 깎았어! 아미밍, 회복하도록 놔두면 안 돼!"

"응, 알고 있어!"

지금까지는 죽지 않고 유리하게 전투를 진행하고 있다. 뭐, 데미지를 아예 안 입은 것은 아니고, 회복 아이템과 마술을 마구 써대고 있긴 하지만 순조롭다고 할 수 있겠지.

"이대로 잘 되려나?"

그런 장밋빛 결말을 상상했지만 잘 될 리가 없었다.

보스의 HP가 30퍼센트 수준으로 줄어든 직후에 그 행동 패턴이 크게 바뀌었다.

아르마딜로처럼 몸을 움츠리고는 제자리에서 꼼짝을 하지 않았다. 그리고 우리가 공격을 가하면 흙마술로 카운터를 날렸다.

원거리 마술 공격으로는 방어 태세로 전환한 보스의 수비를 뚫어낼 수가 없었다. 릭의 열매탄이 간신히 데미지를 주고 있다.

"으~음, 하는 수 없지. 비장의 패를 꺼내야하나."

"별 수 없네. 여기서 써야하나."

"백은 씨, 가디언의 주의를 끌어줄 수 있겠어?"

"알겠습니다! 오르트, 릭! 녀석을 도발하는 거야!"

"무무~!"

"큣큐~!"

아미밍 씨와 맛츤 씨가 뭔가 큰 기술을 쓰려는가 보다. 비장의 수단이겠지. 우리는 보스의 주의를 끌어 두 사람에게 등을 보이 도록 유도해나갔다.

"란라란~ ♪"

오르트와 릭은 보스 앞을 이리저리 돌아다니고 있고, 파우는 음악을 연주하고 있다.

그런데 그때였다.

"가로로로로로로로로로로로오오!"

"뭐, 뭐지?"

가디언이 입을 쩍 벌리고서 그 커다란 입을 이쪽으로 돌렸다. 분명 나를 쳐다보고 있다.

입 안이 점차 붉게 빛나기 시작했다. 분명 무언가를 끌어모으고 있다. 아무리 생각해도 파동포 같은 기술을 방출하려는 듯하다.

이내 그 입에서 새빨간 섬광이 뿜어졌다.

"무, 무무~!"

"오르트!"

오르트, 굉장해~! 우와, 가디언이 방출한 붉은 광선을 괭이로 받아내 튕겨냈다. 그 광경은 로봇 애니메이션에서 자주 볼 수 있는, 빔 병기가 배리어에 저지당하는 장면과 비슷했다.

오르트도, 그 괭이도 굉장하다. 오르트 본인은 데미지를 입긴 했지만, 나와 다른 몬스터들은 전혀 피해가 없었다.

"굉장해!"

"무~……."

그러나 가디언 역시 일개 몬스터가 아니었다.

"가로로로로로오오!"

"두, 번째?"

"무, 무~……."

오르트의 얼굴에 비장감이 서려 있다. 그는 나를 가볍게 돌아보고는 어서 도망치라는 듯이 손짓을 했다. 자신의 힘으로는 이제 두 번째 방출을 막아낼 수 없음을 깨달았겠지.

안 되나? 오르트를 희생하지 않으면 살아남을 수가 없나?

뭔가…… 뭔가 방법이……! 이런 상황에서 쓸 수 있는 아이템이라든지!

"젠장!"

그런 요행이 있을 리가…….

"――!"

"어? 사쿠라?"

내가 스스로의 무력함을 한탄하고 있으니 사쿠라가 조용히 앞으로 나섰다.

그녀의 온몸이 푸르게하게 빛나고 있다. 마치 진화했을 당시를 떠올리게 하는 신비로운 빛이다.

"――!"

사쿠라가 오른손을 앞으로 뻗었다. 그러자 그 손에서 나온 빛이 오르트를 휩싸는 게 아닌가. 오르트가 입은 데미지가 쑥쑥 회복되어 간다. 회복 능력인가? 아니, 이 빛의 효과는 그뿐만이 아니었다.

"가로로로——!"

"뭇무무~!"

두 번째 섬광이 방출되었다. 그러자 오르트가 마치 야구방망이처럼 괭이를 척 들더니 힘껏 풀스윙을 했다. 그 호쾌한 모습은 메이저리그의 홈런 타자를 방불케 했다.

붉은 광선과 검은 괭이가 맞부딪쳤다.

"어어어?"

나는 아까처럼 그저 버텨내는 게 고작일 거라고 상상했다. 그러나 사쿠라가 방출한 그 빛은 단순히 오르트를 치유하기만 한 것이 아니었다.

우와, 오르트가 괭이로 붉은 광선을 튕겨내 그대로 가디언 쪽으로 날려 버렸다.

"가, 가가아아아!"

얼굴에 붉은 빛이 제대로 적중된 가디언이 엉겁결에 헛발을 내디뎠다.

그 틈을 두 명의 탑 플레이어가 놓칠 리가 없다.

아미밍 씨의 목소리가 울려퍼졌다.

"코아사! 혼신의 일격!"

혼신의 일격이란 최대 HP의 절반과 MP를 모조리 소비하여 다음 일격의 위력을 몇 배 증가시키는, 그야말로 그 이름에 걸맞는 기술이다.

유니크 스킬로 현재 아미밍 씨의 몬스터만 소지하고 있는 것으로 확인된 상태다. 참고로 게시판 정보다.

"코아사가 혼신의 일격을 갖고 있었구나!"

놀란 내 눈앞에서 수탉과 꼭 닮은 몬스터인 꼬꼬닭 코아사가 보스를 향해 돌진했다. 그리고 그 작은 부리로 보스의 딱딱한 갑각을 찔렀다.

데미지가 전혀 통하지 않을 것 같은 구도였으나 엄청난 굉음과 함께 보스의 자세가 무너졌다.

HP를 한번에 크게 깎긴 했지만 완전히 쓰러뜨리지는 못했다. 그러나 아미밍 씨의 공격은 그것으로 끝이 아니었다.

"송환, 코아사! 소환, 야스케!"

그렇게 외치자마자 코아사의 모습이 빛과 함께 사라지더니 그 자리에 커다란 투구벌레 몬스터가 출현했다.

"야스케! 혼 어택!"

"고고!"

투구벌레가 뿔로 보스에게 추가타를 날렸다. 그럼에도 보스를 해치우지 못했지만, 완전히 넘어뜨리는 데는 성공했다.

그다음에는 다함께 총공격을 가했다. 특히 맛츤 씨가 불러낸, 커다란 오우거처럼 생긴 몬스터의 일격이 화려했다. 누가 보스인지 모를 만큼 박력이 느껴지는, 우락부락하게 생긴 오우거가 그 흉악한 얼굴이 장식이 아님을 보여주듯 손에 든 커다란 해머로 보스의 명줄을 끊어 버렸다.

10미터가 넘는 거대 해머가 땅을 깨뜨리고 푹 꺼뜨렸다. 그 충격은 마치 지진이라도 일어난 듯했다.

"가오오오……——."

토령의 가디언이 빛의 입자가 되어 사라졌다.

"휴우. 끝났다!"

위험했다. 아미밍 씨와 맛츤 씨가 없었다면 틀림없이 죽었겠지.

"고생했어. 지원이 아주 좋았어. 고마워."

"나도 음유시인 계열 몬스터를 찾아볼까."

도움이 된 것 같아 다행이다. 강자에게 기생하듯 보스전에서 승리하는 건 몹쓸 짓이니까. 뭐, 그에 가까울지도 모르겠지만…….

아니, 아니, 다음에는 더 활약하는 모습을 보여줄 테다! 그 결의가 중요하다! 아마도…….

더욱이 나는 한심스러웠으나 오르트와 사쿠라는 충분히 활약했다.

"맞다! 사쿠라, 아까 그 빛은 뭐야?"

사쿠라에게 그런 스킬이 있었던가?

"아, 혹시 그게 신통?"

"——!"

정답이었다. 그렇구나, 그게 신통인가? 아마도 대상을 회복시키고서 스테이터스를 대폭 향상시키는 효과가 있는 듯하다. 그러나 어째서 그때만 사용할 수 있었을까?

뭔지 알 수 없는 사용 조건을 충족한 건 틀림없는데…….

아미밍 씨와 함께 신통에 관해 고찰해 봤다. 그 결과 보스전 같은 큰 전투에서 파티가 궁지에 몰렸을 때 사용할 수 있는 게 아니냐는 결론이 내려졌다. 궁지에 몰렸을 경우, 라는 조건이 대단히 포괄적이긴 하다. 파티 전체의 총HP가 일정 이하로 떨어지거나, 파티 멤버가 빈사 상태에 이르렀을 경우를 꼽을 수 있겠다.

분명 우리는 꽤 위험한 상태였고 오르트도 위기였다. 궁지에 몰린 상황이라고 할 수 있겠지.

뭐, 아주 희귀한 스킬이니 앞으로도 검증을 계속 해보는 수밖에 없겠지.

일단 신통 스킬에 관해 고찰하는 건 그쯤에서 마무리하고 성과를 확인해보자.

"뭘 떨어뜨렸으려나."

토령의 가디언의 드랍템을 확인해 봤다.

"갑각? 갑옷에 쓸 수 있으려나? 담배를 제작할 때 쓸 만한 소재는 없는 것 같네……."

"난 혀야."

나는 흙의 수호수의 갑각과 흙의 수호수의 털, 흙의 수호수의 발톱을 입수했다. 뭐, 도구를 제작할 때 쓸 수 있을 것 같네. 내 지팡이나 로브보다도 쿠마마나 릭의 장비에 사용하는 편이 나을지도 모르겠다.

혀는 레어 드랍템인가? 하고 생각했는데, 맛츤 씨가 놀란 듯한 얼굴로 목소리를 높였다.

"야야, 흙의 결정 드랍했다."

"어어? 진짜?"

"응. 이거."

우와, 토령의 가디언은 흙의 결정을 드랍하는 듯하다. 이게 레어 드랍템인가? 그런데 레어 드랍템은 혀 아냐? 만약에 일반 드랍템이라면 앞으로 여기서 보스 사냥이 이루어질지도 모르겠다. 나는 솔직히 싸우고 싶지 않지만, 아미밍 씨와 맞츤 씨는 반복 사냥이 가능한지 의논하고 있다.

"뭐, 반복 사냥을 할지는 제쳐두고 이다음에는 어쩔 거야?"

"으~음. 어쩌지. 방금 건 중간 보스였던 것 같은데."

그렇다. 아미밍 씨와 맞츤 씨가 말했듯 토령의 가디언은 던전 보스가 아니었다. 보스인 토령의 가디언을 천신만고 끝에 이기긴 했지만 던전은 끝나지 않았다. 들어왔던 입구와는 별개로 앞으로 나아가는 통로가 출현했다.

"방금 게 중간 보스였나……. 이거 꽤 난도가 높네."

맞츤 씨가 중얼거렸다. 그녀가 말하기를 그 중간 보스는 제4에어리어의 필드 보스만큼 강했다고 한다. 그렇다면 던전 보스는 대체 얼마나 강한 걸까? 적어도 우리가 대적할 수 있는 상대는 아닌 듯하다.

그리고 도중에 궁금한 게 생겨서 물어봤다.

"아미밍 씨. 저기, 몬스터를 교체한 건 스킬인가요?"

"아냐. 이것 덕분."

아미밍 씨가 목에 걸고 있는 목걸이를 꺼내 보여줬다.

"종마의 보주(寶珠)……. 이게 바로."

"응."

소문으로는 듣긴 했지만 실물은 처음 본다. 종마의 보주……
소환주라고도 불리는 테이머 필수 아이템이다. 이걸 사용하면 집 같은 장소에서 대기하고 있는 몬스터 한 마리를 소환할 수가 있다. 파티 멤버가 꽉 찼을 경우에는 지정한 몬스터와 교체할 수가 있는 듯하다.

단순히 지친 몬스터를 건강한 몬스터와 교대할 수 있는 아이템으로만 여겼는데 아미밍 씨가 사용하는 모습을 보고서 활용법이 그뿐만이 아님을 깨달았다.

몬스터의 필살기와 연계하는 사용법은 전혀 생각지도 못했다.

종마의 보주를 연속으로 사용할 수는 없지만 여러 개를 가지고 다니는 건 가능한 듯하다.

"그럼 수십 개를 들고 있으면 마음껏 교체할 수 있습니까?"

"그게 가능하다면 좋겠지만 무리지~."

종마의 보주는 그저 소지하기만 해서는 사용할 수 없다고 한다. 다시금 아미밍 씨가 종마의 보주를 보여줬다. 그런데 목걸이 자체는 단순한 독내성 목걸이였다. 종마의 보주를 사용하기 위해서는 장비품의 빈 슬롯에 보주를 장착해야만 하는 듯하다.

빈 슬롯은 장비마다 숫자가 다르고, 대장장이가 강화를 할 때도 빈 슬롯을 소비한다. 즉, 종마의 보주를 많이 장착하기 위해서는 빈 슬롯이 많은 장비를 찾아내야 한다. 그러나 강력하면서도 빈 슬롯이 있는 장비를 찾기가 쉽지가 않고, 또한 강화할 수 있는 기회도 포기해야만 한다. 장착한 보주를 떼어낼 수도 있긴 하지만, 대장장이에게 의뢰해야 하니 섣불리 저지를 수도 없다.

또한 종마의 보주를 그만큼 여러 개나 마련할 수 있겠느냐는 문제도 있다. 실은 이 종마의 보주를 제작하려면 종마의 마음이 필요하다. 나는 아직 길드 랭크가 낮아서 만들 수 없긴 하지만, 랭크가 앞으로 하나만 더 오르면 제작이 가능해질 테니 기대가 된다.

또 한 가지 궁금했던 것은 맛츤 씨가 소환한 몬스터였다.

"순간 소환으로 불러내 마지막에 끝장을 낸 도깨비 같은 몬스터가 있었죠? 처음부터 그 몬스터를 소환했다면 더 편하지 않았을지……."

엄청 강해 보였고, 실제로 공격력도 장난이 아니었다. 완전 소환이란 몬스터를 파티 멤버로서 오랫동안 불러내는 소환법을 말한다. 그에 반면 순간 소환이란 도중에 사역 몬스터를 한순간 불러내어 스킬을 딱 한 번만 사용하게 하는 소환법이다.

완전소환은 소비 마력이 클 뿐만 아니라 유지비용이 있어서 사용하기가 쉽지 않다고 들었다. 그러나 그 오거가 있었다면 더 일찍 승리를 거둘 수 있지 않았을까? 그러나 그렇게 간단한 이야기가 아닌 듯하다.

그 몬스터는 강력귀(剛力鬼)라는 몬스터인데, 종마 합성 시 사고(事故)로 태어난 특수 개체라고 한다.

종마 합성이란 그 명칭대로 종마들을 합성하여 새로운 몬스터를 만들어내는 서머너 고유 시스템이다. 그런데 종종 사고가 발생한다고 한다. 예정된 몬스터가 아닌 다른 몬스터가 태어나는, 낮은 확률로 일어나는 현상이다.

그 합성 사고 중에는 랭크가 아주 높은 몬스터가 탄생하는 특수 사고라 불리는 현상이 있다고 한다. 사고 자체도 일어날 확률이 낮지만, 특수 사고는 벌어질 확률이 지극히 희박하다. 플레이어 사이에서도 아직 몇 건밖에 확인되지 않은 듯하다.

맞츤 씨의 강력귀도 그 특수 사고 끝에 태어난 개체였다. 게임 내에서 꽤 후반에 출현할 것으로 예상되는 강력한 몬스터다.

순간 소환은 완전 소환에 비해 필요 코스트가 10분의 1밖에 되지 않는다. 그럼에도 그 강력귀를 순간 소환하려면 현재 맞츤 씨가 보유한 최대 MP의 절반 가까이 필요하단다.

"완전 소환이 가능해지는 날이 언제 올지 나도 몰라."

아미밍 씨와 맞츤 씨 모두 필살기라고 해야 하나, 비장의 수단이 있어서 부럽네. 나도 멋진 기술을 꼭 갖고 싶다. 뭐, 갖고 싶다고 해서 가질 수 있는 게 아니긴 하지만.

"아니, 그래도 언젠가 꼭……!"

내가 결심하고 있으니 아미밍 씨가 레벨이 오른 몬스터 확인을 마친 듯하다.

"저기, 이다음에 어쩔래? 소모가 꽤 심하니 개인적으로 더 이상은 힘들 것 같은데."

"나도 그래요. 이다음에는 더 강한 적이 나올 것 같고요."

"나도 그래."

"그럼 다음 방이 어떻게 되어 있는지만 확인하고서 돌아갈까?"

"그렇군. 난 그 의견에 찬성인데?"

"나도요."

내가 당연하다는 듯이 말하긴 했지만 아미밍 씨 파티의 결정에 거역할 수 있을 리가 없다. 더 이상은 탐색하는 게 벅차서 실은 돌아가고 싶긴 하지만.

상급자와 탐색하는 건 편하긴 하지만 은근히 정신력이 소모된다. 가끔이라면 좋지만 매일은 어려울지도 모르겠다. 역시 솔로 플레이가 편해서 좋다. 아니, 아미밍 씨 파티와의 모험이 싫었다는 의미는 아니라고. 정말로.

다만 아미밍 씨 앞에 있으니 내 언동이 자꾸만 이상해지고 만다. 그러나 동경하는 탑 게이머가 갑자기 눈앞에 나타나 함께 게임을 하자고 권하면 모두들 이렇게 될 수밖에 없을걸.

"그럼 다음 방으로 렛츠 고~."

"이봐, 뭐가 나올지 모르니 너무 촐랑대지 마. 그러다가 이상한 데서 함정에 빠져 죽을라."

"아, 알고 있대도."

"진짜?"

그뒤에 선두를 맡은 씨로 바꾼 뒤 새롭게 출현한 통로를 나아갔다.

다음 방에 출현한 몬스터를 확인한다.

"여전하네……. 그래도 숫자가 많아졌는지도. 게다가 레벨이 올라갔을 가능성도 있겠네~."

"그럼 더 까다로워졌다는 뜻이잖아요?"

"백은 씨 말대로군. 오늘은 무리하지 말고 탈출하자."

"응."

그런 이유로 우리는 탈출 구슬을 써서 토령의 도시로 돌아가기로 했다.

"돌아왔네~."

"오. 드디어 한 개비 피울 수 있겠구만."

"고생했습니다."

"응. 여러모로 고마웠어. 유토 군."

"아뇨, 나야말로 고마웠습니다. 나 혼자였다면 중간 보스를 못 쓰러뜨렸죠."

"이쪽이야말로 우리들만으로는 까다로웠을 거야. 백은 씨의 지원이 꽤 요긴했어. 또 함께할 기회가 생긴다면 부탁할게."

아미밍 씨와 맛츤 씨는 이번에 입수한 소재를 지인 대장장이에게 가지고 가려는 듯하다. 흙의 결정은 맛츤 씨의 프렌드에게 판다고 한다. 나에게 그래도 되겠느냐고 물었지만 불만이 있을 리가 있다. 이번에 입수한 아이템은 모두 입수한 개인이 갖기로 약속했으니 그건 맛츤 씨의 것이다.

"그럼 우린 갈게."

"또 봐!"

아미밍 씨와 프렌드도 됐고, 중간 보스도 격파했고, 오르트도 진화했다. 사쿠라의 신통까지 볼 수 있었으니 정말로 수확이 많은 탐색이었네.

"자, 우린 도시에서 포션을 구입한 뒤 또 던전을 돌아 보자."

"무!"

"오, 아직도 팔팔하네."

"무~무!"

"――!"

꽤 호된 꼴을 당했는데도 오르트가 괭이를 들어올리며 의욕을 보였다. 사쿠라도 조용히 투지를 불태우고 있다.

"쿳쿠마!"

"키큐~!"

"흐무무!"

"야~!"

아니, 그건 다른 애들도 마찬가지인가. 오히려 아까는 오르트와 사쿠라에게 활약할 기회를 빼앗겼으니 다음에는 자기들 차례라며 벼르고 있는 듯하다. 제각기 쉐도우 복싱을 하거나 포즈를 취하며 어필하고 있다.

"다들 든든하네! 좋아, 그럼 던전으로 또 돌격이다! 오늘은 끝장을 보는 거야!"

그러나 그 의욕이 화근이었는지도 모르겠다.

사기가 충천한 상태에다가 아까 전까지 아미밍 씨 파티와 함께였기에 미묘하게 대범해졌는지 물러설 때를 오판하고 말았다.

아니, 실제로는 성큼성큼 나아가고 있었다. 블루우드 지팡이를 입수했고, 오르트도 진화해서 전투력이 꽤 올라갔을 테니까. 그래서 너무 우쭐거리고 말았다.

방 하나만 더 탐색하고 마쳐야겠다고 판단하고서 앞으로 나아갔더니 미쳐버린 토령 세 마리가 펼치는 구멍함정 지옥에 빠져 죽을 뻔했다. 도주 구슬이 없었더라면 끝장이 났겠지.

그뒤에는 평상시 리듬을 되찾았다. 조심스럽고도 신중하게 던전을 거듭 도전했다. 나처럼 던전 공략이 익숙하지 않은 피라미 플레이어는 안전 최우선 플레이가 딱 좋다.

음, 나는 배웠다. 빨리 가는 게 능사가 아님을.

도중에 휴식은커녕 아예 차 마시는 시간을 가졌지. 그런 식으로 느긋하게 던전을 탐색하다가 여러 번 휴식을 가졌을 때였다.

"쿳쿠마~."

"오오. 쿠마마의 호감도가 최대치가 된 건가?"

벌꿀 주스를 다 마신 직후에 쿠마마가 종마의 마음 · 쿠마마를 건넸다.

우와~, 기쁘네. 쿠마마에게 사랑을 받고 있다는 것도 기뻤지만, 실리적인 의미로도 기뻤다.

현재 쿠마마는 아까 전 중간 보스와 전투를 치른 덕분에 현재 레벨 24다. 오르트와 사쿠라처럼 앞으로 레벨이 1만 더 오르면 진화할 가능성이 높다.

이대로는 일반 개체인 쿠마마를 통상 진화만 시킬 수 있는 게 아닌지 걱정했었다. 딱히 그래도 상관없긴 하지만, 만약에 택할 수 있다면 특별한 진화를 시키고 싶다. 그렇다면 호감도가 최대치에 달했을 때 선택할 수 있는 호감도 진화가 딱 적합한데…….

종마의 마음을 받지 못한 채 오늘에 이르렀기에 이제 어렵겠구나 체념하던 차였다. 휴식을 자주 하길 정말로 잘했다! 분명 과자 덕분에 호감도가 올라갔을 것이다.

"쿠마마는 과연 어떻게 진화할 수 있으려나?"

"쿠마?"

"되도록 귀여운 겉모습은 유지했으면 하지만, 멋진 모습도 좋겠네. 쿠마마는 어느 쪽이 좋아?"

곰인형 같은 외모를 유지하는 것도 좋긴 하지만, 진짜 곰처럼 사나운 모습도 나쁘지는 않다. 울음소리도 '쿠마마'가 아니라 '가오~'가 더 잘 어울리는 야생미가 물씬 느껴지는 그런 곰.

"쿳쿠마?"

"당사자라서 뭐가 더 어울릴지 잘 모르나?"

"쿠마."

그런 이야기를 몇 시간 전에 했었다.

크으~, 절묘한 타이밍이라는 건 바로 이런 상황을 두고서 말하는 거겠지. 한두 마리씩 출현하는 몬스터를 약한 아이 괴롭히듯이 쓰러뜨려 나갔더니 쿠마마의 레벨이 올라갔다.

"쿠마마마!"

"오오! 역시나 쿠마마도 레벨 25에 진화하는구나!"

오르트가 진화했을 때와 마찬가지로 안내음이 흘렀다.

"으~음, 쿠마마의 진화 후보는 2개네."

몬스터마다 진화 후보의 숫자가 다르다. 오르트나 릭은 통상 진화 후보가 2개였지만, 허니 베어인 쿠마마는 사쿠라와 같이 통상 진화 후보가 1개밖에 없는 듯하다.

"으~음, 이쪽이 통상 진화겠지. 버그 베어라. 흐음?"

이름에 베어가 붙어 있긴 하지만, 곰과는 전혀 다른 종족인 요정 쪽 아니었던가? 분명 나마하게*처럼 생긴 녀석이었던 듯하다.

---

*일본의 요괴의 한 종류로 험상궂게 생긴 붉고 푸른 피부의 생김새에, 도롱이를 입고 식칼이나 방망이를 들고 다닌다

그래도 작품에 따라 곰처럼 생긴 캐릭터도 등장했던가? 어쨌든 이 게임에서는 곰 종류에 속해 있는 듯하다.

가장 많이 올라가는 능력치는 완력인가. 그다음에는 체력이네. 스킬은 발톱 공격이 상급으로 향상되고, 대식은 상위 호환 스킬인 초대식으로 바뀌는 듯하다. 또한 추가타라는 스킬을 익히는 모양이다. 이 스킬은 공격했을 때 낮은 확률로 추가 데미지를 주는 스킬이다. 버그 베어가 되면 전투력이 중점적으로 강화되는 듯하다.

그리고 나머지 하나는 호감도 때문에 해방된 진화 후보겠네.

"로열 허니 베어?"

이쪽은 체력과 솜씨가 상승한다. 스킬도 제법 재밌다. 발톱 공격 · 상급은 버그 베어와 동일하지만, 로열 허니 베어는 대식이 아니라 양봉 스킬이 상급으로 향상되는 듯하다. 또한 곤충 유인이라는 스킬이 새롭게 추가된다.

일정 확률로 곤충 계열 몬스터를 매료하는 효과와 몬스터가 아닌 곤충과 친해질 수 있는 효과를 지니고 있다. 로열 허니 베어는 완전히 양봉에 특화되어 있다.

"고민이 되긴 하지만……."

양봉으로 얻을 수 있는 벌꿀 품질이 올라가면 요리 품질도 덩달아 향상되겠지. 더욱이 버그 베어는 왠지 무섭다. 평범한 곰으로 바뀌는 것 정도라면 괜찮지만, 만약에 전승대로 고블린이나 나마하게처럼 변해버린다면…….

아니, 그래도 상관없긴 하지만. 다만 징그러운 모습으로 변해

버린 쿠마마를 종전처럼 사랑할 수 있을지 모르겠다. 지금은 확실한 루트를 선택하기로 하자.

"좋았어. 로열 허니 베어다!"

"쿠마~!"

특수 진화이기도 하니까.

이름 : 쿠마마

종족 : 로열 허니 베어 기초LV25

계약자 : 유토

HP : 89/89

MP : 68/68

완력 : 23

체력 : 19

민첩 : 14

솜씨 : 18

지력 : 13

정신 : 14

스킬 : 애교, 대식, 후각, 재배, 발톱 공격 · 상급, 등반,
　　　독내성, 향기, 양봉 · 상급, 힘모으기, 곤충 유인

장비 : 없음

모습은…… 조금 바뀌었네. 큰 부분은 바뀌지 않았다. 몸 색깔은 전과 동일하고, 귀여운 모습도 여전하다. 다만 몸집이 상당히 커졌다. 키가 160센티미터쯤 되는 듯하다. 완전히 키로는 추월을 당하고 말았다.

또한 장비품이 모조리 해제되어 인벤토리로 돌아간 상태다. 아마도 몸집이 커져서 기존 장비가 맞지 않는 듯하다. 당장 장비를 조달할 필요가 생겼다.

"뭐, 슬슬 던전 공략도 접으려던 차이니 마침 잘 됐나."

벌써 8번씩이나 던전을 돌아서 싫증이 나기 일보 직전이었다. 생각해보니 같은 던전을 반복하여 도는 건 이 게임을 개시하고서 첫 경험이다. 한동안은 하고 싶지 않다.

다음 방을 들여다보니 공교롭게도 마침 미쳐버린 토령이 딱 하나만 있었다. 쿠마마의 전투력을 시험해 보고 나서 던전을 나가기로 했다.

"부탁해, 쿠마마."

"쿳쿠마!"

쿠마마가 힘차게 돌진하여 미쳐버린 토령에게 발톱을 휘둘렀다.

진화한 쿠마마의 공격력은 상당했다. 2배는 아니어도 50퍼센트 정도는 늘어나지 않았을까? 완력 자체는 장비품 보너스가 없어져서 거의 변함이 없다. 다시 말해 스킬이 상급으로 향상된 덕분이겠지. 크리티컬 확률과 넉백 확률도 늘어난 것 같다. 역시나 진화하면 상당히 강해지는 듯하다.

"이로써 탐색이 더더욱 수월해지겠네."

"쿠마마!"

말랑말랑한 팔을 홱 구부려 주먹을 불끈 쥐는 포즈를 취하며 의

기양양해하는 쿠마마가 든든하다. 앞으로 루프레와 파우의 진화도 기대가 된다. 분명 강해지겠지.

그대로 우리는 토령의 도시로 돌아갔다. 도시에 있는 플레이어의 숫자가 꽤 늘어난 것을 알 수 있었다. 활기를 띠고 있다.

"또 늘었네~."

재미있는 점은 토령의 도시로 돌아갈 때마다 플레이어가 점점 늘어간다는 것이다. 아릿사 씨를 비롯한 소문 듣는 고양이의 탐색반과 아메리아를 비롯한 테이머 군단이 순조롭게 흙의 결정을 입수하여 지인들에게 제공하는 듯하다.

"일단 소재 선별만 해둘까."

중간까지는 입수한 몬스터 드랍템이나 채굴물을 세세히 확인했다. 그런데 던전을 거듭 돌다보니 역시나 귀찮아졌다. 어차피 레어 아이템을 손에 넣어본들 그 자리에서 팔 수도 없으니까. 그러므로 던전에서 나온 뒤 한꺼번에 확인하기로 했다.

광장 구석에 있는 벤치에 앉아 인벤토리를 열었다.

"너희들은 적당히 놀고 있어."

"무무!"

"라라라~ ♪"

아마도 다함께 춤을 추려는 듯하다. 류트를 켜는 파우를 중심으로 마치 축제 때처럼 팔다리를 신나게 놀리며 빙빙 돌고 있다. 진화했더라도 행동은 전혀 달라진 게 없네. 그보다도 집중이 안 되는데……. 뭐, 별 수 없나.

"드랍템은 달라진 게 없나……? 아니, 이건!"

우와, 흙의 결정을 입수했다. 더군다나 2개씩이나! 이력을 훑어보니 미쳐버린 토령에게서 1개, 오르트가 채굴해서 1개를 획득한 듯하다. 채굴 · 상급이라서 그런가?

"이걸 어떻게 할까⋯⋯."

아릿사 씨에게 팔까? 아니, 그전에 프렌드에게 알려야겠지. 슬슬 흙의 날이 끝나가니 만약에 토령문에 들어가고 싶은데도 흙의 결정이 입수하지 못한 프렌드가 있다면 넘겨주고 싶다.

"그럼 우선은 아시하나한테 연락을 해볼까."

게시판

[테이머] 이곳은 LJO의 테이머들이 모인 스레드입니다 [모여라 Part13]

새로운 테임 몬스터의 정보부터 자신이 테임한 몬스터 자랑담까지. 모두 모여라!

· 다른 테이머의 아이들을 모욕하는 발언은 금지입니다.
· 스크린샷 환영.
· 하지만 도배는 자제해주세요.
· 상식을 갖고 글을 올립시다.

: : : : : : : : : : : : : : : :

664 : 이완
노움을 얻었다는 보고가 속속 올라오고 있네.
노움을 얻은 테이머 비율이 엄청나.

665 : 에린기
난 노움을 획득하지 않았어. 여러 이유가 있지만, 역시나 밭을 가질 생각이 없으니까.

666 : 우루슬라

나도 밭을 얻을지 말지 아직 미정이지만 획득했어! 귀여워해 주기 위해서!

당신도! 어서!

667 : 에린기

남자인 내가 애완용으로 노움을 얻는다? 무슨 변태냐ㅋㅋㅋ

게다가 전투력도 없는 몬스터를 그저 귀여워해 주고자 테임 한도를 소비할 용기는 없어.

다만 테이머가 노움을 테임한 비율 같은 건 궁금하네. 보유율이라고 해야 하려나.

668 : 이완

내가 프렌드 등록을 한 본직 테이머들은 전원 획득한 모양이야.

전체로 따지면 60퍼센트 정도 되지 않을까?

에린기를 비롯해 전투만 고집하는 테이머나 밭에 흥미가 없는 테이머가 일정 비율 있을 테니.

669 : 에린기

과연. 그럼 억지로 테임할 필요는 없으려나?

670 : 이완

이제 와 테임하고 싶다고 해도 흙의 날은 앞으로 몇 분 뒤면 끝나는데? 토령문에는 들어갈 수 있어?

671 : 에린기
그건 문제없어. 방금 전까지도 레벨링을 하고 왔거든.
그런데 만나는 테이머마다 노움을 데리고 다니는 것 같더라.
노움을 세 마리나 데리고 다니는 테이머도ㅋㅋㅋ
아메리아 녀석. 어쩔 작정인지.

672 : 우루슬라
무리할 필요는 없다고 봐. 노움은 전투력을 얻기까지 시간이 꽤
걸려.

673 : 에린기
뭐? 전투력이 부여되는 진화가 확인됐나?

674 : 이완
자세한 내용을 알고 싶다면 소문 듣는 고양이한테서 살 수 있을
거야.
백은 씨가 정보를 팔았다고 했거든.
난 백은 씨가 진화한 노움을 데리고 있는 모습을 직접 목격했어.
뭐, 백은 씨가 선택한 진화 노움은 공격 능력이 없지만ㅋㅋㅋ

675 : 우루슬라

역시 백은 씨. 확고해ㅋㅋㅋ

676 : 에린기
그래야 백은 씨답다고 할 수 있지ㅋㅋ

677 : 아메리아
큰일 났어! 오르트 짱이 초진화했어!

678 : 이완
양반은 못 되는 모양이네.

679 : 아메리아
겉모습은 거의 바뀐 게 없는데 의상이 조금 귀여워졌어!
너무 귀여워!

680 : 에린기
또 시끄러워질 것 같네. 그나저나 노움한테 전투력이 있다면 테임해 볼 만도 하겠다.
흙마술을 구사할 수 있는 마법사 계열 종마는 귀하다고.

681 : 오일렌슈피겔
예~이! 우리 회색 다람쥐가 진화했어!

682 : 아메리아
오일렌의 다람쥐라면 종마의 마음을 얻기 전까지는 진화를 시키지 않겠다고 했던 그 애지?

683 : 오일렌슈피겔
덕분에 레벨 25가 돼버렸어.
근데 기다리길 잘 했어!

684 : 우루슬라
그럼 뭔가 좋은 일이라도 있었니?

685 : 오일렌슈피겔
그래! 선택한 진화는 은색 다람쥐. 힐 능력을 얻었다구! 게다가 털이 은색이라서 귀여워. 그리고 LV25 때 분신을 익혔어.

686 : 에린기
분신? 들어본 적이 없는데?

687 : 오일렌슈피겔
그 이름대로 분신을 만들어 내서 회피율과 명중률을 상승시키는 능력.
그리고 크리티컬 확률도 꽤 상승하는 모양이야.
꽤 쓸 만해.

688 : 아메리아

그거 굉장하네.

앞으로 다람쥐는 LV25가 될 때까지 진화를 기다리는 게 정석으로 굳어질지도!

689 : 아메리아

애당초 종마의 마음을 얻었잖아.

지금껏 다람쥐한테서 종마의 마음을 받았다는 보고는 없었던 것으로 아는데.

690 : 오일렌슈피겔

나도 그건 고생했어. 다양한 먹거리를 모아 와서 좋아하는 걸 택하게 했어.

매일 다양한 음식을 먹여봤는데 다람쥐는 빛의 호두를 좋아하는 모양이야.

두 번째로 빛의 호두를 준 직후에 종마의 마음을 받았어.

691 : 우루슬라

그거 좋은 정보야. 근데 빛의 호두라…….

뭐, 분신이 있는 몬스터는 가치가 있으려나. 나도 한 마리 노려봐야 하나?

692 : 이완
그러고 보니 오일렌. 나무 정령과 조우했다는 소문이 나도는데 사실이야?

693 : 오일렌슈피겔
뭐, 맞아! 북쪽 숲에서 우연히.

694 : 아메리아
짱이네! 치사해! 나도 나무 정령 짱을 갖고 싶어!

695 : 오일렌슈피겔
난 테임 실패했거든!
함께 팀을 맺은 테이머가 먼저 테임하는 데 성공했다고. 젠장!

696 : 이완
아~, 그랬구나.

697 : 오일렌슈피겔
동시에 테임을 시도하여 누가 먼저 성공하더라도 원망하지 말자고 했는데……. 으~앙!
빌어먹을! 이 게임에 PK가 있었더라면…….

698 : 에린기

원망하지 말자는 말뜻이 뭔지는 아는 거냐?

699 : 우루슬라

뼈에 사무친 원한ㅋㅋㅋ

700 : 아메리아

뭐. 물욕 센서가 제 역할을 했을 뿐이네.

701 : 이완

물욕 센서, 초우수ㅋㅋㅋ

702 : 오일렌슈피겔

젠장! 어서 물의 날이여 와라! 수령 짱을 기필코 획득하고 말 테니까!

: : : : : : : : : : : : : : :

[토령] 토령의 시련에 관해 말하는 스레드 [던전]

· 공략 정보를 모아놓은 곳이라기보다는 푸념을 나누는 자리.
· 물론 새로운 정보는 대환영.
· 죽고서 부활하는 플레이어 다수 발생 중.

: : : : : : : : : : : : : : :

771 : 사루비아
즉, 아무리 용을 써도 마지막 문이 열리지 않아.

772 : 시노하라
흙의 결정을 바치면 열릴 거라는 예상도 있었지만, 역시 아닌가 봐.

773 : 스바룬
그 귀한 흙의 결정을 토령문 앞에도 쓰고, 보스방 앞에서도 써야
한다는 건 말이 안 되지.

774 : 세드릭
아니, 흙의 결정은 의외로 쉽게 구할 수 있다고 판명됐다고.
그렇지 않으면 어떻게 저렇게 많은 플레이어들이 토령문에 들어
갈 수 있었겠어.

775 : 스바룬
그래?

776 : 세드릭
중간 보스의 드랍템.
채굴 · 상급으로 초저확률로 입수.

미쳐버린 토령이 극저확률로 드랍.

유니크 토령이 확정적으로 드랍.

중간 보스의 드랍템을 노리는 게 가장 편하겠지. 약 70퍼센트 확률로 떨어뜨린대.

777 : 스바룬

제법 나오잖아. 나도 힘낼래!

778 : 시노하라

역시나 도중에 나오는 비좁은 비밀 통로가 열쇠겠지.

779 : 스바룬

근데 거길 지나가기가 어려워.

나, 허리를 숙인 채로 나아가다가 함정에 걸려 죽었습니다.

780 : 사루비아

그렇게 좁은데 함정까지? 그렇게나 정신 나간 구조였어?

781 : 스바룬

다크 뱃의 공격에 맞고서 독에 걸렸어.

통로로 도망쳤더니 그대로 비좁아지면서 함정에 빠져 사망.

782 : 시노하라

함정?

783 : 소야
그런 당신한테 낭보를.
노움 대여 기능이 발견됐습니다!

784 : 사루비아
뭐라고? 자세히 알고 싶어!

785 : 소야
지금 소문 듣는 고양이의 웹페이지에 막 공개된 정보인데, 보스 방 앞까지 간 적이 있는 플레이어는 토령의 도시에서 도우미 노움을 고용할 수 있다고 해.

786 : 사루비아
북쪽 도시에서 공격 아이템을 긁어모으던 녀석들이 노리는 게 그거였구나!
아이템으로 밀어붙여서 공략을 진행하더라고!

787 : 스바룬
그, 그럼, 이제 부러운 눈으로 테이머들을 바라보기만 하면서 이를 갈 필요가 없어졌다……?
노움을 다섯 마리 고용하면 노움 천국?

백은 씨의 노움에 무심코 가까이 접근했다가 신고를 당할 우려
도 사라지겠네?

788 : 소야
어~. 안타깝지만 노움은 파티당 한 마리입니다.
또한 던전 밖으로는 데리고 나갈 수 없습니다.
한 마리당 1000G에 24시간 고용할 수 있습니다.
참고로 전투 불가.

789 : 스바룬
그래도 좋아! 노움을 고용할 수 있다면! 당장이라도 공략하러 가
겠어!

790 : 세드릭
그런 당신한테 두 번째 낭보입니다ㅋㅋㅋ
지금 소문 듣는 고양이의 던전 맵이 갱신되었습니다.
꽤 상세해졌으니 노움을 간절히 떠올리면서 맵을 참조하면 공략
이 진척될지도.

791 : 스바룬
어머나. 멋져. 근데 비싸잖아?

792 : 세드릭

아뇨, 아뇨, 지금 사면 단돈 10000G. 아주 밑지는 장사죠.

793 : 스바룬
싸다! 사겠습니다!

794 : 시노하라
이 꽁트는 뭐냐ㅋㅋ

795 : 사루비아
누구랑 누가 소문 듣는 고양이의 첩자였어ㅋㅋㅋㅋ

796 : 세드릭
난 아냐.

797 : 스바룬
나도!

798 : 소야
나도 그래요.

799 : 세드릭
호흡이 착착 맞아 떨어지네. 역시 너희들 한패지!

: : : : : : : : : : : : : :

[백은 씨] 백은 씨에 관해 말하는 스레드part4 [팬 모여라]

여긴 저지르는 플레이로 소문난 백은 씨에게 흥미가 있는 플레이어들이, 그와 몬스터에 관해 그냥 정보를 교환하는 곳입니다.

　· 악의적으로 백은 씨를 헐뜯거나 폭언하는 건 엄금.
　· 개인 정보를 다룰 때는 신중히.
　· 본인이 항의할 경우 고지 없이 스레드가 삭제될 가능성이 있습니다.

: : : : : : : : : : : : : :

389 : 양양
이벤트가 끝난 뒤에 백은 씨가 저지른 일들을 모아봤어!
　· 픽시를 획득. 귀여운 노랫소리를 우리에게 베풀어 주고 있음.
　· 수령문을 해방. 즉, 운디네를 해방.
　· 수수께끼 소재를 슈에라에게 매각. 큰 소동이 벌어짐. 추후에 수령문에서 얻은 소재로 판명.
　· 토령문을 해방. 즉, 노움을 해방.

음. 이게 백은 씨의 실력인가. 너무 압도적이라 웃음밖에ㅋㅋㅋ

390 : 유성인
뭐야 이 폭탄은.

391 : 요로레이
테이머들이 이쪽저쪽 우왕좌왕.
그리고 물의 결정과 흙의 결정을 입수하지 못해 오열.
아비규환이란 바로 이런 상황을 가리키는 거겠지.

392 : 야나기
소문 듣는 고양이를 찾는 행렬이 엄청났어.
뭐, 노움과 운디네를 얻을 수 있는 정보가 있다는 소리를 듣는다
면 누구든……

393 : 양양
순식간에 속성 결정 가격이 폭등했네.
쟁여둘 걸 그랬어…….

394 : 요로레이
난 승리자! 속성 결정을 고가에 팔았습니다!
이 돈으로 물의 결정을 구하고 싶은데…….
워낙 유통량이 적어서 흥정조차 할 수가 없어.

395 : 유성인

수령문이 열리는 날은 다음 주이니 아직 시간이 있잖아?

그보다도 토령문이 다급하지. 오늘 중에 어떻게든 흙의 결정을 입수해야!

396 : 양양

뭐, 소문 듣는 고양이가 던전을 돌면서 공급하고 있고, 다른 플레이어들도 흙의 결정을 적극적으로 팔고 있으니까.

소문 듣는 고양이의 관계자와 연줄이 있다면 어떻게든 될지도?

397 : 유성인

과연!

398 : 요로레이

그보다도 그런 귀한 정보를 소문 듣는 고양이한테 냉큼 팔아 버릴 줄이야…….

나였다면 일단 일주일쯤 숨겨서 돈을 왕창 벌었을 텐데.

399 : 유성인

토령문 관련 정보는 오전 4시쯤부터 팔기 시작한 듯하니 정말로 빨라.

400 : 야나기

맞아! 나도 숨겼을 거야~.
그보다도 숨기는 게 보통이잖아?

401 : 양양
뭐, 백은 씨니까.

402 : 유성인
결국 그 한 마디로 정리!

403 : 야나기
화령문 정보를 숨겼던 녀석들은 눈물깨나 흘렸겠네~.

404 : 요로레이
분명 그렇겠네. 다음 주에는 확실히 해방될 테고.

405 : 유성인
백은 씨, 해코지나 당하지 않을까 모르겠네?
PK는 없지만 괴롭힘을 당할 수도 있잖아?

406 : 양양
없다고 장담할 수는 없지만…….
백은 씨 지킴이 부대가 있으니 괜찮지 않아?

407 : 야나기

어? 뭐야 그 비밀 결사대는?

408 : 양양

뭐. 실체가 있는 조직은 아니고, 백은 씨의 팬을 뭉뚱그리는 총칭 같은 개념이야. 주요 활동은 세 가지.

· 백은 씨를 멀리서 지켜본다.
· 백은 씨에게 민폐를 끼치는 매너 위반자를 신고한다.
· 매일 백은 씨에게 감사 인사를 올린다.

409 : 야나기

아아, 다른 유명 플레이어들이 갖고 있는 팬클럽 같은 건가.

410 : 양양

자격 요건이 조금 더 느슨하다고 할 수 있겠지.

뭐, 백은 씨한테 감사해하면서 폐를 끼치지만 않는다면야 문제는 없지.

411 : 요로레이

과연!

백은 씨, 감사합니다!

그런데 당신을 흉내 낼 수는 없습니다!

412 : 야나기
어쩔 수 없지. 왜냐면 백은 씨니까.
그래도 고마워요! 덕을 많이 봤습니다!

413 : 양양
결국 우린 감사한 마음으로 그저 지켜보는 게 최선이겠지.

414 : 유성인
좋아, 나도 인사를 해둬야겠어! 고마워, 백은 씨!
그리고 앞으로도 잘 부탁해요! 지켜보도록 할게요!

415 : 야나기
어라? 감사하는 마음을 품으며 백은 씨를 지켜본다…….
우리, 어느새 지킴이 부대원이 된 거야?

416 : 요로레이
양양 이 녀석! 혹시…….

: : : : : : : : : : : : : : :

"이봐, 왜 어이없어하는 표정을 짓고 있냐?"

"아, 주임님…… 이걸 봐주세요. 그 플레이어 말인데요……."

"오, 백은 씨 말이냐? 무슨 일……. 아닛! 이봐, 이봐! 이게 진짜냐?"

"진짜래도요. 정령문을 벌써 2개나 해방시켰습니다."

"화령문을 찾아낸 녀석들도 제법이긴 하지만 역시나 백은 씨한테는 못 당하는구만."

"지난번에는 발견할 수 있도록 여러모로 힌트를 심어 뒀다지만, 이번에는 그런 것도 없이 척척 찾으니 복잡한 감정이 드네요……. 아니, 기쁘긴 하지만."

"으~음……. 백은 씨가 정보상과 연줄이 있다고 했던가?"

"예. 정령문 정보도 순식간에 퍼져 나가겠죠."

"그래? 뭐, 테이머들이 노움 정보를 어서 풀라고 아우성을 쳤었는데 그 목소리가 자연스레 잦아들겠구만. 오히려 고마워해야 할지도 모르겠어."

"아~, 분명 그건 그렇죠. 노움을 찾던 테이머들이 조금 무서웠으니까요."

"그래서? 그 밖에 또 저지른 건 없나?"

"그렇게 기대하는 얼굴로 뭐 저지른 일이 없는지 묻지 말아 주십쇼. 제아무리 백은 씨라고 해도 연이어서…… 또 저질러 버렸네요!"

"이 대목에서 나무 정령이 특수 진화를 했다!"

"아니, 아니! 뭘 그렇게 기뻐하십니까! 하아아? 어떻게? 이 진화 루트에 진입하려면 수많은 조건들이 필요한데……! 반쯤 재미 삼아 만든 진화 루트라고요? 도서관이나 이벤트를 통해 힌트를 모아야만 겨우 도달할 수 있게끔……."

"대수의 정령한테서 얻은 과실을 포기 나누기하여 일정 시간 안에 특정 단계까지 성장시킨 뒤 질병 이벤트를 극복해야만 가능한 거였던가?"

"그뿐만이 아니라고요. 나무 정령이 배혼하여 생겨난 알이 부화해야 하고, 또한 종마의 마음을 입수한 상태에서 대수의 정령한테서 축복을 받아야만 합니다."

"힌트도 없이 어머니 약목의 정령을 획득하다니……. 역시 대단하구만!"

"이 사람 대체 뭡니까? 진짜 이상하다. 치트나 버그가 아니라는 건 우리가 제일 잘 알고 있긴 하지만……."

"알겠다! 분명 이세계 귀환자일 거야. 이세계에서 마왕을 쓰러뜨린 뒤 지구로 돌아온 전직 용사이자 인과율을 어그러뜨리는 치트 능력의 소유자임이 틀림없어!"

"……이세계 전생에서부터 시작되는 VRMMO라, 설정이 너무 과하지 않습까?"

"으~음……. 좋아, 일단 맥주나 마시자."

"아니, 아니, 뜬금없이 뭡니까? 맥락이 없잖습까. 그냥 술을 마시고 싶을 뿐이잖아요!"

"바보 녀석! 이런 데이터를 봤는데 술을 안 마시고 배길쏘냐!
축배를 들자!"

"현실 도피가 아니라 축배를 들고 싶었던 겁니까!"

"핫핫핫! 백은 씨를 위하여 건배!"

여러분, 안녕하세요.

'후기는 서투르니 쪽수를 조정하여 되도록 후기 분량은 줄이고 싶다'라고 누누이 말하고 있지만, 또 이렇게 후기를 쓰고 있는 타나카 유입니다.

쪽수를 조정하는 건 어렵네요.

매번 성공을 거두는 작가님께 그 비결을 묻고 싶을 정도입니다.

이럴 바에야 차라리 과감하게 캐릭터들에게 좌담회라도 시켜 볼까요?

아니, 이 작품은 무리인가…….

다들 말을 못하니.

3권 이후로 너무 오래 기다리게 하지 않고 4권을 보내드릴 수 있어서 다행입니다.

만화판과 동시 발매가 되었으니 양쪽 모두 잘 부탁드립니다.

올해는 가족에게 불행이 찾아오기도 하고, 몸이 조금 망가지기도 하는 등 여러 사건들이 있었습니다. 그러나 그때마다 수많은 분들이 따뜻한 위로를 해주셨습니다.

여러분들의 질타와 격려가 없었더라면 더욱 우울해져 일에도, 생활에도 커다란 지장이 생겼을 겁니다.

그러나 여러분들 덕분에 어두운 마음을 떨쳐 내고서 부활할 수 있었습니다.

그저 감사한 마음뿐입니다.

마지막으로 감사 인사를.

매번 적확하게 조언을 해주시는 편집 I씨. 아슬아슬하게 원고를 보내드려 죄송합니다. 다음에는 더 일찍 끝내도록……, 차마 입이 찢어져도 그런 약속은 못 드리겠습니다만, 앞으로도 잘 부탁드립니다.

최고로 귀여운 일러스트를 그려주시는 Nardack 님. 릭을 타고 있는 파우의 그림이 너무 귀여워서 가슴이 아릴 지경입니다.

만화판을 담당해 주신 타치바나 님. 원작과는 다른 매력이 있어서 저도 한 사람의 독자로서 재밌게 보고 있습니다. 어쨌든 오르트는 귀여워! 이미 해롱거리고 있어요.

고향의 친구, 지인, 가족들. 괴로울 때 지탱해 줘서 정말로 감사합니다.

또한 이 소설이 출간될 수 있도록 힘을 써주신 모든 분들께 감사드립니다. 이 작품은 수많은 분들의 지원이 없었다면 완성될 수 없었습니다.

그리고 이 소설을 응원해 주시는 독자 여러분. 그 목소리가 가장 큰 원동력입니다. 앞으로도 잘 부탁드리겠습니다.

또 다음 권에서 뵙도록 하죠.

마지막까지 읽어주셔서 감사합니다.

뒤처진 테이머의 하루살이 4

2023년 12월 15일 1판 1쇄 발행

저 자	타나카 유
일 러 스 트	Nardack
옮 긴 이	박춘상
발 행 인	유재옥
이 사	조병권
출 판 본 부 장	박광운
담 당 편 집	정지원
편 집 1 팀	박광운
편 집 2 팀	정영길 조찬희 박치우 정지원
편 집 3 팀	오준영 이해빈 이소의
디 자 인 랩 팀	김보라 박민솔
디지털사업팀	박상섭 김지연 윤희진
라이츠사업팀	김정미 맹미영 이윤서
영업마케팅팀	최원석 박수진 박소연
물 류 팀	허석용 백철기
경 영 지 원 팀	최정연
발 행 처	(주)소미미디어
인 쇄 제 작 처	코리아피앤피
등 록	제2015-000008호
주 소	서울시 마포구 토정로 222, 403호(신수동, 한국출판콘텐츠센터)
판 매	(주)소미미디어
전 화	편집부 (070)4164-3962, 3963 기획실 (02)567-3388
	판매 및 마케팅 (070)8822-2301, Fax (02)322-7665

ISBN 979-11-384-8087-1
ISBN 979-11-6507-663-4 (세트)